LER O MUNDO

Affonso Romano de Sant'Anna

LER O MUNDO

© Affonso Romano de Sant'Anna, 2010

1ª Edição, Global Editora, São Paulo 2011
2ª Reimpressão, 2013

Diretor Editorial
Jefferson L. Alves

Gerente de Produção
Flávio Samuel

Coordenadora Editorial
Dida Bessana

Assistentes de Produção
Emerson Charles Santos / Jefferson Campos

Assistentes Editoriais
Iara Arakaki / Tatiana F. Souza

Preparação de Texto
Antonio Carlos Alves

Revisão
Tatiana Y. Tanaka / Ana Carolina G. Ribeiro

Fotos de Capa
Mmagallan/sxc.hu
G-point/sxc.hu

Capa
Reverson R. Diniz

Projeto Gráfico e Editoração Eletrônica
Neili Dal Rovere

Dados Internacionais de Catalogação na Publicação (CIP)
(Câmara Brasileira do Livro, SP, Brasil)

Sant'Anna, Affonso Romano de.
  Ler o mundo / Affonso Romano de Sant'Anna. – São Paulo : Global, 2011.

  ISBN 978-85-260-1524-1

  1. Crônicas brasileiras. I. Título.

10-10252   CDD-869.93

Índices para catálogo sistemático:

1. Crônicas : Literatura brasileira   869.93

Direitos Reservados

 Global Editora e Distribuidora Ltda.

Rua Pirapitingui, 111 – Liberdade
CEP 01508-020 – São Paulo – SP
Tel.: (11) 3277-7999 – Fax: (11) 3277-8141
e-mail: global@globaleditora.com.br
www.globaleditora.com.br

Obra atualizada conforme o **Novo Acordo Ortográfico da Língua Portuguesa**

Colabore com a produção científica e cultural.
Proibida a reprodução total ou parcial desta obra
sem a autorização do editor.

Nº de Catálogo: **3201**

LER O MUNDO

SUMÁRIO

Nota introdutória 9

Ler o mundo – Prefácio 10

Leitura é uma tecnologia 13

A bala e o livro 21

A professora e os pivetes 24

Os livros que não lemos 27

Explicando *Hamlet* aos primitivos 30

Deus é poliglota 32

Uma biblioteca para Mulungu 35

Lendo o Brasil (*Central do Brasil*, filme) 38

Cura do real pela ficção 41

Lendo com os filhos 44

Os que nos ensinam a ver 46

A antiga relação entre a escrita e a ideologia 49

Os ricos e a cultura 59

Orquídeas e livros 62

Nosso destino comum 65

Os signos opacos 68

O furor de ler 71

Outro lado do Mercosul 74

Se Camões escrevesse em inglês 77

Televisão, língua e cultura 80

Nós, os analfabetos pouco funcionais 83

Cantar com as mãos 97

Escreveu, não leu 100

Contação de estórias 103

O IBGE, meu cão e a cultura 106

"Second life" e literatura 108

Ninguém resiste a uma história de amor 110

Narrar contra o dilúvio (três filmes)..113

Como Deus fala aos homens...116

Escritos num velho álbum 120

Leitura faz acontecer 123

Bibliotecas em tempo de guerra 125

Ler a natureza 127

Muletas de linguagem 129

O LIVRO, A LEITURA E A BIBLIOTECA NA VIRADA DO SÉCULO 131

A utopia realizada 149

Temporada de feiras e bienais...152

O negócio literário (França e Brasil)..154

Esperando algo acontecer (França *versus* Brasil) 157

Livros: negócio da China 160

Dados sobre livros e leitura..163

Ceará manda lembranças..166

Neste e noutros dias...168

A solução, leia (Passo Fundo) 170

Ainda há esperança (Morro Reuter etc.) 173

Alegre açougue cultural (Brasília) 175

Por essa Minas profunda...177

Leitores tortos de Curitiba 179

No Museu da Língua falta o livro 182

Acabar com a literatura?...184

O ensino de ontem e hoje...187

Última geração letrada 189

Bibliotecas: alguns prefeitos são contra...191

Biblioteca Nacional – Uma história por contar.....................................193

ANEXOS

Carta ao presidente Fernando Henrique Cardoso..................................225

Que ministro é esse? 226

Carta de José Saramago 229

"Irracionalidade e prepotência" (editorial do *JB*)................................230

Contrassenso (*Opinião d'O Globo*)...232

Mentiras e verdades (editorial do *Correio Braziliense*) 233

O passado não pode voltar (*O Estado de S. Paulo*).............................235

Carta de Virginia Betancourt Valverde da Asociación de Bibliotecas
Nacionales de Iberoamérica..238

NOTA INTRODUTÓRIA

Estes textos contam a história da leitura, do livro e das bibliotecas no meu tempo. É uma radiografia do que estava ocorrendo nessas áreas não só no Brasil mas pelos países por onde andei, da França à China, de Moçambique à Venezuela, do Egito à Alemanha, dos Estados Unidos à Rússia etc.

Como leitor, como escritor e como administrador cultural conheci três ângulos diversos e complementares que me ajudaram a LER O MUNDO.

Este é, portanto, um livro em três níveis.

Primeiro, uma seleção de crônicas publicadas em diversos jornais durante várias décadas, que tornam claro que o tema deste livro é uma de minhas obsessões. Refiro-me a personagens tocantes e reais, filmes, livros, feiras, projetos, televisão, política, enfim, ao cotidiano transfigurado pela leitura.

Num segundo plano estão os textos de conferências e de aulas magnas nos quais tentei mesclar a teoria acadêmica e a vivência de quem estava envolvido com projetos concretos. Saio do estilo aliciador da crônica para o ensaio, articulando da maneira mais clara possível algumas questões complexas de nossa cultura.

No fim, o depoimento sobre minha experiência à frente da Fundação Biblioteca Nacional (1990-1996). Ter passado por três presidentes da República, por seis ministros da Cultura, ter conhecido as vísceras do poder e ter desenvolvido uma série de projetos em âmbito nacional e internacional propiciaram-me uma experiência singular. E aqui deixo sucintamente a narração de alguns fatos que podem interessar à compreensão da história da cultura brasileira.

De algum modo, conto a trajetória e as perplexidades de uma geração que levou adiante os projetos de Monteiro Lobato, Mário de Andrade, Rubens Borba de Moraes e Paulo Freire e acreditou que o livro, a leitura e a biblioteca poderiam transformar as pessoas e o país.

ARS

LER O MUNDO

TUDO É LEITURA. TUDO É DECIFRAÇÃO. OU NÃO.

Ou não, porque nem sempre deciframos os sinais à nossa frente. Ainda agora os jornais estão repetindo, a propósito das recentes eleições, "que é preciso entender o recado das urnas". Ou seja: as urnas falam, emitem mensagens. Cartola – o sambista – dizia "As rosas não falam/ Simplesmente as rosas exalam/ o perfume que roubam de ti". Perfumes falam. E as urnas exalaram um cheiro estranho. O presidente diz que seu partido precisa tomar banho de "cheiro de povo". E enquanto repousava nesses feriados e tomava banho em nossas águas, ele tirou várias fotos com cheiro de povo.

Paixão de ler. Ler a paixão.

Como ler a paixão se a paixão é quem nos lê? Sim, a paixão é quando nossos inconscientes pergaminhos sofrem um desletrado terremoto. Na paixão somos lidos à nossa revelia.

O corpo é um texto. Há que saber interpretá-lo. Alguns corpos, no entanto, vêm em forma de hieroglifo, dificílimos. Ou, a incompetência é nossa, iletrados diante deles?

Quantas são as letras do alfabeto do corpo amado? Como soletrá-lo? Como sabê-lo na ponta da língua? Tem 26 letras? Quantas letras estranhas, estrangeiras nesse corpo? Como achar o ponto G na cartilha de um corpo? Quantas novas letras podem ser incorporadas nessa interminável e amorosa alfabetização? Movido pelo amor, pela paixão, pode o corpo falar idiomas que antes desconhecia.

O médico até que se parece com o amante. Ele também lê o corpo. Vem daí a semiologia. Ciência da leitura dos sinais. Dos sintomas. Daí partiu Freud, para ler o interior, o invisível texto estampado no inconsciente. Então, os lacanianos todos se deliciaram jogando com as letras – a letra do corpo, o corpo da letra.

Diz-se que Marx pretendeu ler o inconsciente da história e descobrir os mecanismos que nela estavam escritos/inscritos. Portanto, um economista também lê a sociedade. Os empresários e executivos, por sua vez, se acostumaram a falar de "qualidade total". Mas seria mais apropriado falar de "leitura total". Só uma leitura não parcial, não esquizofrênica do real pode nos ajudar na produtividade dos significados. Por isso, é legítimo e instigante falar não apenas de uma "leitura da economia", mas de algo novo e provocador, a "economia da leitura".

Não é só quem lê um livro, que lê.

Um paisagista lê a vida de maneira florida e sombreada. Fazer um jardim é reler o mundo, reordenar o texto natural. A paisagem, digamos, pode ter "sotaque", assim como tem sabor e cheiro. Por isso se fala de um jardim italiano, de um jardim francês, de um jardim inglês. E quando os jardineiros barrocos instalavam assombrosas grutas e jorros d'água entre seus canteiros estavam saudando as elipses do mistério nos extremos que são a pedra e a água, o movimento e a eternidade.

O urbanista e o arquiteto igualmente escrevem, mais bem dito, inscrevem, um texto na prancheta da realidade. Traçados de avenidas podem ser absolutistas, militaristas, e o risco das ruas pode ser democrático dando expressividade às comunidades.

TUDO É TEXTO. TUDO É NARRAÇÃO.

O astrônomo lê o céu, lê a epopeia das estrelas. Ora, direis, ouvir & ler estrelas. Que estórias sublimes, suculentas, na Via Láctea. O físico lê o caos. Que epopeias o geógrafo lê nas camadas acumuladas num simples terreno. Um desfile de carnaval, por exemplo, é um texto. Por isso se fala de "samba-enredo". Enredo além da história pátria referida. A disposição das alas, as fantasias, a bateria, a comissão de frente são formas narrativas.

Uma partida de futebol é uma forma narrativa. Saber ler uma partida – este o mérito do locutor esportivo, na verdade, um leitor esportivo. Ele, como o técnico, vê coisas no texto em jogo que, só depois de lidas por ele, por nós são percebidas. Ler, então, é um jogo. Uma disputa, uma conquista de significados entre o texto e o leitor.

Paulinho da Viola dizia: "As coisas estão no mundo / Só que eu preciso aprender". Um arqueólogo lê nas ruínas a história antiga.

Não é só Sherazade que conta histórias. Um espetáculo de dança é narração. Uma exposição de artes plásticas é narração. Tudo é narração. Até o quadro Branco sobre o branco de Malevich conta uma estória.

Aparentemente ler jornal é coisa simples. Não é. A forma como o jornal é feito, a diagramação, a escolha dos títulos, das fotos e ilustrações são já um discurso. E sobre isso se poderia aplicar o que Umberto Eco disse sobre o *Finnegans Wake* de James Joyce: "o primeiro discurso que uma obra faz o faz através da forma como é feita".

Estamos com vários problemas de leitura hoje. Construímos sofisticadíssimos aparelhos que sabem ler. Eles nos leem. Nos leem às vezes, melhor que nós mesmos. E mais: nós é que não os sabemos ler. Isso se dá não apenas com os objetos eletrônicos em casa ou com os aparelhos capazes de dizer há quantos milhões de anos viveu certa bactéria. Situação paradoxal: não sabemos ler os aparelhos que nos leem. Analfabetismo tecnológico.

A gente vive falando mal do analfabeto. Mas o analfabeto também lê o mundo. Às vezes, sabiamente. Em nossa arrogância o desclassificamos. Mas Lévi-Strauss ousou dizer que algumas sociedades iletradas eram ética e esteticamente muito sofisticadas. E penso que analfabeto é também aquele que a sociedade letrada refugou. De resto, hoje na sociedade eletrônica, quem não é de algum modo analfabeto?

Vi na fazenda de um amigo aparelhos eletrônicos que, ao tirarem leite da vaca, são capazes de ler tudo sobre a qualidade do leite, da vaca, e até (imagino) lerem o pensamento de quem está assistindo à cena. Aparelhos sofisticadíssimos leem o mundo e nos dão recados. A camada de ozônio está berrando um SOS, mas os chefes de governo, acovardados, tapam (economicamente) o ouvido. A natureza está dizendo que a água, além de infecta, está acabando. Lemos a notícia e postergamos a tragédia para nossos netos.

É preciso ler, interpretar e fazer alguma coisa com a interpretação. Feiticeiros e profetas liam mensagens nas vísceras dos animais sacrificados e paredes dos palácios. Cartomantes leem no baralho, copo d'água, búzios. Tudo é leitura. Tudo é decifração.

Ler é uma forma de escrever com mão alheia.

Minha vida daria um romance? Daria, se bem contado. Bem escrevê-lo são artes da narração. Mas só escreve bem quem, ao escrever sobre si mesmo, lê o mundo também.

O Globo, 8/11/2000

LEITURA É UMA TECNOLOGIA

1. ALÉM DO PRINCÍPIO DO PRAZER

É um lugar-comum entre especialistas da área de leitura dizer que há um vínculo entre leitura & prazer.

Disponho-me a defender uma tese diferente, de que leitura é basicamente uma tecnologia. Ao dizer isso, estou deslocando, de certo modo, a leitura de espaço da subjetividade, do deleite e da satisfação do desejo. Será que ao fazer isso estaremos instalando a leitura num espaço árido, impessoal e apenas pragmático? O fato é que insistir na relação leitura & prazer é empobrecer e reduzir esse tópico. E como todo avanço do conhecimento é sempre um deslocamento do sentido, façamos essa operação de desconstruir/reconstruir tal conceito.

A ideia de leitura como experiência de "prazer do texto", para nossa geração, remete a Roland Barthes,[1] perpetuando assim alguns equívocos. O desafio é ir além de Barthes, a despeito de Barthes. E para isso, dialeticamente, devemos partir de suas próprias palavras: "Simplesmente, chega um dia em que se sente uma certa urgência de 'desparafusar' um pouco a teoria, de deslocar o discurso, o idioleto que se repete, tomar consistência e de lhe dar o impulso de uma pergunta".

Embora este não seja o espaço para se discutir o pensamento de Barthes, três observações podem ser feitas sobre seu trabalho antes de prosseguir expondo minha tese:

---

1 *O prazer do texto* (São Paulo: Perspectiva, 1973) de Roland Barthes foi mais amado e repetido do que analisado. Sua linguagem sedutora e competente levou seus seguidores a fazerem paráfrases de seu pensamento. Paráfrases às vezes brilhantes, mas sempre paráfrases. Sua linguagem sofisticada, sutil, floreada denota o romancista (frustrado) que Barthes um dia desejou ser, e não foi. O texto barthesiano, localizado na geração de pensadores franceses dos anos 70, tem fundas marcas lacanianas e foi uma maneira de o marxista originário que havia em Barthes falar não do desejo da revolução, mas freudianamente da revolução do desejo. Tal texto nunca foi analisado criticamente. Passadas quatro décadas, torna-se inadiável repensá-lo. Isso pode ser feito até por outros em outra oportunidade. Limito-me a lançar alguns pontos demonstrando que o conceito de leitura como tecnologia ultrapassa e amplia as antigas relações entre leitura e deleite.

1) o pensamento de Barthes repousa sobretudo na psicanálise lacaniana, o que de/limita a questão;

2) seus conceitos de "prazer" e "fruição" ora se opõem, ora se embaralham contraditoriamente; e

3) romancista irrealizado, o estilo de Barthes desliza para o gozo e delírio linguístico, afasta-se da objetividade crítica e tem seu júbilo na utilização de oximoros, paralisantes.[2]

Insistir na leitura como prazer é prometer um parque de diversões onde o leitor encontrará às vezes uma usina de trabalho.

Nos tratados antigos de retórica, seja em Cícero, Quintiliano ou em Santo Agostinho, embora haja referências ao "deleite", há também referências ao ensino, à leitura e à escrita como atividades mais complexas voltadas para a sua funcionalidade social. Daí que tratem da eficiência da oratória, dos textos deliberativos, persuasivos e dissuasivos.

É bem provável que a ideia de leitura/prazer esteja ligada à escola, à necessidade de prender ludicamente as crianças e os jovens. Contudo, por mais que a escola e a professora sejam criativas, a criança logo aprenderá que estudar é uma "tarefa", um "trabalho". Não é à toa que há os "deveres de casa", atividade que o aluno deve fazer retirando-se do espaço das "brincadeiras" do dia a dia. Claro que pedagogicamente tentamos suavizar isso e bem queríamos, professores e alunos, que o "dever" fosse sempre "prazer". E eu diria que reconhecer isso é começar a entrar num universo menos pueril e mais adulto.

Uma formulação utópica desse tipo de ensino foi expressa na obra de A. S. Neill *Liberdade sem medo* (*Summerhill*), a tentativa de se criar uma escola onde o prazer precedesse a obrigação. Isso fazia parte de uma série de utopias vividas em torno dos anos 60 do século passado. No entanto, a promessa de uma sociedade órfica, narcísica, dionisíaca choca-se, mesmo no pensamento utópico de Herbert Marcuse,[3] com o princípio do desempenho. É preciso, retomando mais realisticamente os termos freudianos, dizer que temos de situar a questão da leitura e da escrita "além do princípio do prazer" e não "aquém", como o fez Barthes.

---

2 No livro *O enigma vazio* (Rio de Janeiro: Rocco, 2008) estudo uma questão de interesse epistemológico: os paradoxos ("oximoros paralisantes") do pensamento de vários autores como Barthes, Derrida, Foucault, Blanchot.

3 MARCUSE, Herbert. *Eros e civilização*. Rio de Janeiro: Zahar, 1968.

Retomando necessariamente o viés erótico presente em todo o texto de Barthes, há que convir que o sexo sempre prazeroso é também uma falácia. Sexo pode ser desprazeroso, como pode para muitas pessoas ser raramente prazeroso. Por que vender a ideia de que a leitura há que sempre estar ligada ao prazer ou à fruição? Diria que essa promessa e/ou exigência de prazer é semelhante à ideia mítica do amor, de que o amor resolve tudo, uma espécie de bálsamo que torna os amantes entidades eternas fora das cicatrizes do dia a dia.

A afirmativa ou a noção de que a leitura é (ou deve ser) sinônimo de prazer não é apenas limitadora. É enganosa. Pode funcionar em alguns casos, mas não abrange a diversidade de experiências em face da leitura. Por exemplo, os autores românticos foram aqueles que melhor souberam administrar o prazer e a emoção a seus leitores, mais até que os clássicos. Victor Hugo, Byron ou José de Alencar trabalharam esteticamente o *pathos*, a emoção, o sentimento de sua época. Foi nesse período que ocorreu a maior sintonia entre o público leitor e os autores, o que explica porque influenciaram tanto a vida social e política de seu tempo. Na literatura antiga há evidentemente alguns textos prazerosos, e Richard Burton ao traduzir e apresentar em inglês *As mil e uma noites* assinalou que o "prazer" da leitura era uma das forças daquela obra.

E tinha razão. Primeiro, porque *As mil e uma noites* são uma sequência de estórias sedutoras com sexo, amor, traição, aventura, poder, morte e magia. Uma poderosa receita. Segundo, porque repousa na tradição oral e tem uma fluência que não interpõe tropeços aos diversos tipos de leitores, dirigindo-se ao mesmo tempo a crianças e adultos.

No entanto, o mesmo não se pode dizer de a *Divina comédia*. Lembro-me de tê-la lido, mas lido no sentido de "estudo" durante três anos consecutivos no curso de Letras, nas aulas do saudoso Ricardo Averini. Um ano para o "Inferno", um ano para o "Purgatório" e um ano para o "Paraíso". A palavra "prazer" não se aplicava exatamente àquele estudo da *Divina comédia* e de alguns outros clássicos. É possível que o professor tivesse, ele sim, prazer e fruição nessa sua leitura, assim como o pianista que depois de anos de estudo finalmente pode tocar um concerto com prazer. Mas estamos já no terreno do prazer *a posteriori*, que se diferencia da pregação aos alunos e leitores de que o prazer é um *a priori* algo que surge instantâneo, como um amor à primeira vista.

Verdade é que o especialista em Dante encontrará, tanto quanto o leitor sofisticado de Cervantes, Goethe, Joyce e Guimarães Rosa, um certo prazer intelectual advindo das descobertas, correlações que lhe farão degustar minúcias que irá descobrindo no texto, no subtexto, no metatexto e no intertexto desses autores. Mas esses estudos estão na área do dever, do esforço, tanto quanto o do pesquisador no laboratório lidando exaustivamente com ratos e bactérias. Quem já teve de fazer dissertação de mestrado ou teses de doutorado, mesmo sobre autores e temas que ama, quem já escreveu ensaios, sabe do trabalho às vezes desesperante. Não é sem motivo que Umberto Eco acabou preparando um volume em que ensina aos alunos como escrever uma tese. Na verdade, ele está repassando uma determinada tecnologia que absorveu e praticou em anos de estudo. É possível, no entanto, que no aquecimento do trabalho acadêmico ou da pesquisa, irrompa o fenômeno da epifania. Mas advirto, eu que tenho tratado desse tema em vários autores e em prosa e verso, até a epifania exige tecnologia e preparo.[4]

Para aclarar a posição que tomei distanciando-me da de Barthes, devo referir-me a outra obra no sentido oposto à do semiólogo francês. O que Barthes tem de júbilo discursivo e de prazer de aludir ao indizível, a obra *Como ler um livro* dos americanos Mortimer e Van Doren tem de esforço de dizer "tudo" sobre a leitura de um livro. Escrito nos anos 40, esse livro teve um novo prefácio de Mortimer em 1972, quando o Departamento de Saúde, Educação e Previdência Social dos Estados Unidos decidiu que os anos 70 deveriam ser dedicados à leitura, como forma de melhorar a formação das pessoas. Foi aí que surgiu até a mania da "leitura dinâmica".

Como é típico dos americanos, o livro é pragmático, voltando-se para alunos e professores, ao contrário do livro de Barthes, teórico ao gosto francês, falando para uma elite e se entregando à vertigem da linguagem. Por isso, referem-se aqueles autores americanos a "metas de leitura", distinguindo, por exemplo, o que é "leitura elementar, leitura averiguativa, leitura analítica". E ao final oferecem até exercícios em torno da *Divina comédia* ou de obras de Stuart Mill e Darwin, além de lista de obras a

---

4 Tenho tratado da epifania em várias obras, seja analisando Drummond e Clarice seja relatando minhas experiências como criador. Exemplo: "Uma simples epifania" in *A sedução da palavra*. Brasília: Letraviva, 2000.

serem lidas. É um livro intencionalmente "excessivo". Entre os excessos de um livro e o não dito do outro, vamos pontuando nosso pensamento.

Com efeito, em *Como ler um livro*, há uma citação que propicia uma correlação necessária com Barthes, pois os autores americanos lembram que Francis Bacon um dia observou que "alguns livros são para ser saboreados, outros para ser engolidos, e alguns poucos são para ser mastigados e digeridos". Como não ver aí algo que antecipa a tão citada correlação sensual-sensorial barthesiana entre "saber" e "sabor"?

Barthes privilegia um viés gastronômico da aprendizagem, sem advertir que a experiência e o estudo nos ensinam que o "saber" pode ter um "sabor" amargo, que nem toda verdade é palatável. Por isso, pode-se contrapor aqui o verso de um outro francês – Rimbaud –, ao desmistificar o conceito de beleza: "Um dia assentei a beleza em meus joelhos e achei-a amarga".

2. LEITURA & TECNOLOGIA

Entremos agora mais especificamente na relação entre leitura e tecnologia.

A tecnologia é o exercício de um certo saber pragmático. Em nossos dias, fala-se, por exemplo, de "transferência de tecnologia", quando nos referimos a certas trocas na sociedade industrializada e eletrônica. Culturas mais desenvolvidas, com tecnologia mais sofisticada, podem explorar e dominar outras menos aptas nesse campo. Mas isso não é algo exclusivo da modernidade. Não se entenda, como aliás já nos advertiram alguns antropólogos, que sociedades mais primitivas não tivessem tecnologias. Olhando regressivamente em nossa história primitiva, há aí três avanços tecnológicos marcantes: o fogo, a roda e o alfabeto.

Nos compêndios de história da escrita e da leitura há observações de que a escrita surgiu da urgência pragmática de se registrar (através de palavras e números) as operações comerciais, as transações entre as comunidades. A escrita, portanto, não nasceu do prazer, mas da necessidade.

Mas deve-se entender também que essa tecnologia perpassou também o espaço do mítico e do sagrado. Quando os egípcios diziam que o deus Thot foi o criador da escrita, quando os profetas de Israel traziam a palavra de Jeová e entre os árabes Maomé repetia as palavras do anjo Gabriel, o texto religioso não tinha como objetivo causar prazer, mas corrigir, advertir, provocar o medo, o pânico, a subserviência e alguma fantasiosa esperança.

O sacerdote primitivo tanto quanto um xamã das tribos brasileiras desenvolvia/desenvolve certa tecnologia retórica e dramática usando recursos poéticos e teatrais. O discurso religioso-poético é também uma tecnologia. Que o digam o padre Vieira e outros oradores barrocos.

Mas a tecnologia dos antigos, em relação à escrita, pode ser registrada não apenas na revolução do alfabeto ocorrida há três mil anos. Não foi uma descoberta instantânea,[5] suas raízes estão nos fenícios, e foi necessário percorrer um longo caminho na redução e na depuração dos milhares de sinais ideogramáticos e ideográficos das culturas anteriores até que se pudesse fixá-los em cerca de trinta letras, que se revezavam produzindo sempre novo sentido. Curiosamente, na história da escrita, quando ocorreu a invenção dos tipos móveis (com os chineses antigos ou com Gutenberg), o que houve foi um avanço tecnológico: um modo de compor e reproduzir mais rapidamente tornando a leitura um fato social e não mais individual.

Para ficarmos apenas no espaço da escrita e da leitura, lembremo-nos de que as tabuinhas de barro onde os antigos sumérios escreviam seus textos e condensavam o saber da época eram armazenadas com técnicas que lembram a moderna biblioteconomia. Ou seja, a escrita engendra outras tecnologias dentro do próprio espaço simbólico do conhecimento.

A necessidade, como desde Darwin no século XIX já se sabe, tanto gera o órgão biologicamente como cria o instrumento cotidiano. E a partir daí outras correlações vão se fazendo. Dominar um alfabeto (e a linguagem decorrente) é ter um instrumento de expressão e ter tecnologia e poder. Sobre essa afirmativa que pertence ao consenso geral, já dissertei em *A antiga relação entre a escrita e a ideologia*.[6] Mas impõe-se, no entanto, retomar aquela díade escrita/poder e destacar aí outro matiz presente, a tríade: escrita-poder-tecnologia.

Com efeito, repetimos sempre que detém o poder quem detém o saber. Mas essa é uma verdade apenas relativa. Há que ver algo nas dobras dessa afirmativa. Muitos detêm o poder e um precário saber. Ou seja, uns sabem exercer o poder. Outros sabem exercer o saber. O cruzamento dos dois produz algo novo. Essa observação, portanto, abre novos ângulos da questão.

---

5 JEAN, Georges. *Writing:* the story of alphabets and scripts. New York: Thames and Hudson, 1992.
6 Ver p. 49 deste livro.

Retomemos uma expressão anterior: "transferência de tecnologia". Ora, o que é ensinar a ler, no sentido de interpretar a enunciação do texto, senão uma tecnologia, uma transferência não necessariamente de prazer, mas de conhecimento? Quem aprende a ler aprende e apreende um código. Mas mais do que isso, pode deixar de ser um usuário passivo desse código e criar outros códigos, melhorar, implementar a tecnologia recebida.

É importante mencionar um argumento concreto, que nos vem agora não dos intelectuais ou dos tecnocratas, mas do seu avesso: do vulgo, do analfabeto. Os iletrados sabem que a leitura é uma tecnologia. É comum (como já apontei em outros escritos)[7] os "excluídos" darem depoimentos afirmando reivindicatoriamente: "Se eu tivesse mais estudo, não estaria nessa situação".

Tiremos tal frase de seu espaço sentimental ou de seu espaço do remorso social. O que o adolescente infrator está dizendo, o que o delinquente, o ladrão ou o camponês abandonado estão afirmando é: se eu tivesse uma certa tecnologia (estudo = leitura) não estaria no limbo.

Sintomaticamente a "sociedade da informação" está alardeando (até ameaçadoramente) que quem não tem recursos tecnológicos próprios, quem não sabe ler o mundo, não pode lidar com a competitividade crescente. Como Zigmunt Balman apontou, a sociedade contemporânea criou um tipo de indivíduo "descartável", e o descarte passa pela desqualificação profissional e técnica. A substituição rápida de tecnologias agrava ainda mais a situação da leitura, exigindo um aprendizado continuado de novos códigos.

Quando Champollion descobriu na Pedra da Roseta o código de decifração dos hieroglifos egípcios, apoderou-se de um conhecimento, passou a dominar parte da história. Disponibilizou um saber tanto quanto o cientista que desvendou o segredo do DNA, o nosso potencial genético. A partir da técnica de leitura do nosso genoma nunca mais a nossa história seria a mesma. Portanto, os avanços da humanidade são avanços na área da leitura. Igualmente depois da leitura que Einstein, Heisemberg e Bohrs fizeram do que ocorre no interior do átomo e nos confins do universo, o nosso futuro foi totalmente alterado (e até mesmo nosso passado).

---

7   Neste livro, por exemplo, o ensaio "Nós, os analfabetos pouco funcionais".

É próprio da melhor tecnologia estar aberta a correções, a uma releitura de si mesma. Tecnologia estática é paralisia e morte. Está mais do lado da ideologia. Ciência, como a arte, é conhecimento. Conhecimento é aperfeiçoamento. Galileu aperfeiçoou Ptolomeu, Einstein aperfeiçoou Newton, assim como um bom crítico pode produzir uma leitura inovadora de um autor. A modernidade, aliás, fez um uso abusivo da palavra leitura e releitura, a ponto de conceber que a "verdade", a "realidade" não existem, mas o que existe é simplesmente a leitura da "verdade" e da "realidade".

A tecnologia, como a leitura, nos ensina como de dois elementos obter um terceiro ou vários. Portanto, a característica da tecnologia é que ela agrega um valor ao indivíduo e à sociedade. Quem sabe certas coisas, seja no mundo natural descrito por Darwin, seja na sociedade moderna, está mais apto a lidar com o ambiente e sobreviver.

A leitura amplia a realidade. Quem conhece, por exemplo, história, entende melhor os mecanismos do presente e tenta não cair na repetição farsesca desta. Equivale a ter instrumentos de percepção, um radar de informações para não se sentir à deriva no cotidiano. Quem tem a tecnologia da leitura tem, na verdade, uma espécie de "manual de sobrevivência na selva". Passa, metaforicamente, a atuar como leitor da natureza, sabe tirar água das folhas ou do sereno, o alimento das resinas das árvores, aprende a se nortear com ou sem bússola, à luz do dia ou das estrelas.

Quem lê é menos desbussolado. E numa sociedade como a nossa que gera códigos novos a todo instante, somos cada vez mais dependentes de novas tecnologias. E mais do que nunca, ler e interpretar com eficiência é uma questão de sobrevivência.

A BALA E O LIVRO

A bala caiu a dois metros de mim. Não era uma pomba que pousasse aos meus pés. Era uma bala com furor de bomba, estilhaçando o cristal da janela e derrubando duas lâminas da cortina. Outros estampidos se seguiram, e outra bala furou outra vidraça, na seção de iconografia. Afluíram todos para as janelas para ver o que ocorria, embora o perigo dos tiros. Nos prédios em frente apinhados nas janelas todos também queriam ver o que se passava. Nessas alturas, os ladrões, em motocicletas, já haviam fugido depois de assaltar o Banerj, atrás da Biblioteca Nacional. Um passageiro no ônibus, atingido por uma bala na barriga, ia para o hospital, onde morreria.

Eu sabia que dirigir uma biblioteca do porte desta ia ser emocionante. Só não contava com este tipo de emoção. Ainda na semana passada havia estado na Biblioteca Nacional da França e na de Portugal e constatei que, na tranquilidade em que vivem seus diretores, não sabem que emoções deixam de experimentar. São emoções que só se tinha na Chicago de 1930.

Eu acabara de chegar ao gabinete e estava tentando falar com o ministro Alceni Guerra, para sugerir que os 5 mil CIACS[1] a serem construídos tenham uma biblioteca, espaço fundamental na formação das crianças e adolescentes; já ia me reunir com o Luís Milanesi[2] para cuidar do encontro que se realizará nos dias 27 e 28 no Hotel Savoy (RJ), agru-

---

1   No plano original dos CIACS, uma ampliação em nível nacional dos CIEPS do Rio, haviam esquecido de colocar uma biblioteca. A Fundação Biblioteca Nacional (FBN) se articulou e apresentou um projeto modular de bibliotecas com multimeios. Lamentavelmente só uns trezentos CIACS, creio, foram construídos, mas desvirtuados em suas funções.

2   Luís Milanesi deu inestimável contribuição inicial à estruturação do Sistema Nacional de Bibliotecas da FBN, trazendo novos conceitos para essa área como atestam seus livros *O que é biblioteca* (São Paulo: Brasiliense, 1983) e *A casa da invenção* (São Paulo: Siciliano, 1991).

pando dezenas de coordenadores estaduais de bibliotecas, quando tive de voltar-me para a realidade e olhar os estilhaços no chão e deter-me sobre aquela bala perdida.

Daí a pouco chegariam a polícia e os repórteres. O relações-públicas da PM, capitão Sousa, pausadamente nos comunicava que temia que a situação fosse piorar nos próximos dez anos. Eu ali, com a bala na mão, os estilhaços no chão, as secretárias Suzy e Clotilde tentando explicar aos demais funcionários o que ocorrera, e o nosso capitão enfatizando que a situação tende a piorar, porque a lei feita para proteger os menores está se convertendo no acobertamento de uma verdadeira academia do crime. Como menor não pode ficar preso e pode ser retirado das dependências policiais pelos pais, decorre daí que, dos catorze aos dezoito anos, eles fazem a graduação e a pós-graduação em diversas áreas do crime. Marginais adultos os utilizam ostensivamente.

Sintomaticamente, nesta semana apareceu na imprensa uma discussão sobre o Estatuto da Criança e do Adolescente. Como disse o coronel, Euro de Magalhães, da PM de Minas, tal estatuto parece ter sido feito para a Suécia e Suíça. É possível. Há muito ex-exilado político que viveu naqueles países, trabalhando nessa área. E embora haja muita coisa no chamado Primeiro Mundo que seja o ideal, não se pode simplesmente fazer o transplante ou querer dar saltos mágicos por cima de nossa realidade.

Lembro-me de há uns dez anos haver escrito um artigo[3] alertando sobre o exército de marginais que se formava aos nossos olhos. Esse tema é retomado num documento da Escola Superior de Guerra citado pelos jornais nesses dias: dentro em pouco o exército de marginais, alimentado pela multidão de menores já instruídos no crime, será maior que nosso Exército regular.

O assunto é complexo e não pode ser tratado nem emocional, nem ideologicamente. Os jornais daqui e do exterior falam candidamente em "extermínio de crianças", como se um perverso Herodes estivesse desembainhando sua espada por aí. É preciso que se diga que essas crianças já não são simples crianças. Claro que isso não justifica o "extermínio", mas ajuda a esclarecer e a encaminhar soluções.

---

3 Referência a "É isso aí, companheiro", comentando a abertura, o retorno dos exilados, publicado primeiro no *Jornal do Brasil*, em 1980, e que era uma profecia do que estaríamos assistindo hoje. Esse texto foi republicado depois em *Política e paixão*. Rio de Janeiro: Rocco, 1984.

Ler o Mundo

Na minha área, o combate ao crime e à degradação moral pode ser encaminhado através do livro. Para cada bala perdida, uma biblioteca implantada. Para cada assalto de pivete, um livro difundido. Parece-me ser um modo eficiente para se lutar contra a marginalidade e modificar a cultura. Por isto, agora que o tiroteio acabou e que posso retornar ao trabalho, ligo de novo para o ministro Alceni Guerra e dona Rosane e insisto no plano de resgate da criança e da adolescência dizendo que é fundamental a presença do livro e da leitura nos projetos do governo. Se aplicassem a mesma quantia que aplicam em viaturas e armamentos para a construção de bibliotecas e difusão do livro, a taxa de criminalidade diminuiria.

Escrevo essa crônica e olho sobre minha mesa a bala *dum-dum*, calibre 45. Pedi ao Moacyr, guardião da segurança na FBN, para guardá-la comigo e ele disse que sim, porque já tem várias. Já pensei, no entanto, em enviá-la para a Seção de Obras Raras. Ela deveria ficar ali como documento de uma época em que as balas perdidas ameaçavam a cultura.

Mas seria mais confortador pensar que um dia tudo isto será mais tranquilo e diferente. Que nem os leitores correrão o risco sistemático de serem assaltados na porta da biblioteca nem o diretor ter de baixar a cabeça para se livrar de balas e assaltos. E melhor ainda será sonhar que, quando a situação for melhor, se poderá também dizer que o livro e a leitura foram as armas mais eficientes no combate à marginalidade e à violência.

O Globo, 23/6/1991

A PROFESSORA E OS PIVETES

Começo hoje a narrar uma estória amarga, linda e verdadeira.[1] Talvez devesse usar outros adjetivos: uma estória revoltante, humana e brasileira. Cada um que escolha e acrescente o termo que achar mais apropriado.

A cena se passa em Goiânia, mas a vejo representada nas esquinas de meu bairro e sei que se repete por aí afora. Mas há uma diferença entre o que ocorre em Goiânia e o que testemunhamos indiferentes em nossas ruas. E me explico.

Maria Avelina é uma professora de Linguística, que optou por fazer uma tese sobre a linguagem dos meninos marginais nas ruas. Localizou um grupo de pivetes na Praça Cívica (olha que nome!) de sua cidade. E aí, o que era um trabalho acadêmico se converteu num drama existencial e social. Há mais de um ano envolvida com os meninos e meninas de rua, não só passou a ser a "tia" deles, como mudou-se para a rua também, embolou-se com os garotos. O gravador que carregava consigo para documentar as formas sintáticas e semânticas marginais quase foi posto de lado. Ela passou a dormir na rua e a ser testemunha de cenas típicas daquilo que tecnicamente chamaria "esgoto comportamental".[2]

Numa das várias cartas que trocamos, ela confessa: "Você verá que eu já não tenho volta". Confessa-se prisioneira da "magia das ruas". Caiu em vertigem nesse precipício social:

---

1   Esta é a primeira crônica, de uma série de quatro, intituladas "A magia cruel das ruas", que publiquei n'*O Globo* em julho de 1988 e recolhi no livro só de crônicas sobre violência intitulado: *Nós, os que matamos Tim Lopes* (Rio de Janeiro: Expressão e Cultura, 2002). Narrei o trabalho da professora, contei que cheguei a falar por telefone com aqueles meninos que também me chamavam de "tio" etc.

2   "Esgoto comportamental" é o nome que cientistas dão à situação em que os ratos, submetidos ao estresse e à penúria, ensandecem, se agridem, subjugam sexualmente os parceiros numa disputa ferrenha pelo espaço e vida. Fiz uma crônica sobre isso, em 1984, na revista *Manchete*.

(...) já era muito tarde quando a chuva parou e conseguimos sair daquele lugar que estava cheio de fezes, de urina etc., tudo ali cheira a inferno, a privada, a chiqueiro. E eu me imaginava gente. Saí daquele lugar com cheiro de subvida e de miséria. Alguns dos meninos se entupiram de cola e de maconha e até riam. Outros buscavam outras drogas que não entendi o nome, para disfarçar aquela miséria sem nome. Se eu fumasse aquela maconha horrível e cheirasse aquela cola gosmenta, ninguém poderia me condenar. Mas ainda desta vez escapei e tentei ser só pesquisadora. E é Natal. Natal para todo mundo, menos para nós... Natal não pode ser isso. Vida não pode ser isto. De repente, penso que é bom morrer.

Sugeri a Maria Avelina: faça um diário, um livro dessa sua experiência, essa a sua verdadeira tese, não só de Linguística, mas humana. Assim, quem sabe?, a Linguística chegará a ser um "carro-chefe das ciências humanas", como dizíamos com jactância nos anos 60 e 70.

E é o que ela está fazendo. Doloridamente. Ali está testemunhando como

as pessoas da sociedade estupram os meninos pequeninos com 10, 11 anos e depois os obrigam a contar onde estão dormindo as meninas para violentá-las também. Praticaram violência sexual com uma menina grávida e ela passou mal. Foi para a casa de seus pais e tive notícia de que não perdeu a criança.

Diante disto, o cheirar cola de sapateiro em praça pública é nada. Ou o princípio de tudo.

Nestes dias de julho, está fazendo um frio dos diabos. Está quase caindo neve, pela primeira vez, no Rio. Ontem, por exemplo, saí do concerto de música experimental ou de vanguarda de Stockhausen, na Sala Cecília Meireles, e ao comer um sanduíche no Bob's deparei com os meninos seminus e molhados debaixo da marquise. Riam e brincavam, os desgraçadinhos. E pediam dinheiro para olhar o carro.

É claro que eram os mesmos meninos de Goiânia, os de Maria Avelina. No entanto, em casa encontrei minhas filhas alimentadas e quentinhas sob os cobertores. Nessa mesma hora Maria Avelina devia estar com os meninos sob uma marquise em Goiânia. Como se vê, não é hoje que vou escrever sobre o concerto de Stockhausen.[3]

Como foi que a professora se aproximou desses garotos? Que artimanha usou, já que aquele núcleo é uma "sociedade fechada" com código e normas próprias?

Pois é ela quem nos conta:

> No início de minhas observações, eu saía de casa cheia de sonhos em busca de um grupo de meninos de rua. Teria que ser um grupo de "crianças marginais" (...). Pois bem, após várias tentativas frustradas de aproximação do grupo, em noite muito fria e escura, eu consegui falar com um dos meninos pedindo uma informação a respeito de onde eu poderia comprar um brinquedo. Os olhinhos dele, apesar de opacos pela cola que acabara de cheirar, brilharam de alegria ao ouvir a palavra brinquedo e se apressou a falar comigo. Mas tudo ficou ali e ele evaporou na noite como o cheiro de cola que trazia consigo em um saquinho sob uma camisa velha suja.

> *O Globo,* 17/7/1998

---

3 Série de conferências/concertos feita pelo músico vanguardista Karlheinz Stoekhausen na Sala Cecília Meireles nessa época.

OS LIVROS QUE NÃO LEMOS

Você já leu todos esses livros?, volta e meia pergunta algum operário e jornalista que vem à minha casa.

A resposta pode ser variada, tipo: – Li esses e muitos que não estão aqui, ou: – Há livros que são para consulta eventual, outros que aguardam sua hora, outros que não lerei, alguns que nem lembro se li, outros que comprei de novo, pois nem me lembrava de tê-los.

Pois outro dia em Paris comprei um livro com este título intrigante: *Como falar de livros que não lemos?* (Les Éditions de Minuit publicado no Brasil pela Objetiva em 2008). Essa pergunta de Pierre Bayard torna-se mais inquietante, porque cresce angustiantemente o número de livros que não lemos. Há um conto de Cortázar em que ele fala que os livros se esparramaram pelas ruas e inundaram oceanos. Drummond, num poema, pedia para não lhe mandarem mais textos, porque não tinha sequer lido os anais de Assurbanipal e não tendo esgotado os clássicos, como chegar aos modernos? A coisa piora quando se é escritor, pois há os que temos de escrever e os que sabemos que não escreveremos jamais.

Há, portanto, um remorso progressivo quanto aos livros por ler. Quem tem de fazer ou orientar tese vive em pânico, porque não se pode mais controlar a bibliografia do aluno. Já propus criarem até a profissão de leitor, alguém que leia para a gente e faça um resumo do que há de importante. É uma profissão de futuro, garanto. Aliás, um médico pesquisador me confessou que tem uma equipe de leitores para garimpar textos para ele.

Enfim, a tese de Pierre Bayard é que somos mais não leitores do que leitores. É um aspecto que andava meio escamoteado nas questões da leitura. Pois há diversas espécies de não leitores, mesmo entre escritores. O próprio Bayard confessa descaradamente que não leu *Ulisses* de Joyce. Defende a tese de que podemos ter noção de certas obras sem lê-las. Assim passamos a ter ideia de uma certa "biblioteca coletiva". Analisando, por exemplo, a obra de Paul Valéry conclui que este verdadeiro guru da cultura francesa lia pouco. Como prova refere-se ao fato de que Valéry escreveu um ensaio sobre Proust, embora tivesse lido só um volume de *Em busca do tempo perdido*. E acrescenta que o mesmo Valéry, ao entrar para a Academia Francesa, foi capaz de fazer o discurso de saudação ao antecessor, Anatole France, sem mencionar um livro sequer desse autor. Aliás, nem lhe mencionou o nome, embora o elogiasse vagamente.

Entre as espécies de não leitores, ele cita o bibliotecário do romance *O homem sem qualidades* de Musil, que, desfilando diante de mais de 3 milhões de livros sob sua guarda, confessa que nunca lera qualquer livro que fosse. Sua tarefa era catalogá-los, não lê-los. É a situação inversa à de Borges na sua imaginária "biblioteca de Babel", onde de tanto ler já não sabia se era leitor ou escritor.

Em geral somos feitos de "livros de que ouvimos falar". Existia, já antes da internet, uma biblioteca virtual coletiva que orientava as pessoas sem que elas tivessem lido Homero, Dante, Balzac, Dostoiévski e Kafka. Nesse universo de livros abstratos, algumas obras inexistentes tornaram-se famosas, como a *Comédia* de Aristóteles, de que trata *O nome da rosa* de Umberto Eco. Dizem que o livro se perdeu na Antiguidade, mas é em torno dele que acontecem crimes no romance de Eco. Aliás, dizem que Homero e Shakespeare também não existiram. Bom, esse seria um outro capítulo que o autor daquele livro poderia escrever: autores prováveis, improváveis e anônimos. O escritor Manuel Graña Etcheverry escreveu a incrível história da literatura de um povo que nunca existiu, os Hedes, ressaltando seus críticos e autores principais.

Dizem alguns sábios que esquecer é uma arte, que se tivéssemos tudo presentemente fervilhando na cabeça, seria um tormento insuportável. De certa maneira, Pierre Bayard faz até o elogio do esquecimento, quando menciona que Montaigne afirmava nem se lembrar dos livros que lera. E gostava disto. Sem este "esquecimento", aliás, ninguém vira autor. Gente que vive citando os outros acaba não tendo "redação própria". Há que digerir e ir em frente. Já dizia Valéry que o lobo é a soma dos cordeiros assimilados.

Há nessa obra de Bayard, no entanto, algo ambíguo e perigoso. Preocupado em tirar nosso complexo de culpa diante dos livros não lidos, ele acaba fazendo o elogio da não leitura. Chega a ver como criativo o aluno que "inventa" o livro que não leu. Incentivar esse tipo de "criatividade" é diferente de incentivar a arte da "interpretação". O não leitor não é igual ao leitor relativo.

Convenhamos, não é não lendo que se lerá.

Estado de Minas/Correio Braziliense, 21/10/2007

EXPLICANDO *HAMLET* AOS PRIMITIVOS

Uma antropóloga americana chamada Laura Bohannan resolveu testar se os membros de uma tribo primitiva na África – os Tiv – podiam compreender Shakespeare. Ela partia de um pressuposto de que o gênio inglês tratava de sentimentos universais nos seus textos dramáticos, portanto, todos deveriam entendê-lo. E assim dispôs-se a verificar os limites de sua teoria, que era também um modo de estudar antropologicamente as diferenças culturais.

Rumou para o oeste da África e foi viver com os Tiv. Adotou uma estratégia que foi ficar lendo sozinha, na sua cabana, *Hamlet*. Ficava de propósito lá entretida esperando que eles se interessassem pelo que estava lendo. E tão entretida estava, que os primitivos começaram a ficar intrigados; afinal, o que acontecia com ela quando ficava com aquele livro na mão? Pediram, então, que lhes contasse a história que estava lendo.

Laura chamou-os para ouvi-la. Estavam eles ali já sentadinhos em torno dela e mal ela inicia a narrar, começam os problemas de interpretação. Quando descreve aquela cena inicial em que o rei e pai de Hamlet, depois de assassinado, aparece vagando na torre do castelo, um dos homens da tribo diz que aquilo era impossível. Ele não podia ser o "chefe", mas outra pessoa, apenas um representante dele. E a coisa tornou-se mais complicada porque não podiam entender a palavra "fantasma". Para eles só podia ser um "zumbi", uma entidade maléfica qualquer. Além do mais, diziam, os mortos não andam, que coisa era aquela de ficar zanzando noite adentro?

A antropóloga tentou explicar uma coisa e outra, e passando por cima das divergências, continuou. Quando lhes foi dito que o tal fantasma do rei havia confidenciado a Hamlet que só ele, seu próprio filho, poderia resolver o problema de sua morte, ou seja, de vingá-lo, de novo os primitivos acharam estranho. Na tribo deles, não é tarefa dos jovens resolver os problemas. Quem tem de assumir a responsabilidade é o ancião. E o an-

Ler o Mundo

cião na estória de Hamlet era Cláudio, tio de Hamlet. Só que este é quem havia assassinado o rei com o beneplácito da própria mãe de Hamlet.

Os africanos já deviam estar achando os brancos para lá de malucos, e mais intrigados ficaram quando a narradora lhes deu outra informação da estória. Ou seja, que Gertrudes, a mãe de Hamlet, se casou rapidamente com Cláudio, ou seja, não havia sequer deixado o cadáver do marido esfriar.

Isso era, de novo, inaceitável. Segundo o costume daquela tribo a viúva tinha de ficar pelo menos dois anos de luto. Claro que as mulheres nem sempre concordavam com isso, pois durante a narrativa da antropóloga, uma esposa que ouvia a estória ponderava que quando o marido morria, era necessário rapidamente outro homem para cuidar do campo e das cabras.

Enfim, a tarefa a que se propôs a antropóloga americana foi se frustrando. A cada informação que dava, vinha uma divergência cultural e simbólica. Ela teve até que saltar o famoso monólogo. Essa coisa de "ser" e "estar", só os metafísicos ocidentais entendem.

É possível que você, como eu, nunca tenha tentado explicar *Hamlet* aos gentios. Mas é certamente provável que, sem ir à África e sem ter o *Hamlet* nas mãos, você e eu tenhamos tido experiências semelhantes dentro da nossa própria tribo. Em relação a outras tribos, piora.

Estado de Minas/Correio Braziliense, 14/10/2008

DEUS É POLIGLOTA

Maputo (Moçambique): "O português é a minha quinta língua, das oito que falo", diz-me o ministro da Cultura de Moçambique, José Mateus Kathupha.

Estamos em seu gabinete e conversamos sobre o destino do português aqui na África. Aqui vim parar no papel de camelô do livro brasileiro e participar da 1ª Bienal do Livro das Culturas de Língua Portuguesa. Há dias, numa crônica a propósito do Prêmio Camões, adiantei que a qualquer hora Moçambique poderia sucumbir à língua inglesa. Daí a dias, confirmou-se a notícia. O congresso moçambicano aprovou a entrada do país na Comunidade Britânica.

No entanto, a questão é mais complexa e sutil do que parece à primeira vista. O cotidiano do país não se alterou em nada. O português continua a ser a língua nacional. E, estando aqui, presencio outros matizes da questão. O português é uma das cerca de vinte línguas do país. É a língua da unidade nacional. Exerceu aqui o papel que o inglês teve na Índia. Nenhuma das línguas regionais ou tribais poderia agregar toda a nação. As línguas têm uma função. Aliás, funções várias. Aqui o português serve para a comunicação intertribal, inter-regional. O inglês servirá, como já serve, para as comunicações globais. As línguas regionais até agora são de uso doméstico e afetivo, para a maioria da população. Os mitos e as crenças das populações circulam nessas últimas línguas. Portanto, há três camadas linguísticas: uma cultura primitiva, mas que é um autêntico *underground*, uma cultura trazida pelo colonizador português e a cultura internacionalizante do inglês.

O ministro Kathupa é um belo exemplo disso. Falando oito línguas, ele vem dos falares locais, passa pelo português e chega ao inglês e ao francês. Além do mais, é um linguista. Estudou em Londres e no MIT, nos Estados Unidos. Vive um arco cultural que vai das culturas arcaicas às mais modernas.

Para nós, brasileiros, isso soa como algo fantástico, pois dizimamos quase todas as culturas indígenas, e nos vangloriamos de falar só um idioma em todo o território. O que, sem dúvida, facilita a comunicação e a vida sociocultural e política. Mas nós e os portugueses temos de ter muito cuidado quando falarmos de uma política do português na África. Podemos incorrer no risco de repetir a política salazarista de uniformização cultural. Por isso, num debate com escritores de Angola, São Tomé e Príncipe e Moçambique, levado ao ar pela televisão moçambicana, defendi a tese de que era necessário preservar, sim, o português, mas preservar e dar força às línguas regionais. É preciso textualizar sua gramática. Incentivar a escrita de uma literatura nessas línguas. Não devemos oprimir essas línguas, enquanto estamos nos defendendo do inglês. Diante do inglês, afinal, não passamos também de fala regional, quase tribal.

Portanto, uma política do idioma pressupõe *políticas dos idiomas*. Estamos numa sociedade globalizante. Quer ao mesmo tempo que se estude o inglês para o comércio exterior ou para a diplomacia, que se reforce o português e se produzam dicionários e gramáticas sobre as línguas regionais. Isso seria mais útil que os linguistas ficarem nas universidades discutindo se a melhor linguística é a saxônica ou a europeia, se é Chomsky ou Saussure.

Passando pela África do Sul, há dias, converso com um motorista. Ele não é o ministro da Cultura lá, mas fala sete línguas. De novo, senti-me um reles monoglota. Isso significa, portanto, que a realidade linguístico-cultural nessa região do planeta, assim como na Ásia, é ricamente complexa. E que sob o mapa entrecortado de fronteiras decididas nas mesas dos conselhos na Europa ou na ONU, outras fronteiras existem, e elas são delimitadas não pelos rios, pelas montanhas ou pela burocracia, mas pelas línguas. Assim, muitas línguas cruzam os limites entre a África do Sul e Moçambique, outras tantas fronteiras entre Moçambique, Tanzânia e Zimbábue.

Na África do Sul, ligo a televisão e vejo o mesmo noticiário repetido em inglês, em africâner e numa língua das tribos antigas. Isso reafirma o mote que tem sido repetido: o momento atual é o momento de harmonizar a vocação internacionalizante do mundo respeitando as diferenças. Similaridade e diferenciação.

Não podemos rejeitar o inglês. E temos de preservar o português. Não devemos reprimir as chamadas línguas tribais. Caso contrário, estaremos agindo de forma tribalmente moderna e repetindo um fato que ocorreu em Moçambique há algum tempo: um padre resolveu rezar a missa não mais na língua comum, mas numa outra língua de outra comunidade. Resultado: apedrejaram a igreja. Melhor teria sido rezar várias missas, abrindo espaço para todas as culturas. Isso teria agradado mais a Deus. Pois, como sabemos, Deus é poliglota.

O Globo, 12/12/1995

UMA BIBLIOTECA PARA MULUNGU

Lá vinha eu chegando ao meu prédio depois de um dia de trabalho quando o "seu" Aluísio, um dos homens que cuidam da garagem e dos carros, se aproximou com uma insólita pergunta:

– Professor, o senhor acha que uma cidade de 20 mil habitantes merece uma biblioteca?

A questão era realmente inesperada. Com "os homens da garagem" geralmente a gente tem conversas meio aleatórias. Fala sobre o tempo, o futebol, sobre o tiroteio na favela ao lado e coisas igualmente banais.

Aquela pergunta assim de supetão, na porta do elevador, mexeu com os meus brios. "Seu" Aluísio tinha ido fundo na questão. E na sua simplicidade quase me deu um xeque-mate. E, além do mais, na sua pergunta a palavra "merece" tinha um som especial. Era como se uma biblioteca fosse um prêmio ou uma dádiva para privilegiados.

Por outro lado, pensei: se "os homens da garagem" já estão perguntando por bibliotecas, é sinal de que alguma coisa pode mudar neste país. É sinal também de que a campanha que está se desencadeando à frente da Biblioteca Nacional para que este país leia e construa bibliotecas já está tendo resposta na sensibilidade popular.

Mas a conversa com o "seu" Aluísio não parou aí. Nem podia parar.

À sua pergunta se uma cidade de 20 mil habitantes merecia uma biblioteca, respondi afirmativamente que sim. E procurei saber mais para entender a extensão de sua curiosidade.

– Mas qual é a cidade?

– Mulungu, na Paraíba.

Confesso que nunca havia ouvido falar nessa cidade. Mas na hora em que um de seus habitantes vem me perguntar se a sua cidade – Mulungu – "merece" uma biblioteca, aí, ocorrem duas coisas simultaneamente.

Primeiro, pelo simples fato de indagar isso, já é sinal de que merece. Em segundo lugar, o nome Mulungu se torna emblemático dentro da questão dos livros e bibliotecas no país. Mulungu não é mais uma cidade da Paraíba, mas uma metáfora do interior do Brasil. E no Brasil, o problema é que o interior começa a um quilômetro da praia.

Antes que eu fosse para Biblioteca Nacional já a síndica do meu prédio me cobrava frequentemente:

– Quando é que vamos ter uma biblioteca em Ipanema?

Dona Hermengarda falava de Ipanema e não de Mulungu. Mas o fato é que, às vezes, não sabemos onde Ipanema termina e onde começa Mulungu.

– E onde fica Mulungu? – perguntei perplexo.

– A uns oito quilômetros de Campina Grande.

– O senhor não conhece o doutor Ronaldo Cunha Lima, o governador da Paraíba? – me perguntou o "seu" Aluísio.

– Sim, o conheço. Desde que era prefeito. É um poeta e administrador. Já o vi recitando Augusto dos Anjos de frente pra trás, já o vi inaugurando obras e poetando horas a fio no palanque, segurando o povo no gogó e na poesia. Pode ficar descansado, vou lhe passar o seu recado, respondi, já escrevendo mentalmente esta crônica.

Na verdade, pensei em escrever ao governador-poeta uma crônica-desafio aos moldes dos cantadores do Nordeste passando-lhe um mote:

Todo crente tem sua Meca
e o povo de Mulungu
merece uma biblioteca.

É isso, meu caro Ronaldo. O "seu" Aluísio é um dos sete "paraíbas" que trabalham no meu prédio. Já chegamos a ter dezessete deles aqui. Para mim, eles são o Brasil. Esse Brasil que trabalha silencioso e sofridamente é que temos de resgatar. Eles deixam lá a esposa e os filhos que só podem visitar de seis em seis meses. Do apertadíssimo salário ainda conseguem enviar dinheiro para a família. Sempre dizem que cá embaixo a vida é dura, mas lá em cima é mais dura ainda.

Então, meu caro governador, eu lhe passo a questão:

– Será que uma cidade de 20 mil habitantes (no seu estado) merece uma biblioteca?[1]

A questão, evidentemente, não se restringe à Paraíba, mas se estende a todo o Brasil. E é nessa direção que gostaria de ver avançar o Projeto Biblioteca Ano 2000: a irradiação de bibliotecas por todo o país, seja em prédios onde se instalassem plenamente, seja em conjuntos residenciais, porque temos uma dupla tarefa: dar livros a um povo que ainda não tem pão.

O Globo, 15/5/1991

---

1   O prefeito de Mulungu (Geraldo Moutinho) escreveu-me na ocasião dizendo que espalhou milhares de cópias dessa crônica na cidade e manifestou o desejo de colaborar para que Mulungu tivesse sua biblioteca.
O governador Ronaldo Cunha Lima aceitou o "desafio", respondeu com um poema, tipo cordel, que publiquei no jornal em 14/7/1991 e que começava assim:

Três momentos, três instantes
se fizeram importantes
pra minha terra natal:
Aluísio deu a tônica
o poeta fez a crônica
e Mulungu foi pro jornal.

E terminava assim:
Mulungu virou emblema
saiu do mapa e poema
conforme agora se viu.
Portanto, compete à gente
continuar a corrente
pelo resto do Brasil.

Quanto ao Aluísio, voltou para Mulungu e se candidatou a vereador.

LENDO O BRASIL
(CENTRAL DO BRASIL, FILME)

Acabo de assistir ao filme *Central do Brasil* e venho para casa com a alma esfrangalhada. Que país, meu Deus! Que país! E entrando na garagem do meu edifício pergunto a um funcionário o que houve com o filho de um dos trabalhadores do condomínio. Ouço que morreu por descaso num de nossos hospitais, e que para enterrá-lo o pai teve de passar uma lista entre os moradores.

Que país! Não sei o que é pior, se o que eu vi na tela ou o que me impingem no cotidiano. Será isto realmente um país?

> Uma coisa é um país,
> outra um ajuntamento.
> Uma coisa é um país,
> outra o aviltamento.

Terei de publicar continuamente certos poemas denunciadores, sobretudo um intitulado "Sobre a atual vergonha de ser brasileiro"?

Saio do filme do Waltinho com uma cena gravada na cabeça. Entre tantas, tão cruelmente brasileiras, uma, rápida, rapidíssima, instala-se em mim como uma bruta metáfora da brasilidade. É aquela em que o vagão do trem de subúrbio é filmado vazio e, de repente, pelas suas janelas, mais que pela porta, despeja-se uma horda de bárbaros barbarizados. Entram com velocidade e perícia, como atletas da miséria cotidiana, e ocupam, em silêncio, imediatamente todos os lugares.

Imagino, diante disso, o pasmo dos alemães que deram o prêmio a esse filme em Berlim. Devem ter pensado que era um truque surrealista do Waltinho para impressioná-los. Não é assim que se entra num trem. Nem mesmo quando ele vai para Auschwitz. E aquele, ia. Imaginem o que sentiriam os gringos se tivessem sido filmados os malabaristas suburbanos que fazem "surfe" no teto dos trens desviando-se das "ondas" de fios elétricos. Waltinho foi discreto, só filmou aquele assassinato a sangue-frio do pivete, que faz contraponto com o assassinato a sangue-frio por bandidos, nesses dias, da estudante Ana Carolina e do comerciante alemão na Barra. A vida aqui não vale nada. Mata-se como quem pisa em baratas ou espreme formiga com os dedos.

Este é um país onde se entra pela janela. Ou porque a porta é estreita ou porque não há lugar para todos no vagão. O Brasil subverteu um versículo bíblico, que diz: "Entrai pela porta estreita que largo é o caminho da perdição". Aqui se a porta não dá, arromba-se a janela, tanto no vagão quanto no serviço público, ou na lei eleitoral, do mesmo modo que se ultrapassa pelo acostamento e se enriquece construindo edifícios de areia. Essa a nossa bíblica e histórica perdição.

Tenho ouvido pessoas dizerem dos momentos que mais as emocionaram nesse filme. Ele é rico de cenas miseráveis. Mas o que é pior para nós é que o diretor não faz demagogia nem comício. É a força pictórica do que é mostrado com cruel perícia que nos toca. Há uma tristeza, uma fatalidade, um remorso, uma denúncia naquelas cenas de multidão compacta marchando para o nada, diariamente, nos vãos e desvãos da Central do Brasil. Da mesma maneira que há uma solidão, um exílio, um desgarramento da história naqueles ônibus que vão para o interior levantando poeira e desesperança. Nesse filme a paisagem seca nos assola e a arquitetura nos oprime. Nos oprime a arquitetura social da Central do Brasil, nos rebaixa a arquitetura dos conjuntos habitacionais de ontem e hoje.

Mas será que o Brasil é só isso?

Estou na Sala Cecília Meireles assistindo ao suave e belíssimo concerto do *Les arts florissants*, em que a música barroca de Haendel sublima o drama pastoril da ninfa Galateia e do pastor Acis perseguidos pelo monstro de um só olho Polifemo. Ali estamos, beatificamente também, com um só olho. Somos uns privilegiados. O olhar monstruoso, o deixamos na miséria humana que recomeça tão logo saímos do teatro. Por isso, tento prolongar o estado de beatitude comprando vários discos do conjunto, para enfrentar as balas do cotidiano.

Deve haver um outro Brasil, que não aquele corporificado no filme. É preciso urgentemente que haja esse outro país. Na esteira de *Central do Brasil* que conta (também) a estória de analfabetos que pedem à personagem de Fernanda Montenegro que escreva cartas a seus familiares, vejo nos jornais que o governo FHC não resolve os problemas da educação, não tem sequer projeto para os chamados "analfabetos funcionais". (Aliás, teve, mas jogou-o criminosamente na lata de lixo, conforme a história do Proler.)

E porque acho que a leitura é que pode transformar esse país, vou a Juiz de Fora e faço à Biblioteca Municipal Murilo Mendes a doação de cerca de mil livros do meu acervo. Vou também para a inauguração de uma rua com o nome de meu pai, que aprendeu a ler sozinho e sozinho aprendeu francês e esperanto. Na agora rua Jorge Firmino de Sant'Anna, a presidente da associação de moradores diz, espontaneamente, que quer instalar ali uma sala de leitura. E, coincidentemente, um ex-colega de ginásio, o agora doutor Ronaldo Tournel, ali me conta uma estória comovente. Há tempos começou a comprar livros para seus pacientes, e constatando que isso fazia bem à saúde deles, fez uma pequena biblioteca. E coisas surpreendentes começaram a acontecer. Ia, por exemplo, dar alta a um paciente e este lhe pediu para adiar a alta porque precisava saber o fim de uma estória que estava lendo. O médico achou interessante o pedido, mas alguém chamou sua atenção comentando que aquilo parecia mentira, pois o referido doente era analfabeto. Ronaldo, então, vai a ele, pergunta-lhe se é analfabeto e o doente confirmando se explica: "É doutor, sou analfabeto mesmo, mas o paciente do leito 12 lê para mim... e eu leio na leitura dele".

A doença do Brasil é da falta de leitura. A dos analfabetos, a dos analfabetos funcionais e, sobretudo, a dos políticos e da elite que leem errado o país.

O Globo, 24/4/1998

CURA DO REAL PELA FICÇÃO

Faleceu nos últimos dias de 2003 um de nossos maiores contadores de estória – Fernando Lebeis. Com sua voz aveludada de violoncelo, com gestos discretamente alados, prendia a atenção de plateias de eruditos, operários ou crianças. Com ele as lendas indígenas e africanas ou os textos literários viravam estórias novas.

Penso nele ao escolher como tema desta crônica o que recentemente na França e nos Estados Unidos passou a ser conhecido como "contos sistémicos": um gênero literário e terapêutico que vem se afirmando na parede-meia dos consultórios com a literatura.

Para quem se interessar sobre o assunto, comece com o estudo de Philippe Caillé e Yveline Rey "Il était une fois... la méthode narrative in systémique" (Paris: Les Éditions ESF, 1998), em que os autores estabelecem a diferença entre o "conto tradicional" e o "conto sistêmico". Por conto tradicional entenda-se o conto de fadas, as narrativas folclóricas e até mesmo literárias. Por conto sistêmico, entenda-se a produção de texto feita de diversas maneiras em consultórios. Pode o terapeuta construir uma narrativa com ar de fábula, lenda ou parábola que, servida ao paciente, fará que este, alusivamente, reconheça elementos de sua própria estória. Pode também ser o texto elaborado a várias mãos. O analista começa uma narrativa e o(s) paciente(s) a termina(m) ao seu modo. Podem o casal ou os membros de uma família em terapia conduzir o desfecho de maneira diversa. O que interessa é que, ao elaborar a trama, os pacientes exponham metaforicamente o que conscientemente não teriam coragem para mostrar.

De algum modo isso repete outros tipos de tratamento, como o realizado pelo desenho, pela dança, pela pintura ou pelo teatro. Se nesses casos são o traço, o movimento, as cores e a encenação os elementos reveladores de traumas, no caso dos contos sistêmicos é a escrita o veículo que aproximará o indivíduo de sua verdade traumática.

Não há que ter preconceito contra essa forma de produção simbólica e textual. Há que, reconhecendo sua eficácia, constatar as semelhanças e as diferenças com o processo da criação artística. Já Freud havia confessado que um dos textos que mais o impressionaram quando tinha catorze anos foi Sämtliche Schriften (*A arte de ser um escritor original em três dias*), no qual Ludwig Börne, em 1823, recomendava que o aspirante a escritor escrevesse, sem censura, tudo o que lhe viesse à cabeça naqueles três dias. Por outro lado, a "escrita automática" dos surrealistas e a "stream of consciouness" de Joyce e outros fazem parte dessa técnica de liberação psíquica através de um invólucro estético.

É interessante a observação que encontro no livro de Caillé e Rey, de que "de uma certa maneira Sherazade inaugura a ideia do tratamento da loucura através dos contos". O rei paranoico que mandava matar todas as mulheres depois da primeira noite de casamento era um obsessivo que revivia em cada uma delas a traição de sua amada original, que ele queria eliminar. Sherazade surge então como sua terapeuta, fazendo-o reviver através de suas estórias uma saída para sua neurose, convertendo, finalmente, a pulsão de morte em amor e vida.

Vivo repetindo uma frase de Clarice Lispector que tem libertado muita gente: "Você sabe que uma pessoa pode encalhar numa palavra e perder anos de vida?". Pois os contos sistêmicos e até mesmo a literatura propriamente dita podem ajudar a pessoa a se defrontar e a se desvencilhar de certas "palavras" traumáticas. Na vida ou na literatura, há que solucionar enigmas. "Ou me decifras ou te devoro", disse a Esfinge a Édipo. Nossas neuroses querem nos devorar. E se não as podemos eliminar, o melhor que fazemos é convidá-las para uma ceia amistosa administrando-lhes a gula.

A literatura e os mitos têm oferecido figuras simbólicas que resumem nossos conflitos: Dom Quixote, Fausto, Sísifo, Gregor Sansa, Ulisses e outros cristalizam nossas alucinações. Por outro lado, como nos mitos populares, estamos sempre procurando as frases que nos revelem o sentido dos enigmas, seja "abracadabra", "Abre-te Sésamo" ou "rosebud". Às vezes, certas palavras e objetos traumáticos estão bem diante dos nossos olhos e não os vemos, porque não suportaríamos sua visão, como ocorre no conto de Poe que Lacan analisa, em que a carta tão procurada estava à vista de todos, que não a viam porque a procuravam no lugar errado ou não queriam vê-la.

A linguagem tem seus sortilégios. Entre os dogons, conforme assinala Geneviève Calami-griaule em *Art et thérapie – Le conte, notre metamorphose*, falar é elaborar, fabricar, dar sentido ao informal. E a linguagem foi revelada aos homens com a tecelagem. Segundo a lenda, figura mítica de Nommo assentado sobre a água primordial, expectorou os fios de algodão e os teceu em sua língua fendida, utilizada como navete de tear. Enquanto fazia isso ele falava e sua linguagem fixava-se nas tramas do tecido, daí o nome "dogon" significar "é a linguagem". De resto, é bom lembrar que é do país dos dogons o pensador e escritor que batalhou a vida inteira para preservar as línguas e as tradições orais africanas. É de 1962 a sua frase que se tornou provérbio: "Na África, quando um velho morre, uma biblioteca se queima".

A psicanálise afirma que todos nós somos autores/personagens de um "romance familiar". Recontar essa estória é uma fatalidade. Nos tratamentos há que voltar a essa estória, reencená-la criticamente para que o ator passivo se transforme em autor ativo.

A literatura vai pretensiosamente um pouco mais adiante. O autor tenta esmaltar e envernizar com recursos estéticos o que em outros é neurose pura. Todo autor é obsessivo e não tem senão uma estória a contar. E o ilusório consolo do autor é que esteja contando uma estória de utilidade pública, que sua narrativa, poema ou drama possa ter a blindagem estética que o resgate da simples vala dos neuróticos comuns.

O Globo, 10/1/2004

LENDO COM OS FILHOS

"**Q**uerido Francesco, hoje de manhã, você chegou com o livro embaixo do braço. Os seus olhos ainda estavam sonolentos e escuros que quase pareciam não conseguir ficar abertos, e aquele seu jeito de andar cruzando as pernas dava a impressão que ia tropeçar e cair a qualquer momento. Veio a mim com um livro cheio de ilustrações. Era a história da joaninha".

Assim Roberto Cotroneo começa uma carta-livro para seu filho, carta que o garoto de uns dois anos só poderá ler daí a uns dez ou quinze anos. Roberto sabe que os livros ajudam a formar o imaginário das pessoas e expandem a inteligência e a sensibilidade. Então, como crítico e professor, ao invés de escrever complicado ou ficar competindo com seus pares para ver quem cita a última bibliografia, tomou outra direção. Adiantou uma conversa com o filho, como se essa fosse a conversa que gostaria que alguém tivesse tido com ele quando era adolescente. Conversa então com seu futuro leitor sobre os livros que o menino ainda vai ler: *A ilha do tesouro* de Stevenson, *O apanhador no campo de centeio* de Salinger, sobre os poemas de T.S. Elliot etc. E ao entreabrir esse diálogo imaginário começa a conversar não só com seu filho no futuro, mas com os adultos que têm uma irremissível criança dentro de si.

Naquela fase da vida Francesco ainda estava folheando *Dumbo, Cinderela, Peter Pan, Mogli*. Mas um dia chegaria em que teria de avançar na complexidade da vida e da leitura. Assim como um adolescente tem de fazer ginástica, literatura é um tônico para a imaginação. As histórias, as metáforas, os conflitos e a musicalidade dos versos passam informações e conhecimento que nenhuma outra disciplina ou nenhuma conversa pode ter. Outro dia o escritor israelita Amós Oz foi até mais longe, disse que a literatura é o melhor antídoto contra o fanatismo, porque ela abre a cabeça.

Roberto Cotroneo está tentando repetir o modelo de seu antigo professor de inglês, um mestre estimulador da inteligência que chegava na classe e dizia simplesmente: "Já ouviram falar de doutor Johnson?". Referia-se, melhor dizendo, à biografia de James Boswell: umas mil páginas. Nenhum de nós conhecia a *Vida de Samuel Johnson*. E era esse mesmo professor que noutro dia virava-se enigmático e dizia: "Já ouviram falar de Jerome David Salinger?". E o mestre ia falando e Roberto ia tendo uma revelação definitiva em sua vida, que foi a leitura de *O apanhador no campo de centeio*. O livro de Salinger trata da transgressão, assunto que interessa diretamente a qualquer adolescente, razão porque esse livro há cerca de cinquenta anos é um *best-seller* mundial. Igualmente, assinala Roberto Controneo, um livro como *A ilha do tesouro*, que ele também comenta com o filho, trata do tênue limite entre o bem e o mal, ou melhor, é até um livro com alguns pesadelos sobre a maldade dos piratas. Mas as crianças têm de vivenciar todos esses sentimentos, elas carecem disso, buscam isso. Por isso, não há que querer fabricar uma literatura "bem-comportada" e "otimista" para crianças, como algumas pessoas tentam. Ainda há pouco vi uma equivocada entrevista de Margaret Atwood dizendo que escrevia para crianças estórias que sempre terminavam bem. Terrível engano. Não entendeu nada nem de criança nem de literatura para criança.

Mas a invejável e rica conversa futura de Roberto Cotroneo com o filho espraia-se por outros domínios como a música, e o pai disserta sobre Mozart, sobre o *Concerto para oboé* de Alessandro Marcello e sobre Glenn Gould. É a conversa que todo pai ou mãe com alguma sensibilidade artística sonha ter com suas crias.

Se você não sabe como ter essa conversa com seus filhos, este livro pode substituí-lo. E se nunca ninguém conversou sobre esses livros com você, aproveite, que esse autor está à sua disposição. Estou me referindo a *Se uma criança, numa manhã de verão...* (Editora Rocco), que tem um sugestivo subtítulo: "carta para meu filho sobre o amor pelos livros".

O Globo, 22/8/2004

OS QUE NOS ENSINAM A VER

É comum, diante de uma situação estranha, absurda, labiríntica e sem solução, as pessoas dizerem que essa é uma situação kafkiana.

É comum, em certos momentos em que as pessoas revisitam afetivamente seu passado motivadas por um reencontro, uma palavra, um perfume ou uma foto, dizerem que estão numa situação proustiana.

É comum, quando não se sabe se o vivido já estava escrito ou se o escrito foi vivido antes, de tal modo que a realidade parece ser um grande livro ou biblioteca que remete interminavelmente para si mesmo, dizer que essa situação é borgeana.

Franz Kafka.

Marcel Proust.

Jorge Luis Borges.

Três escritores da modernidade (do século passado), três nacionalidades diferentes, três modos diferentes de ver o mundo.

Mas não são os únicos.

É possível, diante de uma situação que se descreve como de uma luminosa angústia e ansiedade, em que pontos luminosos furam a opacidade do instante, dizer que essa é uma atmosfera típica dos textos de Clarice Lispector.

É possível, em situações urbanas e cotidianas, quando o patético e o cômico se fundem cruelmente, onde a cena, sendo *kitsch* e grotesca, é também crítica do grotesco e do próprio *kitsch*, reconhecer que a cena é típica de Nelson Rodrigues.

É quase certo e muito frequente que diante de uma cena infernal, mórbida, terrível e torturante só nos reste classificá-la de dantesca.

Outros exemplos poderiam ser aqui adicionados, incluindo Dostoiévski e Charles Dickens. Enquanto a imaginação e a memória de cada leitor/leitora elaboram essas associações, tomo um atalho para uma observação convergente e complementar.

Dizer kafkiano, borgeano, proustiano, clariciano, rodrigueano ou dantesco não é simplesmente criar um adjetivo. Há aí algo mais sutil e relevante. E aqui estou querendo assinalar como a literatura nos ajuda a recortar e interpretar a realidade. É como se certos autores tivessem disponibilizado um instrumento, uma lente, para se ver alguns aspectos do real e do simbólico. Depois do surgimento da obra de Kafka aprendemos a olhar as coisas e as pessoas de outra forma. Ele disponibilizou uma tecnologia de apreensão da realidade. Depois de Kafka ninguém entra numa repartição pública e fica ali exposto ao absurdo barroco da burocracia da mesma maneira. O cenário foi todo montado por ele.

De igual modo, em relação a Proust, é como se ele tivesse descoberto um microscópio, uma máquina do tempo de uso pessoal, que nos possibilita recuperar filigranas do nosso passado.

Isto é diferente de estilo. Estilo é um "modo de escrever". Esses autores inventaram um "modo de ver". Eles nos ensinaram a configurar certas situações, a organizar o sentido disperso em nossa angústia e ansiedade diante do caos.

Isto é também diferente da criação de tipos e personagens que passaram a habitar nossa cultura como símbolos e referências, a exemplo de Hamlet ou Dom Quixote.

É como se eles tivessem descoberto uma fórmula científica, que passa a ser de uso comum. É como se tivessem mapeado algo novo no genoma da gente. Há algo do "ovo de Colombo" nisto. Depois que eles viram as coisas daquele jeito passamos a vê-las com facilidade como se sempre tivessem existido.

E quando digo que eles criaram ou desvelaram um "modo de ver" ou quando digo que eles nos emprestaram uma "lente" de observação e classificação do real, penso também na metáfora da janela e da transparência.

Muitos autores bons e clássicos nos fazem ver cenas como se estivéssemos diante de uma janela. Eles nos mostram personagens, ações, o mundo. Mas aqueles autores a que me referi não abriram simplesmente uma janela. Como que nos emprestaram para sempre uns óculos para reconhecer realidades diante das quais seríamos míopes ou teríamos algum tipo de astigmatismo.

Enfim, aqueles autores, não são só autores, são "modos de ver" e enquadrar o mundo.

Isto ocorre em outros gêneros também. Depois que as pinturas de Juan Bosch e Pieter Brueghel entraram em nossos olhos, estamos preparados para reconhecer situações que eles configuraram. Igualmente no cinema, vejam o que Luis Buñuel criou com *O anjo exterminador*.

Recentemente isso ocorreu até num gênero literário aparentemente infenso: a crítica e o ensaio. Roland Barthes disponibilizou um modo de ver a textualidade do mundo. Depois de lê-lo já não lemos qualquer texto ou realidade do mesmo modo. À maneira de Borges, há uma lente, um dispositivo barthesiano de leitura do mundo. E aqui não se trata apenas de meia dúzia de conceitos. Muitos críticos e ensaístas criaram conceitos, terminologias úteis, e nem por isso modificaram nossa maneira de acercarmo-nos das coisas.

Enfim, para radicalizar, atualizar e dizer melhor o que talvez não tenha sido dito, em termos de informática, hoje isto é o equivalente a dizer que certos autores criam softwares para nosso imanente hardware.

O Globo, 30/6/2001

A ANTIGA RELAÇÃO ENTRE A ESCRITA E A IDEOLOGIA[1]

INTRODUÇÃO

Estamos acostumados a que o português e o inglês tenham 26 letras e que se diga que um mandarim na antiga China para exercer sua atividade carecia manipular mais de 10 mil caracteres com destreza. Tem-se, em geral, que a escrita é algo *natural* dos povos, e, pelo fato de vermos os primeiros documentos sempre ligados à religião, somos levados a crer que foi um presente dos deuses através de sacerdotes escolhidos.

Duas observações, no entanto, podem ser feitas.

A primeira é que, talvez, a escrita não seja uma pura doação dos deuses como nos fizeram acreditar outrora; a segunda é que talvez a diversidade linguística não tenha sua explicação esgotada com o surgimento de uma mítica Babel instaurada pelo Senhor como punição. Há indícios de que tal Babel foi insidiosamente estimulada por elementos humanos, perfeitamente localizáveis quando lemos os estudos sobre as origens das línguas e quando se analisa a relação entre a escrita e a ideologia das comunidades.[2]

A partir, portanto, de um conceito semiológico de ideologia, este estudo pretende, didaticamente, examinar três aspectos do relacionamento entre a escrita e a ideologia.

1. Toda a história da escrita pode ser compreendida em três instantes: a criação da *escrita primeira* ou *escrita-sujeito*, a *escrita segunda* ou

---

1 Este texto foi originalmente publicado em 1972 na revista *Caderno de Jornalismo e comunicação*, do *Jornal do Brasil* e no livro *Por um novo conceito de literatura brasileira*. Rio de Janeiro: Eldorado, 1977. Fiz pequenos acréscimos e correções para esta edição.

2 Para os teóricos dos anos 60 (Althusser, Barthes, Foucault, Lacan etc.) retomando Saussure, Marx e outros, a ideologia tem um discurso oculto que a semiologia deve desentranhar. Uma coisa é o que dizem as leis, outra é a prática social. Ver este "cimento invisível" que une os blocos do edifício social é tarefa do analista, que procura a "enunciação", o "significante", o "não dito" na superfície dos textos.

escrita-objeto e o desenvolvimento de uma *escrita terceira*, que *ultrapassa o sistema de letras do alfabeto.*

2. A escrita sempre foi uma forma de poder. A princípio na mão dos sacerdotes, depois dos militares e enfim dos tecnocratas, estabeleceu-se que quem controla a letra controla a comunidade.

3. As sociedades escriturárias não são necessariamente superiores e a escrita está passando por uma metamorfose perturbadora. Poderá, no entanto, a expansão da escrita num universo simbólico mais amplo eliminar a solidariedade ou o pacto entre *escrita & poder?* Será que mesmo numa idade planetária, a afirmação: *"Quem produz os signos produz o poder"* ainda será correta?

ESCRITA PRIMEIRA

As histórias das religiões insistem no caráter sagrado da escrita, contando como ela foi concedida aos homens pelos sacerdotes eleitos. Esses textos sagrados são os que mais resistiram ao tempo devido à sua própria natureza, uma vez que eram metonímia do divino, uma presentificação da vontade de Deus desvelada ao povo pelo profeta.

A palavra de Jeová vem a Moisés onde lhe era próprio: nas alturas, em meio a orações e jejuns e talhada em pedra. Jeová, conforme o tetragrama original em hebraico, é a palavra primeira, é o verbo gerador: "Eu sou o que sou", confirmando o texto bíblico: "No princípio era o verbo". É a mão de Deus que aparece em meio ao festim de Baltazar e escreve nas paredes as palavras condenatórias: Mene Mene Tekel Ufarsin[3] e só o profeta do senhor consegue decifrá-las.

Na cultura islâmica, o Corão é a "reprodução do arquétipo celeste"[4] e aí está a "revelação" que Alá fez descer (*tanzil*) sobre seu profeta por intermédio do anjo Gabriel. *Tanzil* significa isso mesmo: "fazer descer", é a descida da mensagem divina à terra. Neste caso, a mediação se dá através do anjo que durante 22 anos (610 d.C a 632 d.C.) ditou a Maomé as pala-

---

3 Ver na Bíblia o livro de Daniel, capítulo 5, versículos 25 a 28. Aquelas palavras significam: "contado, contado, pesado, dividido". E o profeta/advinho assim as traduziu, comunicando ao rei que ele e seu reino foram postos na balança diante de Deus e achados em falta, por consequência os medas e persas invadiriam suas terras e trariam a destruição.

4 MIGUEL, André. *O Islame e a sua civilização.* Lisboa/Rio de Janeiro: Cosmos, 1971. p. 53.

vras sagradas. Está lá no Corão: "Ele é Quem fez descer sobre ti o Livro, no qual há signos precisos que são a mãe do Livro e outros ambíguos".[5]

A esta escrita que assim se manifesta, uma metonímia do divino, denominamos de *escrita primeira* ou *escrita-sujeito.* Reveste-se de caráter não só místico, mas mítico como ocorre em narrativas profanas e populares. A escrita chega a ser a própria coisa que narra. Ela não fala da palavra de Deus, ela é a palavra de Deus. O poder encantatório ou de maldição lhe é imanente. Pronunciar essas palavras é exercer a força que elas têm. Por isso torna-se ela intocável e cercada de cuidados especiais. Não só o livro sagrado é guardado no templo, mas a própria palavra – Deus – é escrita a ouro ou com estilete especial. Não se pode pronunciar a palavra Deus em vão, dizem as escrituras, pois ela tem uma potência mágica que nos ultrapassa.

A transferência do poder mágico para as palavras acha-se registrada nas crendices populares, nas lendas de diversos países, e o mito de Ali--Babá parece ser uma excelente variante. Nesses mitos, pronunciar a palavra misteriosa ("Abre-te Sésamo") é abrir tesouros, grutas e corações. A palavra mágica ("Abracadabra") é a palavra do poder e pode até curar. E para isso ela desenvolve suas potencialidades conotativas, para, através de seu caráter poético, ser mais útil e melhor conduzir o mistério.[6]

Aqui se poderia abrir um parágrafo, para essa relação entre as "palavras" e as "coisas", pois este é um vasto capítulo que invade inclusive a filosofia e a história da cultura. Em torno do Renascimento e do Barroco era comum dizer que a natureza era um livro aberto. Francisco Mercúrio em 1667 referiu-se ao "alfabeto da natureza", e para Galileu o livro da natureza estava escrito em caracteres matemáticos. Recentemente, Michel Foucault em *As palavras e as coisas*, na linha dos filósofos de origem nietzschiana, desprendeu as palavras das coisas e transformou as palavras em coisa reificando o discurso como primado do saber.

ESCRITA SEGUNDA

Com o incremento da tecnologia, a possibilidade de reprodução dos textos e a percepção de que o controle da escrita era o controle da infor-

---

5   MUYAHID, Abdel Malik (Ed.). *El Noble Coran.* Ryadh/Houston/Lahore: Darussalam Editores y Distribuidores. p. 76.

6   Neste livro ver as crônicas "Como Deus fala aos homens" e "Deus é poliglota". Ver também *Barroco:* do quadrado à elipse (Rio de Janeiro: Rocco, 2000. p.110-111).

mação e do poder, desenvolveu-se a *escrita segunda* ou *escrita-objeto*. A distância entre a primeira e a segunda forma de escrita mede-se pela distância que há entre um pergaminho e um *pocket book* ou entre uma edição *princeps* e uma publicação em folhetim.

É interessante observar também que houve uma evolução representativa e gráfica das letras e da caligrafia. Não se trata apenas de notar que entre os egípcios havia uma escrita hierática para a elite e uma outra demótica, para os demais. Ocorreu também uma evolução do figurativo para o abstrato. Quanto mais figurativa, mais a escrita estava próxima das fontes primitivas e quanto mais abstrata, mais próxima de práticas modernas. Difícil ver na letra "A" atual o desenho de uma cabeça de boi na escrita egípcia; na letra "E" o desenho antigo de alguém "feliz" de braços levantados, embora no "N" haja algo de uma "cobra" e no "O" uma imagem do "olho". Por sua vez, o ideograma chinês, que gerou a escrita do japonês, do coreano, do vietnamita, passou também por uma simplificação de traços em razão da tecnologia e da urgência de comunicação.

No entanto, enquanto Deus é tido como produtor da escrita-sujeito, a escrita-objeto tem como produtor o próprio homem, o tecnocrata, o capitalista, o poder constituído. Aqui a ideologia flui mais obviamente sem o disfarce do religioso e do mítico. A ideologia confecciona os dicionários, seleciona as definições e agrupa os fatos e a história em manuais e enciclopédias. (As alterações nas enciclopédias ou os livros de história da Rússia Soviética mostram claramente como os fatos e os personagens eram subtraídos e modificados de acordo com quem estava no poder). Essa escrita se sabe instrumento e nunca um fim em si mesma. Sua função é sustentar o poder instaurado e articular os símbolos da comunidade. Como instrumento ideológico é ela que vai servir de elo entre as instituições sociais, ajudando a manter unidos e justificados todos os seus elementos.

ESCRITA TERCEIRA

Pode-se falar ainda de um terceiro tipo de escrita que é a continuidade natural dessa linha de desenvolvimento histórico e tecnológico. Sendo a escrita, desde seu surgimento mais remoto, já uma tecnologia, ela parece estar atingindo o seu *plus ultra* com a superação do alfabeto como código e criação de outros códigos de informação mais precisos e rápi-

Ler o Mundo

dos. Aqui já estaríamos falando, então, de escrita num sentido amplo, referindo-nos à escrita como tudo o que constitui a própria semiologia. É o texto além do livro e da letra, uma escrita tecnológica desenvolvida nos computadores e laboratórios, signos e sinais novos configuradores de um novo saber para a idade planetária.[7]

A ESCRITA E O PODER

Quer seja a *escrita-sujeito*, a *escrita-objeto* ou a *escrita como uma forma mais ampla de semiologia,* ocorre uma invariância: o homem sempre recebeu a escrita de uma instância superior. No primeiro caso ela era doada por Deus através dos sacerdotes eleitos; no segundo, veio através de governantes e dos militares, e na terceira é programada por tecnocratas instalados no poder.

Seja, portanto, no Paleolítico superior[8], seja com os mandarins da China,[9] seja nos conventos da Idade Média,[10] seja nas colinas do Paquistão visitadas por Lévi-Strauss, a escrita sempre foi símbolo e instrumento de poder. Em Uruk (Mesopotâmia), onde primeiro surgiu, a escrita em pouco tempo chegou a contar com novecentos sinais. Criou-se, então, a profissão do escriba (*dupsar*), que pela sua posição exercia poder sobre a comunidade, uma vez que este era depositário de segredos político-religiosos, cabendo-lhe sobretudo a redação da Lei.

Descobertas feitas em 1964[11] revelaram que Ebla (Mesopotâmia) era uma cidade, que há 4.300 anos, tinha 250 mil habitantes e 18 mil escribas, o que dá a importância da escrita e das bibliotecas. Aí foram achados 17 mil fragmentos de livros, 32 dicionários e percebeu-se que os livros (em

---

7   Este é um texto de 1972, escrito antes da internet mas intuindo o que poderia suceder em breve. Em 1970 eu havia feito experiência de usar computadores em pesquisa literária, conforme se vê na tese *Drummond o gauche no tempo*, Rio de Janeiro: Record, 2008. Nos anos 80 publiquei "A telemática e a democracia nos trópicos" (em *Política e paixão*. Rio de Janeiro: Rocco, 1984), onde menciono o livro de Alvin Tofler (*O choque do futuro*) e o Relatório Nora, encomendado pelo presidente da França em 1978, Giscard D'Estaing, que dá por superado o "modelo estrela" de comunicação, no qual a informação parte do centro para a periferia.

8   Nessa época havia também uma cultura visual e expressiva, embora o alfabeto não estivesse plenamente inventado, conforme o volume *O homem antes da escrita*, organizado por André Varagnac. Lisboa/Rio de Janeiro: Cosmos, 1963.

9   Como se sabe, os chineses, antes de Gutenberg já praticavam técnicas de composição do livro.

10   *O nome da rosa*, de Umberto Eco, romantiza esse tema ao tratar do livro proibido, livro que poderia "envenenar" real e metaforicamente quem o lesse.

11   ESCOLAR, Hipolito. *Historia das bibliotecas*. Madrid: Ediciones Pirámides, 1987.

53

plaquetas de barro) eram dispostos com alguns critérios que ainda permanecem na moderna biblioteconomia.

Ainda recentemente Lévi-Strauss constatou essa mesma relação em Chittagong (Paquistão):

> Le scribe est rarement un fonctionnaire ou un employé du groupe; sa science s'accompagne de puissance, tant et bien que le même individu réunit souvent les fonctions de scribe et d'usurier, non point seulement qu'il ait besoin de lire et d'écrire pour exercer son industrie; mais parce qu'il se trouve ainsi à double titre, être celui qui a prise sur les autres.[12]

Representante do poder humano e do divino, a escrita tem na cultura islâmica uma perfeita ilustração de como as instâncias superiores se solidarizam em sua articulação. Depois que Maomé fez suas pregações pelos desertos, encontravam-se as tribos tão fragmentadas quanto fragmentados eram os diversos textos com as palavras do Profeta. Havia um caos político, econômico e uma complicação religiosa, que o terceiro califa, Otman, revolveu debelar a partir da reunião de todo o povo em torno de uma só verdade. Coligiu os versículos espalhados em fragmentos de couro, pedaços de cerâmica, omoplatas de camelo ou nervuras de palmas e preparou a primeira vulgata do Corão. Claro, teve o cuidado de mandar destruir as versões que concorriam com o texto agora canonizado.

Nessa edição da palavra santa acolheu tanto as fontes orais quanto as escritas, porque importava fixar um texto não apenas médio, linguisticamente, mas que espelhasse todos os interesses, até mesmo os econômicos da sociedade. Com o estabelecimento do texto do Corão, estabeleceu-se também a escrita, o vocabulário, a caligrafia e as estruturas morfossintáticas do árabe. *A sintaxe da língua corresponde à sintaxe do poder.*[13]

É nessa mesma linha de convergência do divino e do humano para o ideológico que muito antes de os árabes e dos chineses vamos encontrar

---

12 LÉVI-STRAUSS, Claude. *Tristes Tropiques.* Paris: Plon, 1955. p. 342. *Tristes Trópicos.* São Paulo: Companhia das Letras, 1996.

13 Para considerações sobre o poder e a gramática da revolta é ilustrativo o artigo de Roland Barthes "L'écriture de l'evenement", em *Communications*, 12, Paris, Seuil, 1968. Aí Barthes estuda os acontecimentos de maio de 1968 na França e a linguagem escrita dos revoltosos, comparando expressões como "prise de la parole" e "prise de la Bastille".

Assurbanipal ostentando que "desde a infância tinha adquirido a sageza do deus Nabu, a totalidade da arte de escrever todas as tabuinhas de barro, fossem quais fossem, o que lhe permitia ler um texto sutil, obscuro, difícil de traduzir em acádio.[14]

O imperador assírio é bem uma reedição da figura mitológica grega de Cadmo, que, por ser o introdutor da escrita entre sua gente, converteu-se em senhor dos exércitos e ganhador de batalhas, pois "the alphabet meant power and authority and control of military structure at a distance".[15] Pode-se, nesse sentido, atualizar essas observações e lembrar que a internet, que hoje é de largo uso na sociedade civil, foi inventada, nos anos 60, primeiro para fins militares nos Estados Unidos e na época se chamava Arpanet.

Trazer a palavra do Senhor aos homens acampados no deserto, tanto quanto produzir leis, Constituições e enciclopédias, é exercer o poder. A escrita atualmente emana do tecnocrata como antes emanava de Deus. Como elemento explicitador da produção da escrita havemos sempre de encontrar a ideologia. As alterações, por exemplo, até de caligrafia, ocorridas com o árabe, repetem-se com o chinês moderno. O comunismo descobriu que os 40.545 caracteres da escrita chinesa poderiam ser reduzidos para facilitar o trabalho de politização das massas. Não titubeou em reduzi-los a 250 em 1956 e criar um novo alfabeto com 25 letras latinas e cinco especiais, que em 1958 foram de novo reduzidas a 28 letras. A escrita emana, então, do ideólogo através de uma assessoria tecnológica e ocorre aquilo que Lévi-Strauss assinalou: "la lutte contre l'analphabetisme se confond ainsi avec le renforcement du contrôle des citoyens para le Pouvoir".[16] Claro que isso pode ser lido também de outro modo. Hoje a luta contra o analfabetismo funcional é um esforço para conscientizar as pessoas para que tenham lucidez crítica sobre o próprio sistema.

Quer dizer: o povo pode ser o usuário sem contestação de um código elaborado em sua ausência. O dicionário já está pronto, a palavra do pai e da mãe são a palavra da comunidade.[17] A elaboração não é

---

14 VARAGNAC, op. cit., p. 206.

15 MCLUHAN, Marshall. *Understanding media*. New York: McGraw Hill, 1964. p. 82.

16 LÉVI-STRAUSS, op. cit., p. 344.

17 Sobre este tópico disserta a psicanálise pós-estruturalista, principalmente através dos textos de Jacques Lacan e de Maud Mannoni. A palavra do pai é considerada a palavra da Lei, que vai levar a

facultada a todos. Ela é trazida à comunidade lá do lugar onde ocorreu a "revelação" ou a "revolução". Este é o preço imposto pela cultura. Sua sintaxe já está fixada. A letra, portanto, como diziam os lacanianos, continua interdita. O que a massa recebe são os despojos do banquete da língua. A mão de Deus continua a escrever nas paredes do palácio. Mas a figura do profeta ou foi dissimulada ou se confundiu com a do tecnocrata e a do ideólogo, que não apenas sabem ler o arco-íris, os eclipses e signos outros da natureza, mas descobriram um modo de fazer a mão de Deus escrever melhor.

A relação escrita-tecnologia-poder parece, portanto, ser bem clara, uma vez que mesmo em suas formas mais rudimentares a escrita foi uma afirmação tecnológica, e a partir dessa superioridade convencionou-se o poder.

Acontece, no entanto, que sendo tecnologia e elemento da fixação do poder, a escrita talvez não tenha instrumento para a construção de sociedades melhores que as tribais. Pelo menos, essa é a crítica acerba de alguns especialistas como André Varagnac:

> As idades da escrita aparecerão um dia como sendo as idades rigorosamente estratificadas, divididas em castas ou em classes impermeáveis. Poderemos tanto melhor julgá-las, quanto as começamos a ultrapassar. Um sem-número de técnicas visuais colocam-nos já para além da escrita.[18]

É nessa mesma linha que parece insistir Lévi-Strauss quando no capítulo "Lição de escrita" em seu *Tristes trópicos*, ao destacar que no Neolítico a humanidade realizou gigantescos avanços sem o apoio da escrita, enquanto a despeito dela as civilizações históricas do Ocidente permaneceram estagnadas por muito tempo. Na verdade, diz Varagnac, "religiões elevadas, filosofia, altas morais precederam à escrita. A arte precedeu-a de mais de 30 mil anos. Contudo, os letrados tiveram sempre a tendência para recusar aos analfabetos qualquer humanidade".[19]

---

criança a entrar no simbólico. A psicanálise lacaniana é, sintomaticamente, centrada sobre modelos linguísticos de Ferdinand de Saussure.

18 VARAGNAC, op. cit., p. 409.

19 Ibidem, p. 410.

Ler o Mundo

O julgamento de que as melhores sociedades são as escriturárias obviamente parte de indivíduos que delas participam. Mas se isso é naturalmente esperado, por outro lado, é estranho, quando revela a opinião de um sábio como Lévy-Bruhl, que julgava, na primeira metade de sua obra, o homem primitivo de modo errôneo conferindo-lhe uma "mentalidade pré-lógica" e "impermeável à experiência". A redescoberta do homem primitivo pela antropologia atual constituiu-se na reinterpretação do próprio conceito de indivíduo. Não só se parte para uma redefinição do que seja a "mente selvagem",[20] como se distingue uma série de discursos que não o escrito e o literário, todos eles inseridos no modo de ser simbólico das comunidades.

Hoje afirma-se, de maneira meio arriscada, que a escrita é apenas uma fase de desenvolvimento da humanidade. McLuhan chegou a dividir a história em três etapas: pré-escriturária, escriturária e pós-escriturária, na qual já teríamos ingressado desenvolvendo outros meios de percepção e escapando à linearidade da palavra escrita. Pode-se, portanto, indagar: se a escrita se expandiu em outras formas simbólicas superando a simples articulação de letras do alfabeto, nesse novo sistema semiótico a nova escrita ou *escrita terceira* será ainda prisioneira do poder e servirá para controlar os homens discricionária e ideologicamente?

Evitando resvalar para o profético, mas no plano puramente especulativo, pode-se prever que o quadro poderia ser alterado à medida que houvesse um maior cruzamento de duas categorias clássicas da dialética: quantidade e qualidade. Ou seja: pode ocorrer que tamanha especialização da técnica venha a fazer que o símbolo seja efetivamente uma criação comunitária, ou que, pelo menos, perca suas características marcantes de aprisionamento ideológico. A técnica, num desenvolvimento dialético, pode levar à superação das contradições fazendo que a qualidade se modifique pela presença da quantidade. Mas para que isso aconteça será preciso que a cultura se dobre sobre si mesma e encete de vez a volta à natureza pelos caminhos do insconsciente. Só nesse sentido a palavra deixará de ser opressão e a sintaxe social corresponderá à sintaxe individual e não a seu avesso.

Se isso ocorresse um dia, a escrita própria da humanidade seria a escrita artística, aquela mesma que precedeu à escrita ideológica de cerca

---

20 A obra de Lévi-Strauss versa sobre isto, especialmente *La pensée sauvage*. Paris: Plon, 1962.

de 30 mil anos. Escrita como sinônimo de jogo que permitiria a reinscrição do *Homo ludens* na história. E como a escrita da comunidade é homóloga ao sistema social, teríamos uma linguagem não mais repressiva, mas portadora da ludicidade natural da vida. Neste dia o homem deixaria de ser um animal enfermo (Freud) e a linguagem seria sintoma de uma saudável afirmação vital através da reencarnação do mito de Eros.[21] Linguagem como símbolo de luz e vida e não como opressão e medo – que é a linguagem de nossos tempos.

Mas aí já estamos no escorregadio terreno da utopia.

Rio, 1972

CODA DE 2009

Quase quarenta anos se passaram desde que escrevi este ensaio e quase uns cinquenta desde que o pensamento de Marcuse e Brown marcaram a geração 60 e suas utopias eróticas e sociais. De lá para cá diante das catástrofes climáticas, intensificou-se a conscientização de que a Natureza e a Cultura têm de estabelecer um diálogo de outro nível, e não o antigo que estabelecia uma antinomia entre os dois extremos. Já nos anos 50 e 60 pensadores como o antropólogo e analista Gregory Bateson (que então eu não conhecia) insistiam na conexão entre Natureza e o nosso Inconsciente e procuravam outro caminho para romper a esquizofrenia, o "laço duplo", as ambíguas mensagens que nossa sociedade cria.

Posteriormente a esse ensaio, a internet impôs uma reformulação no sistema de comunicação. Há algo lúdico, democrático, descentrado na prática da produção de sinais. O desafio continua e novas dúvidas surgiram. Trato disso em ensaios e conferências posteriores ("Redefinindo centro e periferia" e "O problema da autonomia do sujeito e as artes") que devem compor outro livro.

---

21 Norman O. Brown em seu *Life against Death* dedica alguns capítulos a reinterpretar os mitos de Eros, Narciso e Orfeu, e ao problema da linguagem como enfermidade. Numa linha semelhante à de Marcuse, assinala que a repressão ou a liberação do indivíduo está marcada na construção de seu discurso.

OS RICOS E A CULTURA

New York. Mr. Cullman é um simpático e extrovertido milionário americano. Estive em seu apartamento na Park Av. numa recepção que ofereceu aos membros do Summit of World Library Leaders (Reunião de Cúpula dos Líderes Mundiais de Bibliotecas). Estavam ali diretores de bibliotecas de todo o mundo atendendo ao convite de Paul LeClerc, presidente da New York Public Library, para celebrar o centenário de sua instituição.

Pois nesse jantar, numa mesa estava o diretor da Biblioteca da Alemanha, mais adiante o da Biblioteca da Rússia, noutra o dirigente da Biblioteca da Índia e, assim por diante, também diretores das maiores bibliotecas dos Estados Unidos, como Berkeley, San Francisco e Harvard. Lá pelas tantas, em meio à refinada refeição, Lewis Cullman pede a palavra e faz um discurso sobre a felicidade que sente de poder investir dinheiro especialmente em bibliotecas. E diz que estranha e lamenta que outros ricos não tenham essa percepção de cultura em seu país.

Fazia ele o elogio ao sistema americano, pelo qual os mais ricos ajudam o desenvolvimento das artes em geral. Ele ia falando e eu ia refletindo e me refletindo nos demais, pensando nas diferenças culturais e econômicas entre nossos países. Acabei por me fixar no colega russo, que dirige a Biblioteca de São Petersburgo e que ouvia a fala do hospedeiro traduzida ao pé de seu ouvido por uma intérprete. Ele absorvia as frases do capitalista americano entre o prazer e a surpresa. Para quem está saindo do comunismo, no qual o Estado é o senhor da vida e da morte dos cidadãos, pensava eu, este deve ser um discurso assaz insólito. E via Vladimir Zaitsev balançar a cabeça sorrindo suavemente.

Estive com o Mr. Cullman várias vezes nesses dias. Ele e sua mulher Dorothy são benfeitores da New York Public Library. Discretamente, uma assessora da NYPL me revela que Cullman já deve ter dado uns US$ 20 milhões para aquela instituição. Puxei assunto com ele no dia seguinte, num outro jantar, dessa vez na fabulosa Science, Industry and Business Library, na 34th St., inaugurada há poucos dias e que custou aos patrocinadores US$ 100 milhões. Estávamos na mesma mesa e eu lhe dizia que havia apreciado o discurso que fez em sua casa e a maneira generosa com a qual ele vê a relação dos mais aquinhoados com a arte.

Reafirmou que não entendia porque mais gente não agia como ele, sobretudo porque nos Estados Unidos pode-se deduzir do imposto de renda até 50% para coisas da cultura. Embora tivesse noção disto, fiquei brasileiramente surpreso com a percentagem. E ele ainda me disse mais: que o governo pode taxar até 45% sobre as fortunas quando seu proprietário morre. E isso é feito para forçar as doações em vida e fazer circular as riquezas.

"Desse modo", comentei, "vocês nem precisam de Ministério da Cultura". Uma conversa a seguir com Joshua Lederberg, ex-presidente da Universidade Rockefeller, confirmou-me os números. Comecei, então, a repassar na cabeça algumas cenas que havia vivido nos Estados Unidos: em 1968, em Iowa, vi como os ricos da região prestigiavam o "Programa Internacional de Escritores". Em 1976, vi, em Great Neck, subúrbio rico de Nova York, toda a comunidade financiar grandes seminários sobre diversos países (aquele ano era a vez do Brasil), apenas para que seus moradores se informassem melhor sobre o mundo.

Por outro lado, desde um seminário realizado no El Escorial, em Madri, que Paul LeClerc havia me dito que sua biblioteca tem um setor com dezenas de pessoas apenas para angariar fundos. Agora, sua assessora, Bonnie Sullivan, instigada por mim, revela que o grupo que chefia tem de levantar US$ 400 milhões para manter em funcionamento as diversas filiais da NYPL. Não, não ganham comissão alguma pelo seu trabalho, me disseram quando indaguei.

Tanto no belo prédio central da NYPL quanto no recém-inaugurado dedicado à Ciência, Indústria e Negócios, no mármore do chão e no mármore das paredes estão inscritos os nomes de diversos benfeitores das entidades. Aqui e ali os nomes, às vezes do pai, depois do filho que o seguiu com o generoso exemplo. Alguém me diz: "É uma forma de conquistar a eternidade. As bibliotecas e os museus são igrejas que dão imortalidade aos patrocinadores". Outro comenta: "Não, em termos americanos, é apenas uma forma de interagir e afirmar-se diante da comunidade".

Ler o Mundo

Depois de mais um dia de exaustivos seminários em torno do tema "A Biblioteca Global numa sociedade eletrônica", os diretores foram recepcionados no apartamento de outro casal benfeitor da NYPL, sr. e sra. Saul Steinberg. Não nos haviam advertido que ali veríamos uma das melhores coleções particulares de pintura dos séculos XVI e XVIII. À porta, a jovem e elegante senhora nos recebe e explica que ela coleciona móveis antigos e o marido, quadros.

Impossível descrever nessa falta de espaço o que então se viu. Olho para um lado e vejo Brueghel. Viro-me para outro e dezenas de Goya. Aproximo-me de um quadro e é Cranach. Curvo-me sobre uma mesa e tenho um Rembrandt. Os italianos abundam com Carrazzi e Salvator Rosa. Os flamengos ali estão e acho que até Rubens havia.

Os colegas, mesmo os de países ricos e sofisticados como Bryan Land da British Library, Favier e Belaval da Bibliothèque Nationale de France, Klauss-Dieter Lehmann da Deutsche National Bibliothek de Frankfurt estão sob o impacto. Olho o meu colega russo, em quem sigo projetando minhas interrogações.

Na verdade, projeto nele o meu tropical espanto diante de outras culturas. E no Brasil? Me pergunto. Ah! no Brasil... como será?

O que fazem os nossos ricos com suas fortunas?

O Globo, 30/4/1996

ORQUÍDEAS E LIVROS

Bogotá – Da Colômbia os jornais falam horrores mas eu vi lá, de novo, na área da cultura, coisas que me comoveram.

Todo mundo sabe que o país está dividido em três partes e poderes: o poder legal, o poder das drogas e o poder da guerrilha. Todo mundo sempre se refere à Colômbia como um país violento, e na semana em que lá estive, jornais e televisões de todo o mundo retransmitiram aquele fato terrível: na Faculdade de Medicina de Barranquilla, os zeladores costumavam matar os catadores de papel e vender seus corpos para estudo. Um dos catadores de papel escapou com vida, chamou a polícia e houve aí um escândalo dos diabos. O depoimento do que escapou coloca no chinelo qualquer filme de horror que as televisões insistem em passar, mas que já não nos comovem mais, porque o horror de nosso dia a dia é bem pior.

Cada país tem suas formas de violência. Mas, já no avião, indo para Bogotá, eu ia anotando uma informação igualmente preciosa: a Colômbia é a segunda maior exportadora de flores do mundo. E mais: tem mais de 2 mil espécies de orquídeas e mais de 3 mil a serem classificadas.

Diante de tanta orquídea, a violência tem de ceder. E tem de ceder também diante do livro e da leitura, orquídeas que perfumam a vida de qualquer um.[1]

E já que falei de livros e leitura, introduzo logo uma comparação para nos deixar embaraçados. Os colombianos pegaram uma ideia brasileira, que aqui em nosso país nunca saiu do papel[2], e a colocaram em prática.

---

1 Em 2009, portanto, dezessete anos depois desta crônica, devido ao êxito do programa social e de leitura dos colombianos, o governo do estado do Rio de Janeiro e autoridades do Ministério da Cultura foram a Bogotá e Medellín para aprender como lidar com a violência.

2 Inúmeras vezes me reuni com a direção da Câmara Brasileira do Livro sobre esse assunto, chegamos a elaborar um documento que foi assinado na presença do presidente Collor quando ele visitou a Biblioteca Nacional, mas a CBL se desinteressou do assunto.

Refiro-me a um projeto que pressupunha que editores e fabricantes de papel dariam 1% do valor dos negócios com papel de livro para constituir um Fundo Nacional de Incentivo à Leitura. Com esse dinheiro, que no Brasil poderia variar em torno de US$ 1 milhão ao ano, íamos nos enriquecer de duas maneiras: a cultura se enriqueceria com a divulgação do livro e da leitura, com a consequente melhoria do nível de participação na cidadania, e os editores e papeleiros iam acabar se enriquecendo mais, porque haveria aumento de consumo de livros.

Mas aqui a coisa vai a passos de cágado. Lá, o Fundalectura, dirigido por Silvia Castrillon (que confessa orgulhosamente ter-se inspirado nos projetos brasileiros) vai às mil maravilhas. A primeira-dama do país é a presidente da organização, os papeleiros e os editores colombianos deram o dinheiro prometido e já estão vendo os resultados positivos da grande campanha nacional de incentivo à leitura. O governo botou dinheiro no programa, e soldados do Exército ajudam no empacotamento de livros para seiscentas bibliotecas do país.[3]

Mas a Colômbia tem mais. Tem uma esplêndida biblioteca, Luis Ángel Arango, dirigida por Lina Espitaleta, toda informatizada, financiada pelo Banco da República, que recebe 13 mil estudantes por dia. E aí há magníficos espaços para exposição e cursos. O Banco da República desempenha um papel importantíssimo na cultura do país. A Colômbia também hospeda e financia grande parte do Centro Regional para o Fomento do Livro na América Latina e no Caribe (Cerlalc).[4] Mas entre as coisas originais no país está a Casa de Poesia Silva: uma beleza de casa colonial no meio da área histórica de Bogotá, dirigida pela poeta María Mercedes Carranza. Há ali uma livraria, uma fonoteca com poemas gravados em várias línguas, ali ocorrem conferências, depoimentos; enfim, aquela casa é um centro de gravitação da poesia. Ali a poesia do país encontra seu ponto de referência. Quem sabe isso se realiza aqui também um dia?[5] Porque de nada adiantará termos algum dia a inflação zero se não tivermos poesia.

---

3   Visitei o Fundalectura em Bogotá e vi o programa e a distribuição dos livros para as seiscentas bibliotecas.

4   Em certo momento em que ocupei cargos no conselho e na direção do Cerlalc fiz, em vão, gestões para trazer essa instituição para o Brasil, o que agilizaria a maior integração brasileira com seus vizinhos.

5   Comecei a gestão para uma Casa da Poesia no Brasil, mas diante das querelas miúdas entre certos poetas, desisti.

Depois de vários dias na Colômbia, sigo para a Venezuela a convite de Virginia Betancourt, que organizou no país o melhor Sistema Nacional de Biblioteca do continente. Há dezessete anos dirigindo a Biblioteca Nacional, Virginia é uma figura carismática. As pessoas preferem ir trabalhar com ela, ganhando metade do que ganhariam em outras empresas, porque há uma grande paixão pelo trabalho.

Durante 24 horas visitei quase uma dezena de bibliotecas, as mais variadas, tanto as inseridas em favelas quanto em grandes parques. É tudo primoroso. E ela tem uma bela frota de *bibliobus* que percorre os bairros e o país levando livros para as comunidades carentes. Esses ônibus têm equipes de contadores de estórias que trabalham o imaginário através da leitura. No Brasil temos algo parecido esparsamente por aí, mas falta quem financie um programa nacional de *bibliobus* a ser gerenciada pelo Sistema Nacional de Bibliotecas.[6] Além dos pequenos ônibus necessitamos também de bibliobarcos para percorrer a região do Amazonas e a do São Francisco, a do Pantanal etc.[7]

Quem sabe se Deus na sua infinita misericórdia não se lembra de nós?

Não é questão de dinheiro exatamente. Esses países são pobres se comparados ao nosso. É tudo questão de saber priorizar onde colocar os recursos. Quem aplica em livro, leitura, pesquisa e informação está muito mais perto de superar suas crises.

Além do mais, suspeito que temos um número muito maior de orquídeas.

O Globo, 22/3/1992

---

6 O programa Leia Brasil de Jason do Prado, financiado pela Petrobras, desenvolveu nessa década de 90 um belo trabalho com uma frota de ônibus-bibliotecas percorrendo o país.

7 Projetos para o Amazonas e o São Francisco chegaram a ser iniciados pelo Proler nessa época através de contatos com a Marinha brasileira.

NOSSO DESTINO COMUM

Caracas, Venezuela.

A cena é cinematográfica. E também teatral. Poderia, por outro lado, ser objeto de uma análise semiológica.

Acordamos cedo e estamos os 22 diretores de bibliotecas nacionais ibero-americanas numa espécie de igreja aqui em Caracas, a que chamam de Panteão, lugar onde se cultuam os heróis da pátria.

Duas fileiras de soldados ladeiam um tapete vermelho que conduz ao altar, onde, no lugar da Virgem ou da cruz, está o esquife de Bolívar – O Libertador. Entramos pela nave fortemente iluminada enquanto tambores soam depois de uma ordem, não do coroinha, mas de um sargento postado nos degraus do altar. Soa também uma corneta. Apresentam-se armas, batem os saltos de botas. Transcorre uma cerimônia cívica, mas de fundo religioso, como se estivéssemos na França revolucionária de 1789, quando as igrejas foram convertidas em Templos da Pátria. Também aqui, pelas paredes, no lugar dos santos há estátuas de generais. No teto cenas históricas estão pintadas. O caixão de Bolívar ladeado por soldados vai receber as flores que membros da Abinia (Associação de Bibliotecas Nacionais da Ibero-América) estão oferecendo.

Para nós, brasileiros, esses heróis latino-americanos não passam de nomes de ruas no Leblon. Não sabemos exatamente quem foram. Mas, ao contrário, quando se começa a conversar com nossos vizinhos de continente vê-se não apenas que a história deles é uma só, mas que falam sobre ela como algo vivo. Sabem nomes de batalhas e datas e conversam como se o século XIX fosse hoje. No Brasil, só os gaúchos falam disso.

Os brasileiros têm uma sensação diferente. Parece que o território nos foi dado de graça e sem sofrimento. O que nos contaram foi que os bandeirantes e o gado saíram por aí andando-andando e quando nos demos conta tínhamos alargado as fronteiras graciosamente, sem sangue.

Contam-nos também umas coisas do barão do Rio Branco e de Caxias, de como ajudaram a fixar nosso mapa, mas sem muitos detalhes. Esse Brasil que aí está parece que nos foi dado de graça.

Não foi.

No entanto, como ia dizendo, aqui estamos os 22 diretores de bibliotecas nacionais ibero-americanas. Viemos assistir à inauguração da exposição: "Testimonios: cinco siglos del libro en Iberoamérica", onde 241 obras raras de nossas bibliotecas contam a história de nossa cultura do século XVI ao século XVIII. O Brasil entra com dezenove livros selecionados por Ligia Cunha – uma das grandes especialistas no assunto. E se lermos esses e outros livros veremos que nossa história realmente é mais complicada do que pressupõe a paz de nossas fronteiras.

Olhando essas obras cuidadosamente expostas e o belo e denso catálogo (um livro de mais de trezentas páginas), começo a redescobrir nossa história, nosso destino comum. Meu Deus! Como somos parecidos apesar de nos ignorarmos. Não é à toa que vendo as pessoas nas ruas de Caracas me parece estar numa cidade brasileira qualquer, num espaço perdido entre o Nordeste e Miami. Somos muito mais parecidos do que julgamos e temos de pensar, forçosamente, nosso destino comum. Os brasileiros que se exilaram nos anos 60 e 70 descobriram isso dolorosamente. O Brasil precisa descobrir a América Latina. A América Latina precisa descobrir o Brasil. Essa Associação de Bibliotecas Nacionais da Ibero-América (Abinia) está empenhada nisso. Reuniu-nos todos. E a ajuda da Espanha tem sido valiosíssima. Está financiando encontros e exposições da Abinia em vários países. Não é só remorso histórico do colonizador de ontem. Está patrocinando um belo livro sobre a história das 22 bibliotecas ibero-americanas e um lindo catálogo de mais de trezentas páginas sobre as 241 obras expostas aqui, que em outubro irão a Madri. Patrocina também um CD-ROM com cerca de 200 mil obras catalogadas sobre nossa história comum e está provendo as bibliotecas do continente com máquinas diversas.

Por isto, quem conduziu as flores ao esquife de Bolívar, naquela cerimônia no Panteón, foi Carmen Lacambra, diretora da BN da Espanha. E foi imponente o cavaleiro do protocolo anunciá-la como "la representante del Reino de España". Soa lindo e digno.

O presidente Carlos Andrés Perez veio inaugurar a exposição. A Venezuela está em festa em torno de sua nova biblioteca nacional. Depois vamos para um almoço oferecido por Perez na Casona, uma espécie de fazenda colonial, que é a residência presidencial. Ali todas as autoridades centrais do governo e o corpo diplomático e os 22 diretores de bibliotecas nacionais da Abinia. Discursa Virginia Betancourt por todos, e fala o presidente ressaltando a honra que tinha em hospedar o mais importante de quantos hóspedes teve, o livro.

Coube-me assentar-me à mesa presidencial. O presidente Perez há poucos meses esteve metido em grave crise nacional. Acusações de corrupção e tudo o mais. Conversamos. Pergunta-me, preocupado, sobre Collor e a situação brasileira. Preocupado, respondo. É grave a expressão no seu rosto. Afinal, temos um destino comum.[1] E os livros são *testimonios* disso.

Os livros, os jornais e a ansiedade pelas ruas.

O Globo, 9/8/1992

---

1 Meses depois da cassação de Fernando Collor em 1992, o presidente Perez, em 1993, sofreria também um *impeachment* acusado de corrupção.

OS SIGNOS OPACOS

Estava lendo outro dia sobre um mexicano surdo que vive nos Estados Unidos. Imagino que lá existam outros surdos que não são mexicanos. Mas o fato de ele ser estrangeiro possibilitou um estudo sobre o fenômeno da linguagem e da comunicação numa sociedade de letrados.

O fato é que o mexicano trabalhava ilegalmente no país. Até aí, nada demais. Isso já é banal lá apesar das medidas do governo americano. Mas o enigma era este: como um indivíduo que não podia comunicar-se, e não sabia inglês, conseguiu trabalhar numa série de empregos sem saber somar e diminuir e sequer dizer as horas?

Uma linguista começou a trabalhar com ele para entender o mecanismo de seu pensamento e para ensinar-lhe a comunicar-se. Começou, por exemplo, a mostrar-lhe ligação entre a palavra "gato" e o desenho do animal. Até então, a leitura que o mexicano tinha das coisas era totalmente subjetiva e pessoal. Sabia a hora em que tinha de acordar, não pelos números exatamente, mas pelo desenho, pela posição dos ponteiros no mostrador. E a relação que ele tinha com as cores era particular. Por exemplo, a cor verde lhe causava horror, porque lembra o "cartão verde" que os imigrantes têm obrigação de ter.

Essa estorinha do *The New York Times* me fez lembrar de uma coisa que sempre me intriga toda vez que vou a um *shopping* ou supermercado. Refiro-me a esses espaços especialmente porque aí há uma enormidade de palavras escritas numa língua que mesmo o indivíduo letrado não entende. É uma floresta de signos às vezes opacos. Se isso ocorre com quem tem o ginásio, imaginem o que deve passar pela cabeça de quem mal sabe escrever ou então é analfabeto?

Antigamente os nomes dos estabelecimentos eram mais explícitos, designavam alguma coisa claramente. Por exemplo, "Armazém Progresso", "Padaria Santa Terezinha", "Armarinho Dois Irmãos". Havia uma mensagem clara. Podia significar: o dono da casa acreditava no futuro e no progresso. Ou, que o dono da padaria era um devoto de santa Teresinha, que esta até lhe fez um milagre. Ou, ainda, que o armarinho era de propriedade de dois irmãos que se associaram e vão indo muito bem.

Quer dizer: os nomes antigamente continham uma história.

Não é que os de agora não tenham história. Devem ter. Mas têm uma comunicação opaca, surda e muda. É uma comunicação quase sem semântica, sem conteúdo. É como se palavra fosse a própria coisa que comunica. Enfim, a famosa palavra-objeto de que tanto se fala em literatura e nas vanguardas.

Eu diria que essas palavras são emblemáticas. Estão ali e significam. E aí um aparente paradoxo, pois o mundo se tornou mais interligado, comunicativo, o inglês se expandiu, tornou-se transcontinental, mas constitui-se, a partir daí, uma série de ilhas vocabulares, que o vulgo não entende.

Aí volto aos meus analfabetos ou quase, volto à questão das várias formas de analfabetismo hoje. O indivíduo já está fazendo um esforço incrível para soletrar as coisas, mas de repente dá de cara com umas palavras que não podem ser decompostas.

Meu pai dizia que havia aprendido a ler sozinho. E foi ajuntando letras, sílabas, meio intuitivamente. Contava-me da emoção que sentiu no dia em que conseguiu ler a primeira palavra exposta em sua frente na rua. Foi soletrando: P mais A, PA; D mais A, DA; R mais I e mais A, RIA; de repente exclamou PADARIA, e o mundo inteiro se abriu para ele definitivamente. Descobriu a leitura, o pão do espírito. E caindo no mistério das línguas tornou-se professor de Esperanto.

Se ele tivesse saído hoje em dia e dado de cara com um letreiro desse, ia voltar para casa desanimado. Que diabo são esses nomes nas lojas saídos de uma língua supernacional?

Fico pensando como vivemos em mundos tão diferentes, nós os letrados e os nossos empregados ou os nossos vizinhos da favela ao lado. Imagino-os andando pelas ruas, olhando os cartazes, nomes de lojas, siglas e nomes de produtos, é tudo um mistério. Claro, já estão de certa forma acostumados, pois falam de siglas misteriosas como CIC, INSS, CPF, Inamps, PIS-Pasep etc.

Mas tenho a certeza de que até mesmo os alfabetizados de certa forma vivem em nossas cidades como estrangeiros. Devem se sentir como alguns se sentem quando vão ao Japão ou ao Oriente Médio: os sinais gráficos são puros desenhos decorativos para nós, outros estrangeiros.

Acho que isso se parece um pouco com a missa de antigamente. As pessoas iam, ouviam o padre falar numa língua estranha, nada entendiam, mas tinham uma noção do que estava acontecendo.

Exatamente como o mexicano do princípio desta crônica, que não sabia sequer a data de seu aniversário e, no entanto, se locomovia e trabalhava na metrópole da comunicação instantânea.

O Globo, 5/6/1991

O FUROR DE LER

Paris. Ontem, sábado, e hoje, Paris inteira e todo o mundo relaciona-do com a língua francesa estão realizando um grande ritual chamado "O furor de ler". O livro se torna o objeto-símbolo presente em todos os espaços. Os hospitais, por exemplo, abrem suas bibliotecas para aí realizarem eventos. Sabe-se que a leitura pode melhorar a saúde dos enfermos (e dos aparentemente sãos). O Ministério da Defesa desenca-deia uma batalha pela leitura e reúne textos escritos pelos militares que participaram da Guerra do Golfo; um júri deverá premiar os melhores poemas, contos e testemunhos do conflito.

Trata-se de ocupar todos os espaços com o livro e a leitura. Claro que os teatros franceses, todos, entram nessa encenação e estão abertos apre-sentando grupos que leem textos dramáticos e literários. Mas isso seria de esperar. O que é insólito, no entanto, é outra iniciativa: considerando que o amor & a poesia têm um impacto imemorial, resolveu-se que todos os casais que estiverem celebrando suas bodas nesses dias receberão, ao sair do casamento civil, uma antologia com *As mais belas páginas da poesia francesa*.

Não há como escapar do livro e da leitura nesses dias. Claro que as bibliotecas estão desenvolvendo programações com a presença de escri-tores. Mas o Ministério da Agricultura e da Floresta está dando também cinco prêmios, um deles, por exemplo, destinado a ressaltar poemas e romances escritos por agricultores.

Já que este ano se comemora o centenário de Rimbaud, vários con-cursos literários para incentivar adolescentes a escrever estão sendo rea-lizados. Como se sabe, Rimbaud, com seus dezessete anos, já havia pro-duzido grande parte de sua obra. Daí o título do certame: "Não se é sério quando se tem dezessete anos", uma maneira irônica de provocar os novos talentos. E não só isso: cientes de que a leitura é um hábito que se adquire, os promotores do evento estão promovendo uma grande enquete sobre o que leem os adolescentes entre os dezesseis e os dezoito anos.

E já que é necessário promover a leitura, cheques-leitura estão sendo distribuídos nas livrarias, em convênio com os municípios. Com isso, espera-se o aparecimento de mais 50 mil leitores.

E assim por diante, rádios, televisões, a imprensa nacional, o Congresso Nacional e todos os espaços culturais estão integrados nessa operação, que se espalha pela Bélgica, pela Alemanha, pelo Marrocos, por Bangladesh, pelo Zaire e por todo e qualquer país onde se fale francês. Até no Brasil vários eventos estão em pauta. O furor de ler assola todos os espaços onde a cultura francesa existe.

E, no entanto, se poderia dizer: a França não precisa disso. Já é um país em grande parte alfabetizado, com uma significativa produção cultural e alto índice de leitura. Não obstante, deve ser exatamente por isso que o governo francês quer que seu povo leia mais. É como dizem as Escrituras: "a todo aquele que tem lhe será dado e àquele que não tem até o que tem lhe será tirado".

Nesta questão da leitura há um dado fundamental, que poderia ser considerado de "segurança nacional", como diziam os nossos militares ao tempo da ditadura. Só a leitura e o estudo podem tirar o país da estagnação. Foi isso que moveu o Japão e o fez assumir o papel que tem hoje. Isso foi o que moveu os demais países líderes da comunidade internacional. Se queremos ser um país de Primeiro Mundo temos de começar a ler, e ler já. Os países do Primeiro Mundo não chegaram ao Primeiro Mundo para começarem a ler depois.

O petróleo de um país pode acabar. O ferro de suas minas pode se esgotar. Mas a inteligência e a cultura não se esgotam quando são cultivadas. Um país como a Holanda não pode ter sequer terra, mas como investe em inteligência não fica com o pires na mão mendigando dinheiro por aí. Um país como a Alemanha pode ser retalhado, como o foi depois da Segunda Guerra Mundial, pode não ter a Amazônia que nós temos, mas aplicando recursos na inteligência do cidadão, pode emprestar dinheiro à Rússia que a invadiu ontem e ao Brasil tão potencialmente rico.

Portanto, como diriam todas essas propagandas que tentam pegar o nosso minguado dinheiro, só há um investimento seguro com rentabilidade fixa e crescente: a inteligência. Aplique em inteligência e os negócios do país prosperarão.

Há pessoas que dizem: mas o livro é muito caro. Eu diria: é e não é. Se a classe média gastasse em livros uma pequena parcela do que gasta com algumas inutilidades, o país seria outro. Tenho observado que sobretudo os adolescentes gastam mensalmente fortunas comprando CDs, vídeos e aparelhos de som. É bom que as pessoas ouçam música, se possível, boa música. O investimento econômico nessa área é tal que é impossível fugir ao assédio sonoro. Mas os livros custam mais barato e podem e devem ser adquiridos também. Quando a música soa numa cabeça que tem informação e leitura, lhes garanto, torna-se mais bonita. Como um cozinheiro tem mais condições de degustar uma comida, quem lê tem mais condições de lidar com os enigmas da vida.

Não é à toa que um dos lemas da campanha "La fureur de lire" seja este: "Penso, logo leio".

O Globo, 20/10/1991

OUTRO LADO DO MERCOSUL

Nem tudo no Mercosul é automóvel, isto é, autoimóvel, imobilizado nos pátios das exportadoras. Em Buenos Aires abriram um concurso para formar professores de português. Sabem o que aconteceu? Apareceram 5 mil candidatos. Exatamente. Cinco mil jovens querendo aprender e lecionar o português.

Isto me disse Enrique Guevara de Leoni enquanto comíamos um suculento *entrecôte* num restaurante argentino. Ele coordena algo que deveria interessar ao ministro da Educação Paulo Renato e ao Itamaraty: o Projeto de Formação a Distância de Professores de Português, uma promoção do Ministério da Cultura e Educação lá deles.

Eu já havia me impressionado quando soube que cerca de duzentos argentinos, professores de português, estariam presentes no 2º Encontro Internacional de Culturas Lusófonas promovido não pelo Brasil, mas por Portugal na terra de Borges e Gardel. Uma dupla surpresa, aliás: primeiro, essa quantidade de alunos e professores interessados em nossa língua e, segundo, o fato de Portugal estar investindo inteligente e profissionalmente no Mercosul.

Convidado para representar o Brasil nesse encontro, não tive como resistir. Menos importante que ir falar sobre essa coisa pernóstica chamada "minha obra", foi o fato de poder participar concretamente de relevantes modificações nas relações culturais entre nossos países.

Por isso, foi um contraste significativo que tal encontro ocorresse no instante em que algo deu um nó nas negociações sobre importações-exportações entre os dois países. *El Clarín* e *La Nación* e outros jornais amanheceram na "calle Florida" com alarmantes manchetes sobre a crise que se abria. No entanto, no auditório do Palacio del Honorable Concejo Deliberante de la Ciudad de Buenos Aires, centenas de pessoas, vindas de vários continentes, se reuniram para discutir a língua e a literatura de sete países de expressão portuguesa e suas relações com a cultura argentina. Bem disse o embaixador Marcos Azambuja, na sua fala na abertura do encontro, que aquilo era um refrigério, um alento, a certeza de que nossas culturas e economias têm de caminhar juntas, apesar dos acidentes de percurso. Até mesmo para recuperar o tempo perdido.

Já no avião para Buenos Aires um industrial argentino, exportador de grãos, falava-me manifestando um comovente amor pelo Brasil. Pediu-me que lhe explicasse por que os brasileiros entendiam espanhol e eles não entendiam o português. Expliquei-lhe que em português as cinco vogais têm onze sons distintos, além de outras diferenças etc. Mas ele e os argentinos que fui encontrando queriam era me dizer como admiram o Brasil. Aliás, nunca ouvi tanta declaração de amor ao Brasil quanto desta vez. E isso só faz aumentar nossa responsabilidade. E eu pensando: O Brasil tem de deixar de ser (como disse num poema), "um país grande e bobo", e assumir logo seu papel histórico, tanto em relação a si mesmo quanto em relação aos demais.

Na verdade, o Brasil deveria intensificar sua política cultural em duas direções fundamentais. Com os demais países de expressão portuguesa e com os de fala castelhana. Somos 250 milhões a falar o português e são 350 milhões a falar o espanhol. Somados seríamos o maior contingente e a maior força linguístico-cultural do Ocidente. Basta sermos um pouco menos alienados a esse respeito que poderemos corrigir os descuidos e os desvios nessa rota. Sem nenhuma arrogância nem triunfalismo, andando pela América Latina sente-se que esses países convergem para isso e querem que o Brasil assuma seu papel.

O Brasil deveria patrocinar encontros como esse que Portugal promoveu no Mercosul. Aliás, o Brasil tem muito a aprender com Portugal nessa área. Fazer circular exposições sobre sua arte e cultura, dar muitas bolsas para atrair estudantes, lançar coleções de autores brasileiros traduzidos para várias línguas etc.

Meu Deus! Tive de ir a Buenos Aires para conhecer o escritor cabo-verdiano Germano Almeida e para assistir a um filme feito na Guiné-Bissau.

Nesses dias em que lá estive, o país inteiro lembrava os sessenta anos da morte de Carlos Gardel, lá naquele desastre de avião em Medellín. Jornais, revistas, televisões, shows, rádios revivendo o mito e aquela Argentina próspera e tranquila de antes de Perón. A história não pode voltar atrás. Um desastre matou Gardel e outros desastres quase acabaram com o país de Sarmiento e Martín Fierro. Não dá para trazer de volta uma economia estatizada ou uma cultura agropastoril. O mundo se tornou bem mais complexo.

Sobre isso eu ia conversando fraternalmente com Marcos Azambuja e foi na sua biblioteca na embaixada que, folheando aleatoriamente um livro, encontrei essa frase de Napoleão que, apesar do romantismo e do vezo hegeliano, talvez tenha ainda sua validade: "Marchai à frente das ideias de vosso tempo e elas vos seguirão e sustentarão. Marchai atrás delas e vos conduzirão. Marchai contra elas, e vos destruirão".

O Globo, 20/6/1995

SE CAMÕES ESCREVESSE EM INGLÊS

Inicio com uma piadinha verdadeira, que já contei, vivo contando por aí, e continuarei a contar, até que as coisas mudem nas nossas relações culturais com o mundo. E aqui ela me ocorreu por causa desse Prêmio Camões, que Jorge Amado está recebendo esta semana em Portugal das mãos de Mário Soares e Fernando Henrique.

Estava eu, imaginem! há trinta anos (1966) terminando uma aula de Língua e Literatura Luso-brasileira lá na Universidade da Califórnia, em Los Angeles, e me sentindo um pouco cansado e meio rouco resolvi terminar citando uns versos de Camões:

> Não mais, Musa, não mais, que a Lira tenho
> destemperada e a voz enrouquecida.

Disse o verso e numa fração de segundo me dei conta de que os estudantes americanos, mais preocupados em escapar do alistamento militar para o Vietnã que com a nossa cultura, talvez não soubessem muita coisa sobre Camões.

Então, decidi, em dois minutos mais, dar-lhes uma ligeiríssima informação sobre o bardo renascentista português. E fui lhes dizendo que ele era tão importante para a cultura de língua portuguesa quanto Cervantes para os espanhóis, que *Os lusíadas* e *Dom Quixote* eram duas faces de uma mesma moeda. E, pensando em dar-lhes ainda alguns dados sobre as estreitas ligações entre a história de Portugal e Espanha, revelei-lhes que Camões escrevia com igual facilidade em português e espanhol.

Então, ousei perguntar àqueles quarenta ou cinquenta vigorosos e guapos estudantes que pareciam saídos de filmes de faroeste, se sabiam por que Camões era capaz de escrever em português e espanhol.

Silêncio total. Nenhuma resposta. Então, insisti na pergunta:

– Mas vocês não sabem por que Camões era capaz de escrever em espanhol e português?

– Eu sei – ergueu a mão lá atrás da classe um espadaúdo e louro californiano. – Camões escrevia em espanhol e português porque não sabia inglês!.

Pois bem.

Esse Prêmio Camões foi instituído para não apenas premiar periodicamente um grande nome da literatura em língua portuguesa, mas também para divulgar no exterior essa mesma literatura. Desse modo já foram premiados Miguel Torga, João Cabral, José Craveirinha, Vergílio Ferreira, Rachel de Queiroz e agora Jorge Amado. Os que o criaram há quase dez anos deviam ter em mente o Prêmio Cervantes, que ao ser dado anualmente alcança grande repercussão e reforça a importância da cultura hispânica no mundo. A Espanha, aliás, tem vários outros prêmios internacionais importantes.

No entanto, o Brasil, mais que Portugal, tem conseguido, até agora, ocultar a existência do Prêmio Camões para si e para o mundo. A bem da verdade, Portugal tem levado o prêmio muito mais em consideração que nós outros. Quando premiaram Rachel de Queiroz houve grande celeuma naquele país. Recentemente no *Jornal de Letras*, Eduardo Lourenço escreveu espantoso artigo em que propunha a extinção desse prêmio,[1] no que foi veementemente contraditado por Carlos Reis. Por essas e por outras razões o prêmio tem sido mais português que brasileiro. Tanto assim que a entrega do dito tem ocorrido mais vezes em Lisboa, numa esperta operação de marketing. A imprensa portuguesa, por sua vez, tem dado bastante destaque ao assunto. Seus repórteres telefonam para escritores brasileiros, indagam, cobram datas, agitam o assunto. E a imprensa brasileira ou não se refere ao prêmio ou quando muito lhe dá uma ou duas desprezíveis linhas, preferindo abrir amplas páginas para qualquer autor de *best-seller* estrangeiro ou qualquer filósofo alemão ou francês na moda.

No entanto, nesse prêmio, no valor de 75 mil dólares, o Brasil entra apenas com 35 mil. Disso ninguém sabe. Nem sabe que o prêmio é tam-

---

1 Posteriormente, Eduardo Lourenço ganharia o Prêmio Camões (1996) num júri do qual também participei.

bém brasileiro. A imprensa estrangeira, por sua vez, parece não ser notificada, nem dá a menor importância a isso. Alguém poderia dizer, Jorge Amado não precisa de mais divulgação. Talvez não, mas o Brasil precisa. Precisa divulgar algo que não seja violência e miséria.

Leio que Sérgio Amaral, assessor do presidente Fernando Henrique, está trabalhando exatamente na "marca Brasil", para exportação. E Fernando Henrique está desembarcando em terras lusas e a imprensa já lhe faz raros elogios. Assim como os argentinos fizeram blague dizendo que Fernando Henrique fala melhor espanhol que Menen, a imprensa lusa diz que Fernando Henrique recebera de universidades portuguesas títulos de *Doutor Honoris Causa*, que nunca foram conferidos a Mário Soares. A imagem do país lá fora começa a se modificar.[2] Fernando Henrique é ao mesmo tempo a rainha e o primeiro-ministro do Brasil. Em Portugal, Mário Soares é só rainha. O primeiro-ministro é Cavaco Silva. Na Inglaterra, Elizabeth ou o príncipe Charles são os que saem fazendo a imagem do país, enquanto o primeiro-ministro Major garante a retaguarda.

Quem sabe desta vez brasileiros e outros alienígenas descobrirão atrás do Prêmio Camões uma original e fascinante literatura?

Ou teria sido melhor que Camões tivesse escrito logo seu poema em inglês?

O Globo, 18/7/1995

---

2 Infelizmente, Fernando Henrique Cardoso desperdiçou a oportunidade. Estava mais interessado em colecionar títulos de *Doutor Honoris Causa* do que em desenvolver um projeto cultural para o país.

TELEVISÃO, LÍNGUA E CULTURA

Outro dia, na Alemanha, liguei a TV e vi uma coisa curiosa: uma estação bilíngue, em alemão e francês. Quando a voz estava em francês havia um texto em alemão, e vice-versa. E era uma televisão cultural. Achei isso inovador, sobretudo porque aproxima duas fronteiras linguísticas tão díspares.

Pensei imediatamente o óbvio: que se deveria fazer algo semelhante vinculado ao Mercosul. Uma TV que operasse em português e em espanhol. Podia estar sediada em Porto Alegre ou onde achassem mais conveniente.

Sempre me incomodou ouvir nos países latino-americanos um canal tipo CNN em língua espanhola, que dá informações de todos os países latino-americanos e ignora o Brasil inteiramente. Dão às vezes noticiazinhas de qualquer coisa ocorrida em Honduras ou Equador e nada daqui.

Antes, portanto, que algum país de língua espanhola lance mão dessa iniciativa e faça avançar ainda mais o poder de fogo do espanhol sobre o português, o Brasil poderia pensar nisso.

Estou pensando essas coisas vinculadas a duas outras.

A primeira é a de que a França inaugurou mais um canal de cultura – o Canal 5 dirigido por Jean-Marie Cavada. Esse canal novo tem um orçamento de uns R$ 150 milhões, ou seja, três vezes o que a TV Cultura de São Paulo tem, a qual é hoje um sucesso com oito pontos no Ibope.

A televisão estatal brasileira vai passar por uma transformação. Para isso o novo governo botou no poder o Roberto Muylaert, que revolucionou a TV Cultura de São Paulo. Alguma coisa pode e deve acontecer.[1]

---

1 Enganei-me, Muylaert ficou poucos meses no governo, desistiu. Mais de dez anos depois, no governo Lula, tentou-se uma reformulação com a criação da TV Brasil, mas a TV bilíngue proposta aqui não foi criada.

Vou pensando isso quando, num dos aeroportos da vida, abro o *Times*. Aeroporto, além de ser um lugar para pensar na vida, é o lugar onde se pode comprar revistas internacionais e viajar duplamente. Num desses é que li que na França, neste Natal, estão distribuindo 43 milhões de refeições para pobres.[2] Fiquei humilhado, porque aqui estamos distribuindo só 50 mil. Li também que essa queixa de que o rádio está invadido por programas místicos não é só brasileira, é também espanhola. A madrugada espanhola está cheia de programas de ocultismos, licantropia (doença em que o indivíduo crê ser um lobo ou outro animal), hipnoses e histórias de terror.

Mas eu estava lhes falando era do *Times*. E de algo que li ali sobre a expansão de canais de televisão latino-americanos dentro e fora dos Estados Unidos. A matéria começa de forma instigadora fazendo uma irônica e anacrônica afirmação: "Embora a paixão a armas de fogo, Simón Bolívar fracassou ao tentar reunir a América Latina". Ele deveria, sugere a matéria, era ter usado guitarras elétricas e tambores como nos conjuntos de rock.

Mas não é só isso. A reportagem não diz claramente, mas induz a pensar em outra coisa: se Bolívar tivesse podido usar a televisão, teria conseguido mais facilmente unificar os países latino-americanos. Claro, ele não poderia, vocês vão dizer, televisão não existia. Mas já que a televisão existe hoje, por que não reinventar a América Latina a partir dela? Falta um Bolívar? Não, não falta. Bolívar é fruto de uma ideia de alguém chamado Bolívar que achou que tinha de existir um Bolívar.

Vivo hoje, Bolívar estaria montando um sistema televisivo que faria integração econômica, linguística e política dos sul-americanos ameaçando, por conseguinte, os impérios do Norte. Seria um general das comunicações.

E não estou delirando. Da mesma matéria do *Times* tiro uns dados sintomáticos. Nos últimos treze meses, dezessete televisões a cabo da MTV Latina se instalaram no continente, fazendo que, por exemplo, a mexicana Alejandra seja vista na Argentina, que os argentinos do Fabulous cadillacs cheguem à Colômbia e que o colombiano folclórico Carlos

---

2 Durante minha gestão na Biblioteca Nacional, homenageando Josué de Castro e com Betinho, lançamos o lema: Leitura da Fome e a Fome de Leitura.

Vives seja popular no Peru e que todos eles, ao mesmo tempo, sejam conhecidos de 400 mil espectadores latino-americanos nos Estados Unidos.

Lembram-se daquela discussão sobre a invasão cultural estrangeira?

Agora ela se dá nos dois sentidos. Os latino-americanos que se queixavam de ser invadidos pelos americanos, agora estão se invadindo mutuamente e invadindo os Estados Unidos. Segundo os levantamentos, 90% dos falantes de língua espanhola nos Estados Unidos captam a Univison – uma *joint-venture* de mexicanos e venezuelanos.

A matéria do *Times* faz só uma referência ao Brasil, mas a inserção de nosso país se dá pela música popular: "Pelo menos no que diz respeito à música, até o Brasil, um país imenso e que se basta a si com o português, começa a mostrar seu interesse em comunicar-se com os falantes do espanhol no hemisfério. Artistas populares, incluindo Chitãozinho e Xororó, uma dupla sertaneja, e o veterano Caetano Veloso – começaram a lançar alguns em espanhol".

A matéria do *Times* é incompleta. Só na música teria muitos outros exemplos que passam por Roberto Carlos, Nelson Ned e quantos mais. E poderia ter considerado as telenovelas brasileiras que são um fenômeno transcultural. Em alguns países latino-americanos elas são vistas diretamente em português. Da mesma maneira, nossos noticiários são seguidos lá por alguns curiosos.

Mas quem sabe não está na hora da televisão bilíngue por aqui?[3] Isso precipitaria, como consequência, a elaboração do portunhol, língua que, estejamos certos, será a que se falará num futuro breve. Claro, haverá também aí algumas palavras de inglês. Mas até Bolívar, que era nacionalista, admitiria isso sem muitas dificuldades.

O Globo, 27/12/1994

---

3 Depois de escrever esta crônica, tive uma conversa com Roberto Marinho, uma vez que ele sempre pedia sugestões e opiniões sinceras sobre o seu jornal. Ele já havia, aliás, aceito algumas de minhas sugestões, mas quanto à TV, a coisa se mostrou mais complicada.

NÓS, OS ANALFABETOS POUCO FUNCIONAIS[1]

Vou entrelaçar aqui ideias expostas em algumas conferências e textos anteriores reforçando, assim, uma tendência minha de pensar sistemicamente certos temas, ao mesmo tempo que somarei novos elementos numa leitura progressiva de nosso contexto.

Em 1972, portanto, na pré-história dos computadores, escrevi um ensaio intitulado "A antiga relação entre a escrita e a ideologia",[2] no qual desenvolvia basicamente as seguintes ideias: a história da escrita pode ser compreendida em três instantes:

– a criação da *escrita primeira* ou *escrita-sujeito* (sagrada)

– a *escrita segunda* ou *escrita-objeto* (profana)

– e o desenvolvimento de uma *escrita terceira*, que ultrapassa o sistema de letras do alfabeto.

1. A *escrita primeira*, ou *escrita-sujeito*, é a *escrita sagrada*, em que o Criador traz diretamente seu texto aos homens através da voz de um profeta, de um poeta ou até mesmo através do suporte de uma pedra onde se inscreve a verdade. Seja na Bíblia, seja no Corão, a escrita é a reprodução de um arquétipo celeste. Na Bíblia judaica e cristã é o dedo de Deus que escreve na parede do palácio as palavras *Mene, Mene, Tekel, Urfazin*, que predizem o fim do império de Baltazar. Por outro lado, a palavra "Corão" significa "recitação", reforçando a tradição da palavra oral presente nas culturas mais antigas. A "fala" sagrada é guardada de memória, ela vem dos céus, ela fala do alto para os fiéis na terra.

---

1 Conferência realizada na Universidade Estadual do Rio de Janeiro, em 1998, no "Congresso de comunicação e expressão" e usada e adaptada a outras ocasiões.

2 "A antiga relação entre a escrita e a ideologia". In: *Por um novo conceito de literatura brasileira*. Rio de Janeiro: Eldorado, 1977.

Igualmente, na tradição popular, certas palavras confundem-se com as coisas e com a própria verdade. Assim, ao dizer "Abre-te Sésamo", Ali-Babá tem acesso à riqueza dentro da gruta. A palavra abre a porta de um tesouro. Ter essa palavra é ter a verdade e o poder. E essa verdade escrita vem do alto, é revelação aos escolhidos. É uma *escrita-sujeito,* pronunciar a palavra é mover o mundo. A palavra é a própria coisa da qual ela fala. Por isso, torna-se ela intocável e cercada de cuidados especiais. Não só o livro sagrado é guardado no Templo, mas a própria palavra "Deus" é escrita a ouro ou com estilete especial ou proibida de ser pronunciada.[3]

2. A *escrita segunda,* ou *escrita-objeto,* já é uma escrita profana. A diferença entre a escrita-sujeito e a escrita-objeto assemelha-se à distância entre o pergaminho e o livro impresso por Gutenberg, entre as tabuinhas de barro da biblioteca na Mesopotâmia há 23 séculos e um *pocket book,* entre a edição *princeps* e uma publicação em folhetim. Enquanto a escrita primeira trazida por Moisés nas tábuas da lei verticaliza a relação entre o indivíduo e o sobrenatural, a escrita segunda *horizontaliza,* instrumentaliza e organiza humanamente a comunidade. A *escrita-sujeito* é *poética,* a *escrita-objeto* é *prosaica.* Ou, se quisermos, a escrita primeira, é *metafórica* e a escrita segunda é *metonímica.*

3. Já a *escrita terceira* (dizia eu naquele ensaio, quando não sonhávamos com a internet) "ultrapassa o sistema de letras do alfabeto. É o texto além do livro e da letra, uma certa escrita tecnológica desenvolvida nos computadores e laboratórios, signos e sinais novos configuradores de um novo saber para uma idade planetária".

Seja qual for a forma da escrita e da fala, todavia, a questão central é a leitura do mundo e sobre isso há uma vasta bibliografia na ciência, na filosofia e na literatura.

* * *

---

3   Num dos seminários em que apresentei uma variante desse texto, Alberto da Costa e Silva, especialista em cultura e história africana, referiu-se ao Império Sonkai, na África; segundo ele, maior que o Império Romano. Ali o livro sagrado não era lido, bastava colocar a mão sobre ele e se adquiria sabedoria.

Ler o Mundo

Quando fui convidado a falar neste seminário, comecei a vasculhar em mim mesmo o que poderia hoje dizer que acrescentasse algo às minhas considerações sobre o tema da escrita e/ou leitura.

A internet potencializou fantasticamente o que chamei de *escrita-terceira*. Ocorreu uma descentralização total da informação. Já não é mais *verticalizante* como o era ao tempo de Assurbanipal, quando o imperador assírio, sendo o rei divino, era seu próprio escriba e comandava o poder religioso, militar e civil. Por outro lado, a escrita hoje já não é mais apenas *horizontalizante* como ocorreu com a irradiação do universo de Gutenberg, que possibilitou a disseminação do livro, popularizando a palavra divina (e profana), até o ponto hoje em que qualquer pregador semiletrado do subúrbio pudesse fundar sua seita no quintal de sua casa.

Hoje o sistema em que vivemos superou até mesmo o modelo tradicional que lembra o da irradiação de uma estrela. O "modelo estrela" é autoritário e cêntrico. Nele a luz (ou a informação) emana de uma fonte e deve iluminar a periferia. Hoje o saber provém de vários centros, de fontes múltiplas simultaneamente. A informação *é polifônica, polivalente, dialógica*. É como se de diversas montanhas diversos Moisés estivessem descendo com diversas tábuas da lei, contraditórias entre si, exibindo-as às 12 mil tribos perdidas e atônitas no deserto diante de tanto maná de informações.

O que estou começando a insinuar é que nossa cultura conheceu a passagem do *regime de escassez* ao *regime de abundância* ou, talvez, de excesso de informação. Diz-se que ao tempo de Gutenberg havia em toda Europa cerca de 9 mil letrados. Ou seja, outrora havia pouco que ler. Os textos estavam em rolos e tabuinhas, ou, como em *O nome da rosa*, de Umberto Eco, só os privilegiados podiam manusear certos incunábulos. O texto-sujeito era inseparável da voz de seu emissor, o profeta. Também inseparável o era da voz do filósofo. Sócrates não escrevia, falava. A verdade era indissociável do sujeito. Claro, Platão cometeu o sacrilégio de exercitar a escrita-objeto, redigiu, como os evangelistas, os textos do mestre. De lá para cá, progressivamente, caminhamos para a proliferação de textos e significados até chegarmos à superabundância textual e eletrônica de nossos dias.

Nas três últimas décadas surgiram livros estudando especificamente a questão da leitura. Em algumas universidades, como na PUC-Rio e na UERJ, surgiram até cadeiras voltadas para esse assunto (sobretudo graças ao trabalho da professora Eliana Yunes). Na Unicamp o Congresso de Leitura do Brasil (Cole), organizado por Ezequiel Theodoro, desde 1978 aglutina especialistas nesse assunto. Teses sobre o assunto se multiplicam em todo o país. Em 1991 na Fundação Biblioteca Nacional criamos o Proler como instrumento de desescolarização da leitura, colocando a leitura como uma questão não apenas de gosto, mas como algo social e economicamente relevante.

Em meio a tantos livros recentes, seria, no entanto, interessante apontar duas obras mais antigas que repõem algumas questões que devem ser reconsideradas. Uma é de Sartre, autor que marcou toda uma geração e hoje caiu no esquecimento. Chama-se *Que é a literatura?* (1947), onde ele assinala que durante muito tempo, quem escrevia, *escrevia para um público* real e não para um público virtual. Durante muitos anos os escritores escreviam para um público específico reunido em torno do poder, da nobreza e da igreja. "Alimentados por el rey, leídos por um grupo selecto, se cuidan unicamente de satisfacer la demanda de este público restringido. Tienem una conciencia tan tranquila o casi tan tranquila como nos clérigos del siglo XII: es imposible en esta época mencionar el público virtual distinto del público real".[4] Já no princípio de nosso século os escritores começaram a *escrever contra o público*, e está aí toda a arte moderna contestadora, destruidora, reinventora de seu próprio público. A relação livro-leitor foi se tornando bem mais complexa.

Não deixa de ser instigante e ao mesmo tempo sintomático que, em 1940, tenha surgido um livro nos Estados Unidos, logo transformado ironicamente em *best-seller*, intitulado *Como ler um livro*.[5] Dirigindo-se até a universitários, os autores advertem que Montaigne fala de uma ignorância abecedária que antecede o conhecimento e de uma ignorância doutoral que vem depois dele.

Isso nos levaria à necessidade de desenvolver a ideia de *leitura como uma tecnologia*. É algo que se aprende e se aperfeiçoa. E como técnica pode modificar pessoas, instituições e sociedades.[6]

---

4 SARTRE, Jean-Paul. *¿Qué es la literatura?*. Buenos Aires: Ed. Losada, 1970. p. 103. *Que é literatura?*. São Paulo: Ática, 1993.

5 No Brasil há uma recente tradução: ADLER, Mortiner J.; DOREN, Charles van. *Como ler um livro*. Rio de Janeiro: Univercidade/ Ed. Francisco Alves, 2000.

6 Cláudio de Moura Castro trouxe para o grupo Pitágoras, a experiência de universidades estrangeiras que introduziram as Humanidades nos cursos de Economia e Administração. Nesse sentido, a

* * *

Moro do lado de uma favela num dos bairros mais requintados do país. A favela Pavão/Pavãozinho começa em Ipanema e sobe a montanha derramando-se na direção de Copacabana. Ou vice-versa. Passo pela sua frente várias vezes ao dia. Várias vezes já vi inscritas em seus muros (até na lixeira que acumula tudo o que do alto do morro vem) frases encimando uma bandeira nacional pintada no muro: "Queremos paz", "Rio eu te amo", "Brasil, campeão do mundo".

Desse morro descem trabalhadores, traficantes, donas de casa, além das crianças uniformizadas em direção às escolas do bairro. De crioulas e mulatas sestrosas a rapazes com tênis e jeans da moda, ali há de tudo. No bar da esquina, em frente, sobretudo nas sextas e nos sábados reúnem-se bêbados, malandros e trabalhadores comendo churrasquinho na calçada, falando de futebol ou narrando cenas de agressão. Volta e meia há tiroteios. À noite as balas são luminosas. Há bailes funks madrugada adentro. As casas que há trinta anos eram de madeira e papelão, hoje são de alvenaria e têm vários andares. Urbanizaram um pouco a comunidade. Eles que pareciam estar ali provisoriamente criaram raízes de concreto armado. E uma estação de metrô na boca do morro impondo uma certa urbanização da comunidade foi terminada em 2009.

Quando um favelado desce o morro ou quando eu saio de minha casa, tanto para ele quanto comigo ocorre um fenômeno curioso em relação à escrita e à informação. As lojas, as ruas, as vitrines estão cheias de palavras que não pertencem ao português. A maioria é em inglês mesmo. Mas muitas não pertencem nem ao inglês nem ao português. São siglas, nomes inventados para marcas, produtos e lojas. Como já me referi num poema[7] são grafitos do cotidiano. Hieróglifos na pirâmide capitalista. Sinais na superfície de nossa rupestre e eletrônica cultura. (Poder-se-ia, é claro, dizer que esse confuso fenômeno de leitura ocorre dentro das próprias casas, já na televisão, já nas embalagens dos produtos adquiridos.)

---

seu pedido, José Murilo de Carvalho, Roberto DaMatta, Renato Janine Ribeiro, Norah Almeida, Glícia Gripp, Affonso Romano de Sant'Anna elaboraram a estrutura de cursos de História, Filosofia, Antropologia, Filosofia, Música, Sociologia e Literatura.

7 Remeto o leitor para o poema "Grafitos brasileiros". In: *A catedral de Colônia*. Rio de Janeiro: Rocco, 1984.

Vivemos num espaço de logomarcas, de hierogrifos escritos por um faraó, cuja face não conhecemos. Isso nos conduz a uma questão, ao chamado "mundo das letras", não ao ambiente literário especificamente, mas ao contexto onde interagimos com a escrita e com a leitura. E isso recai em outro tópico de que tratei em outras oportunidades: o fato de que em nossa sociedade hoje, além do *analfabetismo convencional*, há o *analfabetismo tecnológico*, que faz que estejamos reaprendendo diariamente novas linguagens.

Sobre o analfabetismo propriamente dito diz-se que atinge uma média de 12%[8] em nosso país, ou seja, umas 20 milhões de pessoas, quer dizer, várias Dinamarca, vários Israel. Eles constituem produto realmente "bruto" relevante na economia do país.

Sobre o *analfabetismo funcional* há alguma coisa nova a dizer. Em alguns países o fenômeno é chamado de "iletrismo", um manuseio precário das letras e do alfabeto. No Brasil passou-se nos últimos anos a se falar de "letramento" referindo-se sobretudo à educação de adultos numa adaptação linguística da palavra inglesa "literacy".

A rigor a expressão *analfabeto funcional* é paradoxal e irônica. Refere-se ao indivíduo que funciona socialmente mal, porque é pouco alfabetizado, é um "deficiente" em leitura. Há estatísticas feitas por órgãos ligados à indústria e ao comércio, dentro e fora do país, mostrando a correlação entre falta de leitura e acidentes de trabalho, má leitura e má saúde, e assim por diante.

Resta esclarecer o que estou chamando de *analfabetismo tecnológico*. (Já fiz até uma crônica irônica sobre isto.) Pois antigamente todos nós, por exemplo, sabíamos o que era uma torneira. Chegávamos perto dela e sabíamos que se a fizéssemos girar, sairia água. Hoje isso não ocorre mais. Diante de uma torneira, tudo é possível, até mesmo sair água, mas às vezes não sai nada, senão nosso espanto. Tentamos girar a torneira, mas a água sai antes que a toquemos. Queremos água quente, sai água fria. Chegamos de viagem exaustos, loucos por um banho, e ficamos humilhadíssimos, porque não conseguimos acionar uma simples torneira, temos até mesmo que chamar um "subalterno", alguém que venha nos socorrer.

O mesmo ocorre com os elevadores, que passaram a exigir um cartão eletrônico e um código para serem movimentados. Estamos aprendendo

---

8 Em 2009 as estatísticas do MEC diziam que, em 2008, a taxa de analfabetismo era de 9,2%.

até a andar de elevador. Objetos domésticos, como chaleiras e fogões, passaram a exigir um conhecimento tecnológico de quem os queira usar. Enfim, tomar banho, tomar um chá ou subir num elevador passou a ser uma operação complexa.

Isso para não falar em tantos outros exemplos, já transformados em piadas, como aquela que adverte: se quisermos saber se numa casa há adolescentes, basta olhar o visor de um aparelho de videocassete ou DVD. Se estiver marcando a hora certa é sinal de que há adolescentes no local; se o horário estiver equivocado, ali só há adultos.

Seria relevante tratar até mais detalhadamente do fato que tanto o analfabetismo tecnológico quanto o analfabetismo funcional recaem em algo que assinalei anteriormente: *a leitura é uma tecnologia*. O precário domínio dessa tecnologia pode causar os danos mais variados não só no plano teórico da comunicação, mas na vida prática.

* * *

Se ao tempo da *escrita primeira, escrita divina, verticalizante*, havia uma escassez de textos e informação, se ao tempo da *escrita segunda, escrita burguesa e mercantilista* havia já uma expansão horizontalizante e folhetinesca do saber, agora, ao tempo dessa *escrita terceira* ingressamos, pela superabundância de informação, no bizarro universo da *anomia escrita*. Anomia que caracteriza, mais que nunca, aquilo que alguns teóricos amam chamar de pós-modernidade.

Digo "anomia" e vou aos dicionários me entender:

1. Ausência de lei ou regras; anarquia.

2. Estado da sociedade no qual os padrões informativos de conduta e crença têm enfraquecido ou desaparecido.

3. Condição semelhante em um indivíduo, comumente caracterizada por desorientação pessoal, ansiedade e isolamento social.

4. Med. Perda da faculdade de dar nome aos objetos ou coisas ou de reconhecer e lembrar seus nomes.

Daqui se poderia partir para muitas considerações, que aqui apenas sintetizo. Por exemplo, a situação hoje do próprio cânone gramatical e linguístico. A ideia de "cânone" entrou em crise. É sintomático que os jornais tenham hoje seções que ensinam e discutem os abusivos erros de linguagem cometidos não pelo indivíduo comum, mas pelos próprios veículos de comunicação. Pode-se também falar da crise do cânone artístico ou especificamente literário. O polêmico Harold Bloom,[9] por exemplo, passou a exigir um retorno aos clássicos em reação à entropia gerada nas universidades americanas e inglesas, pelos chamados "estudos culturais", que privilegiando as culturas e as literaturas chamadas "periféricas" e "marginais" alteraram a relação crítica dos leitores com o sistema estabelecido. Também se poderia desenvolver antropologicamente esse tópico enfocando a perda de identidade cultural de que são vítimas os indivíduos que migram do campo para a cidade e ficam perambulando pelos subúrbios e favelas, indivíduos que tendo aberto mão de um saber e de uma cultura nem sempre adquirem algo em seu lugar.[10]

* * *

No conhecido relatório Nora & Minc, produzido nos anos 70 do século passado, quando a França queria estabelecer uma política de telemática, estava escrito: A informática vai também subverter uma cultura individual constituída principalmente de acumulação de conhecimentos exatos. Doravante a discriminação residirá menos no estoque de saberes e mais na habilidade em procurar e utilizar. Os conceitos terão preferência sobre os fatos, as iterações sobre as recitações.[11]

É profético esse texto escrito muito antes da internet. Diferentemente de tempos passados, hoje nossa memória não está jesuítica e decoradamente na nossa cabeça (apenas). Está num banco de dados em cidades em outros países. Podemos acessar *sites*, manipular as informações mais diversas, instantaneamente.

Dir-se-ia, diante do triunfalismo da eletrônica e da informática, que alcançamos a porta do paraíso. No entanto...

---

9   BLOOM, Harold. *O cânone ocidental*: os livros e a escola do tempo. Rio de Janeiro: Objetiva, 1995.

10   O livro *O migrante na rede do outro* de Ademir Pacelli Ferreira (Belo Horizonte: Te Corá Editora, 1999) apresenta uma percuciente análise desse tema abrangendo a psicanálise, a literatura e outros ramos das ciências humanas e sociais.

11   Nos anos 80 escrevi o ensaio "A telemática e a democracia nos trópicos" (em *Política e paixão*. Rio de Janeiro: Rocco, 1984). Esse texto foi motivado pelo engenheiro e filósofo Luiz Sérgio Sampaio, que criou na Embratel, apesar da ditadura dos anos 70, um núcleo para se pensar a questão da comunicação na sociedade planetária.

...no entanto, reconsideremos. Moro ao lado de uma favela, onde o nível de desinformação é assustador. Não apenas nessa favela. Não apenas nas favelas. Nos outros bairros de classe média e classe média alta, não se pode confundir a quantidade de aparelhos eletrônicos com a quantidade ou a qualidade de informação. Aqueles que vão constantemente a Miami ou fazem o trajeto Elizabeth Arden (Nova York, Paris, Londres) não voltam necessariamente acrescidos de conhecimentos, embora regressem trazendo roupas, sapatos, caixas de bebidas e eletrodomésticos.

Minha empregada, que mora no subúrbio, tem todos os aparelhos eletrodomésticos típicos. Certa vez, comunicou-me que ela e seu marido haviam visto uma entrevista minha na televisão a cabo, da qual é assinante, e eu àquela época não o era.

Ela sabe escrever. Mas é desnorteante a falta de informação em que vive. Ela, sua irmã, suas amigas. E isso é um modelo reduzido de uma vasta camada da população. Pois essa falta de informação não diz respeito apenas a saber objetivamente quem são os políticos que aparecem todos os dias na tevê ou na cena política de que fala o *Jornal Nacional*. A rigor, observe-se que há um fenômeno psicológico, pois muitas pessoas "desligam" sua atenção no horário das notícias, voltando a "religá-la" na novela. Ou, se uma notícia interessa, será sempre a respeito de uma tragédia nacional ou internacional ante a qual é impossível permanecer impassível. Não há nessas pessoas nenhum mecanismo que processe as informações.

De igual maneira não se interessam pelos programas culturais das "tevês Cultura", nem pelos programas artísticos de várias tevês a cabo. A preferência vai sempre para os programas tipo "horror show", espécie de "mundo cão" ou de "a vida como ela é" e as variantes mais modernas do "Big Brother". É como se fossem impermeáveis a certo tipo de informação estética mais sofisticada ou mesmo informações científicas úteis para o dia a dia.

Minha mulher, volta e meia, surge atônita, pasma, impactada com as conversas que tem com nossas servidoras. E isso não diz respeito à ignorância apenas em relação à dieta, aproveitamento de folhas e legumes na dieta, ao desperdício da água, mas diz respeito ao desconhecimento que têm até da maneira como devem usar a pílula anticoncepcional. Pensavam essas empregadas que tal pílula só deve ser tomada quando se tem relação sexual. Outras tomavam a mesma pílula de uma prima ou colega, sem irem ao médico. Outras dividiam uma pílula em duas, porque não têm dinheiro para comprar uma cartela inteira. E o desconhecimento do funcionamento de seu corpo é espantoso, embora a televisão e os fascículos em banca estejam estampando toda sorte de informação a respeito.

E o mais intrigante. Minha mulher que faz questão de comentar diariamente com as empregadas as notícias do jornal, como forma didática de viver, detectou uma síndrome perturbadora: o regozijo do não saber, o júbilo da ignorância. Pois, apesar das explicações didáticas sobre esses e outros assuntos, volta e meia aparecem com uma frase em que revelam que vão manter seu comportamento e suas ideias antigas, porque desconfiam do "saber" dos letrados. É como se a simpatia, a magia e a tradição fossem mais fortes que qualquer outro tipo de informação. Ou seja, verifica-se aquele quadro a que me referi anteriormente: vieram de uma cultural rural, não trouxeram para a cidade esse conhecimento e não assimilaram o saber disponível. O mundo, enquanto texto, não lhes interessa. Vivem numa situação pré-texto e desviante do texto.

Então, estamos numa situação paradoxal. Num universo de abundância de informação, as pessoas não querem ser informadas. Pois, informar-se implica mudar comportamento e mudar comportamento não é uma operação cômoda, é como crescer, operação árdua, milimétrica, dificultosa.

Aqui confirma-se aquilo que McLuhan dizia de uma certa lagarta que, olhando uma esplendorosa borboleta, exclama "Eu jamais me transformarei num monstro daqueles".

* * *

Lembro-me de já ter lido e também de já ter escrito sobre o fato de que o índio na floresta sabe ler os signos de seu mundo e nós na cidade nos achamos totalmente perdidos, como se estivéssemos numa floresta de indecifráveis signos. Para dirimir o pânico, lemos os jornais-espécie de vitrina e espelho, e nem por isso nos entendemos melhor.

A relação harmônica entre o primitivo e o meio foi rompida pela arrogância civilizatória. Sem querer pregar o regresso a uma mítica "edad dorada", importa lembrar com Lévi-Strauss em *Tristes trópicos*, que as sociedades não letradas também têm cultura e as sociedades da escrita não são necessariamente ética e humanamente melhores que as dos analfabetos. A obra de Guimarães Rosa traz essa dupla lição de sabedoria popular e erudita. É preciso ousar dizer isso, sobretudo nós que batalhamos pela leitura. Até estrategicamente, dialeticamente e por humildade é bom questionar pela raiz o nosso saber para talvez reafirmá-lo mais correta e abertamente.

Com isso estou querendo ressaltar que uma das missões mais árduas daqueles que trabalham com e pela leitura é enfrentar a questão da banalidade da informação na sociedade eletrônica. Sim, banalidade, termo que aguça ainda mais o sentido de superabundância a que me referi anteriormente, pois a ideia de "abundância" pode induzir a um júbilo interpretativo.

Há um refrão que sempre digo e uma vez mais o repito, e que se encaixa no que estou configurando: quando falamos de leitura não estamos falando de leitura, e, sim, de "leitura". O trabalho por uma sociedade leitora consiste antes de tudo em desautomatizar a noção trivial de leitura, porque o que se comprova na sociedade do excesso de letras & sinais é que os que leem não leem.

Daí a necessidade de retomar o conceito de *anomia* a que me referi anteriormente. Já que, diferentemente dos tempos bíblicos, a "palavra" não vem mais da boca de Deus diretamente e que é necessário interpretá-la, decodificá-la, torna-se, mais do que nunca, urgente desenvolver estratégias de leitura do mundo.

As vitrinas estão cheias de palavras. As ruas estão cheias de palavras. A televisão, a internet, o cinema estão cheios de palavras. As bancas de jornais, as falas dos políticos e dos artistas jorram palavras. As camisetas estão cheias de palavras. Muitas delas em inglês, e o subalfabetizado brasileiro ou marroquino que as veste não tem a menor ideia do que está expondo sobre seu corpo. Transporta um discurso alheio, estampa irrefletidamente a logomarca de outro, é um portador de significados, apenas um suporte de informação.

Isso tudo contrasta com outros depoimentos que emergem sobretudo dos indivíduos mais oprimidos em nossa sociedade letrada. Confesso que comecei a colecionar depoimentos de marginais, que são mais expressivos que depoimentos de muitos políticos e intelectuais. Exemplo: o de uma certa Andiara Leite ao *Jornal do Brasil* (4/6/2000) é tocante. É uma coisa forte, isto que essa moça diz: que no meio de sua desgraça como menina de rua, ladra, drogada, exposta à prostituição, filha de pai estuprador e que nasceu numa penitenciária, já que sua mãe estava encarcerada, no meio disto, falando sobre sua vida e anseios, sua narração abre como que uma clareira ao se lembrar de uma certa D. Vera. Essa senhora aparecia sempre à tardinha e lia histórias para Andiara e seu grupo, lá no Largo do Machado. Histórias que falavam de um outro universo, uma verdadeira viagem imaginária. E a menina e os amigos por alguns instantes deixavam de habitar seu trágico cotidiano.

Mas essa menina marginal, prosseguindo seu depoimento, diz algumas coisas ainda mais importantes e patéticas. De repente, exclama: "eu tinha vontade de ter meu próprio livro". Leio isso e me pergunto: Como ela imagina que tendo um livro, teria uma boia para se apoiar? E penso em nós outros, quantos livros temos descuradamente, quando uma náufraga da sociedade está pedindo uma única boia para se salvar? E como se não bastasse, Andiara ainda falou outra coisa insólita: "Eu tinha um sonho de ser poeta". De onde foi que ela intuitivamente tirou a ideia de que sendo poeta poderia superar a tragicidade do cotidiano?

Ter vontade de ter um livro, um livro que seja só seu. E ser poeta. Em seu desamparo ela está dizendo o mesmo que pensadores como Heidegger também dizem: poeta é aquele que dá sentido às coisas, que provoca a reunião relevante e revelante do sentido, que organiza em linguagem o caos da sua *polis*.

Possivelmente é disso que necessita a sociedade da *anomia letrada* e da *entropia informacional*, de que seja mobilizado, potencializado o genoma poético dos indivíduos para que se tornem sujeitos num universo de objetos passivos.

Continuo achando que os marginais têm muito a nos ensinar.

Mexo nos meus arquivos sobre leitura e dou com uma entrevista de um menor criminoso M.P.C.C. de dezesseis anos. Uma entrevista ao então secretário de Segurança do Estado do Rio, Hélio Luz, na "Revista de Domingo"(*JB*) de uns três anos atrás. No meio de dramas perturbadores, quando Hélio Luz pergunta ao menor interno: "O que lhe faz falta?", ele responde: "O estudo. Com ele eu conseguiria uma vida melhor. Pra ter isto preciso ter leitura. Eu leio muito pouco, soletro. Sei escrever também".

Tenho dito repetidamente que as palavras dos marginais podem nos ser mais ilustrativas que a palavra de alguns governantes e inteletuais. Lembro, por exemplo, a patética e bem escrita biografia de Marcinho VP, feita por Caco Barcellos no seu livro *Abusado*. O livro termina tragicamente narrando o assassinato daquele marginal que tinha alguma cultura, que conviveu com pessoas sofisticadas, tentava pensar, ainda que toscamente, numa ação política que juntasse revolta e marginalidade. O livro, pateticamente, no seu final, diz: "No dia 29 de julho de 2003 foi a vez de Juliano ser encontrado morto dentro de uma lata de lixo, com o corpo coberto pelos livros que gostava de ler".[12] Ou seja, o outro marginal que o matou sabia que o livro era uma arma tão perigosa, era também um inimigo que devia ser eliminado.

Este e outros depoimentos que guardei revelam uma coisa que também acho patética: os marginais e os pobres sabem que a leitura é um instrumento de resgate social. Que bom se os governantes tivessem igual convicção ou que então parassem de fazer aquilo que já qualifiquei de "discurso duplo".[13]

No meio desses textos deparo com um, imaginem, de Gérard Depardieu. Em geral, não se sabe que o mais notável ator francês da atualidade foi um menino favelado. E o que ele fala sobre o papel da leitura no resgate de sua vida é significativo. No *La Nación* de Buenos Aires (20/11/1999) uma ilustrativa reportagem lembra o personagem Cyrano de Bergerac, que Depardieu encarnou, e que era um tipo que tinha as palavras mais maravilhosas, mas que não podia expressá-las à sua amada, atemorizado que ela o rejeitasse por ter aquele enorme nariz. Depardieu conta, então, que sofreu também uma impotência similar a do seu personagem: "Eu não tinha vocabulário e isso bloqueava todas minhas emoções", diz ele. "Mas tive a sorte de ler e depois de crer no que lia. Quando li pela primeira vez 'Madame, eu a amo', logo pude dizê-lo, me

---

12   BARCELLOS, Caco. *Abusado*. Rio de Janeiro: Record, 2003. p. 557.

13   Cf. meu artigo "Das armadilhas do óbvio ao discurso duplo". In: PRADO, Jason do; GONDINE, Paulo (Org.). *A formação do leitor*. Rio de Janeiro: Petrobrás/Argus, 1999.

senti muito importante. É que sou um menino de favela, ainda que tenha nascido num país do Primeiro Mundo, porque em todos os lados há favelas. E que têm as favelas? O rap, o futebol e a tevê. Por sorte, o cinema me salvou da incomunicação, e os personagens históricos me deram uma carga cultural a qual nunca pude aceder porque não fui suficientemente à escola".

A metáfora inscrita no personagem Cyrano de Bergerac é dupla. De um lado, Cyrano que tinha as palavras e as manejava com a habilidade de um espadachim apaixonado. De outro, o outro pretendente que se servia das palavras e da voz de Cyrano para conquistar Roxana. Um caso de ventriloquismo e de esquizofrenia em relação à linguagem. A impotência e o disfarce.

Mas o dom de Cyrano é o mesmo almejado pela menina marginal a que me referi acima – o dom poético. E aqui não se trata da poesia como o sagrado da *primeira escrita*, senão a linguagem que por ser poeticamente reunificadora potencializa amorosamente a consciência humana e é capaz de vencer a anomia dos tempos atuais.

Enfim.
Interpretar.
Ler o mundo.
Reinventá-lo com a poesia possível.

CANTAR COM AS MÃOS

Como um surdo se relaciona com a música?

Outro dia vivi uma experiência singular. Fui ao Instituto Nacional de Educação de Surdos (Ines), ali em Laranjeiras. Já havia passado por lá várias vezes, sempre por fora, e dizia, "Lindo prédio! Esse bairro tem prédios preciosos"... e seguia meu caminho. Via, no bar em frente, uns jovens conversando através dos gestos. Pareciam sempre animados. Olhava de relance a cena e seguia com minhas indagações.

Outro dia fui até lá dentro. Era uma cerimônia para a assinatura de um convênio do Ines com o Proler. Como articular programas de leitura para surdos, criando equipes de contadores de história e desenvolvendo trabalhos na biblioteca?

Se isso, por si, já suscita o entusiasmo e a imaginação, o que me encantou, no entanto, foi uma cena da festa que os professores e surdos prepararam. Lá pelas tantas houve a apresentação de um grupo chamado Mãos em Canto. Eram seis professoras: Ana Regina, Claudia, Jurema, Leny, Silene e Vera, que subiram ao palco para cantar com as mãos.

Cantar com as mãos.

A gente que é leigo sempre fica imaginando coisas assim: como cego sonha? (Sobre isto já escrevi uma crônica.) Como o surdo sente a música?

As seis moças subiram ao palco. A líder anunciou, através da linguagem dos sinais, que iam cantar, e disse: "Mãos em Canto é um grupo que busca aprofundar e aperfeiçoar a fluência da língua dos sinais, e a música sinalizada se apresenta como um dos caminhos possíveis para essa busca. Cantar as mãos nos aproxima das pessoas, desse mundo repleto de silêncio, mas também rico de emoções, ideias e desejos. Nós, educadores da pré-escola, respeitamos a pessoa surda e acreditamos na eficiência da sua língua. Queremos nos comunicar. Podemos nos comunicar".

Era uma espécie de manifesto feito com gestos e sons. Eu não sabia, por exemplo, que durante muito tempo a linguagem dos sinais foi proibida. Durante quase cem anos até pelos anos 80, havia uma forte pressão dos grupos oralistas, que achavam que os surdos tinham de aprender a língua dos lábios, o que resultaria, em última instância, ouvirem mais o discurso alheio que produzirem o seu. Não sabia também que a opressão e a estupidez haviam dito que a linguagem dos sinais, tão linda, que parece um balé, era ameaçadora para palavra escrita e oral.

Meu Deus!, como é difícil a democracia até em relação aos gestos! Como é difícil aceitar a pluralidade de expressões?

Pois a cena que vi foi simples e comovente. As seis moças no palco cantaram três músicas: "Mãos", de Ivan Lins e Vitor Martins, "Coração de estudante" de Milton Nascimento e Wagner Tiso, e "Não quero dinheiro (só quero amar)" de Tim Maia.

Claro, havia um som acompanhando. E enquanto elas moviam os lábios, iam desenvolvendo os gestos ritmadamente como se fossem um desses conjuntos americanos de rock. Vejam só o que descobri. O que os conjuntos de rock tentam fazer é reinventar, às vezes grotescamente, a linguagem dos surdos.

A contrário, as moças do Mãos em Canto eram lindas, suaves, passavam uma coisa comovedora para a plateia, que composta em grande parte de surdos, acompanhava as músicas perfeitamente. Batiam palmas no ritmo, gesticulavam erguendo-se, participando com igual entusiasmo como se todos estivessem numa daquelas boates onde a aparelhagem de som tenta furar os tímpanos da gente.

Ao cantarem, na língua dos sinais, "Coração de estudante", pareceu-me que tal música havia sido composta para ser falada naquela língua. Tive a impressão de que já estava entendendo tudo. Os gestos belamente diziam que elas queriam falar de uma coisa, que era necessário adivinhar qual era, que estaria dentro do peito e que poderia estar caminhando pelo ar. E assim por diante. Acho que deviam fazer um videoclipe com essa música gravada assim com a linguagem dos sinais e botar no *Fantástico*. Vocês veriam então se eu não tenho razão.

E quando irrompeu a música de Tim Maia com aquele ritmo tão bem marcado, quem entrasse ali jamais pensaria que era uma assembleia de surdos. Comovente tudo.

Eu olhando aquilo e pensando: "Meu Deus! que alegria comunicativa tem essa gente, esses rapazes e moças que vieram do subúrbio para estudar aqui, rapazes e moças pretos, mulatos e louros, que contagiante energia a dessa gente!".

Não sei porque (aliás, sei porque) me lembrei de tanta gente depressiva que fica por aí rolando na cama, sorumbática em casa, sem rumo na vida, embora tenha tudo para tocar uma vida normal sem maiores dificuldades. Se essa gente entrasse aqui agora certamente daria um sentido à sua existência, viria trabalhar com esses rapazes e moças, viria colher aqui essa gritante energia vital.

O Globo, 29/9/1993

ESCREVEU, NÃO LEU

Estava no aeroporto com uma amiga, Eliana Yunes, empenhada em deflagrar no país uma campanha de amor pela leitura e pela palavra escrita. A rigor estava numa fila de atendimento de voos. Depois de alguns minutos descobrimos que estávamos no lugar errado, pois havia uma fila especial só para quem não tinha bagagem. Saímos, então, de onde estávamos e fomos para lá, porque nos parecia que ela andaria mais rápida.

No entanto, daí a pouco constatamos que a fila onde estávamos anteriormente havia diminuído mais rapidamente. Qual a razão? Será que um funcionário era assim tão mais rápido que o outro?

Não. É que na fila para passageiros com bagagem havia muitos passageiros sem bagagem, da mesma maneira que na fila para passageiros sem bagagem havia passageiros com bagagem. Logo, o que estava escrito como orientação para o público não tinha o menor sentido.

Minha amiga comentou: "Está vendo? Por isso é que acho que temos de desencadear mesmo esse movimento em favor da leitura. As pessoas não sabem ler, apesar de alfabetizadas".

E ao dizer isso ela estava se referindo implicitamente a algumas pesquisas feitas com pessoas formadas em universidades, que eram incapazes de traduzir em suas palavras os textos que lhes eram submetidos. Tinham dificuldade de captar o sentido da escrita. Aliás, em países mais desenvolvidos, como os Estados Unidos, foi comprovado o mesmo problema. Por isso é que aí se fazem movimentos sistemáticos de valorização do ato de leitura.

Ouvindo-a discorrer, no entanto, ocorreu-me observar. "Acho que no caso brasileiro existe também um outro problema: o que está escrito não vale".

Disse isso como se falasse de uma constatação banal. Não estava querendo expressar nenhuma lei sociológica. Mas ao remexer nessa constatação, começamos, minha amiga e eu, a ficar incomodados.

O incômodo na verdade vinha da inter-relação e da decorrência dessas duas observações: primeiro, que não somos uma sociedade de leitores; segundo, que uma das razões do desprestígio da leitura entre nós vem do fato de que o que está escrito não tem muito valor.

Quem quiser pode ilustrar isso com sua própria vivência. Cartazes de advertência do serviço de trânsito não são levados a sério, e como desde Machado de Assis se vem dizendo, aqui se muda de lei, de Constituição, de partido, de regime e de moeda com extrema facilidade.

Em sociedades mais estáveis existem a norma e a transgressão. Entre nós, a norma é a transgressão. Nada mais trivial no Brasil que ser transgressor. Por isso, em termos de arte, ser vanguardista aqui não tem o mesmo sentido que na Europa. O difícil, e diria, quase impossível, é seguir a norma, ou seja, respeitar o sinal, chegar na hora, não fraudar aqui e acolá e mesmo falar um português correto.

Isso me leva a considerar que uma campanha em favor da leitura tem como desdobramento inevitável e necessário a revalorização da palavra escrita. Não que a palavra tenha de ter um sentido único. Não é isto. Só nas sociedades autoritárias se cultiva essa perversão. Claro que a palavra escrita, nos regimes fechados, pode levar à paralisia, obrigando a comunidade a se curvar diante de um texto único.

No entanto, é de outra coisa que falo. Estou me referindo à necessidade de se unir a palavra ao seu sentido, ao seu valor. E quando falo em valor penso em moeda. A troca e o intercâmbio é que aperfeiçoam as sociedades.

Todos conhecemos aquele ditado: "Escreveu, não leu, o pau comeu". Mas em geral o que se pratica é uma variante: "Escreveu, não leu e nada aconteceu".

Nos últimos anos tem-se usado a palavra "leitura" como sinônimo de "interpretação". Isso veio dos estruturalistas franceses. A gente diz: "segundo minha leitura"..., significando "segundo minha interpretação"... Todavia, em muitos casos estamos diante de interpretação/leitura nenhuma, apenas a expressão de uma confusa impressão dos fatos. Por isso, parodiando Roland Barthes que se referia ao "grau zero de escritura", pode-se falar do "grau zero da leitura".

Affonso Romano de Sant'Anna

Há algum tempo, uma autoridade, discutindo comigo certos problemas, de repente exclamou, como se me dissesse a palavra final: "Quer saber de uma coisa? Em Brasília, as pessoas falam, mas não assinam". Estranhei a colocação e imediatamente respondi: "Então não poderia morar aqui, pois por profissão, sendo escritor, assino o que penso e escrevo".

Felizmente aquela figura foi afastada de seu cargo. Achei ótimo. Menos uma a sustentar que a palavra oral não tem nada a ver com a escrita. E no dia em que aproximarmos uma da outra começaremos a ler/interpretar os fatos mais correntemente.

O Globo, 21/7/1991

CONTAÇÃO DE ESTÓRIAS

A palavra "contação" não consta (oficialmente) dos dicionários. E a novidade começa por aí. Já "estórias" é uma outra história. Tem gente que acha que tem de ser "história". Não tem. Guimarães Rosa já o disse. Vide *Primeiras estórias*: "*História*, assim imponente, com 'h' deve ficar mesmo para a *história do Brasil, história geral, fazer história*, etc. E aquilo que é mais doméstico, pessoal, subjetivo, o acidental, o causo, o poema, o fantástico, o onírico, tudo isto é *estória*".

E o inovador "contação" tem um vantagem: introduz logo a ideia de movimento, ação. E quem assistiu ao Simpósio Internacional de Contadores de Histórias, organizado por Benita Prieto, entre 28 de junho e 2 de julho, no Sesc Copacabana, que reuniu narradores do Brasil, dos Estados Unidos, de Moçambique, da Itália, da Espanha, de Portugal, da França e de Moçambique, entendeu ainda melhor a tal de "contação".

Das 18 horas de sábado, 28, até as 18 horas de domingo, 29 (enquanto milhares de pessoas viam os *gays* e afiliados desfilando pela orla de Copacabana), no anfiteatro do Sesc, transcorria uma engraçada e calorosa maratona de contadores de estórias com dezenas de profissionais e muitos grupos de contadores que ultimamente, a exemplo do Morumbetá e Confabulando, proliferaram que nem grupos de rock e rap. Noite e madrugada adentro os contadores se revezavam na arena como Sherazades capazes de preencher milhares de noites com estórias sem-fim.

Estive ali assistindo e participando da mesa redonda "Mar de estórias", ao lado da portuguesa Ana Maria Costa Lopes, do moçambicano Lourenço do Rosário, do almirante e historiador Max Justo Guedes, e como diria a professora Vera Sousa Lima, citando Gonçalves Dias, "Meninos, eu vi".

De alguns anos a esta parte a contação de estórias ganhou corpo no Brasil e no mundo. Teve seu momento de expansão quando o antigo Proler (hoje assunto de várias teses universitárias) a partir de 1991 disseminou por todo o país essa prática como forma de implementar o gosto pela leitura e o consumo de livros. E ali no Sesc, grupos vindos seja de Caxias do Sul, de Macaé ou de Goiás testemunhavam a permanência daquele tipo de ação cultural.

Esse simpósio, que não foi o primeiro, e que cada ano mais cresce, além de congregar contadores de estórias de todo o país e de confirmar que o Brasil exerce uma liderança nesse setor, demonstrou que mesmo numa sociedade perpassada por altas tecnologias, a narrativa em sua forma mais primitiva, ligada à oralidade, mantém a mesma força que sempre teve quando ao pé do fogo os xamãs e os velhos contadores tribais narravam fatos e feitos.

Ninguém resiste a uma estória (até mesmo mal contada). Se alguém num banco, junto a nós, numa condução ou numa praça, está narrando algo a outrem, ou se alguém está contando mesmo que seja um fuxico qualquer, somos tentados a ouvir como se fosse o capítulo de mais uma novela. Tudo é narração. Sob formas as mais variadas, tudo é narração. Uma página de jornal é o folhetim de nossas esperanças e desgraças. A locução de uma partida de futebol pode ter virtualidades de uma epopeia. Nelson Rodrigues, quando escrevia sobre futebol, vivia comparando a vida e o jogo com *Os irmãos Karamazov* de Dostoiévski e a alguns trechos do *Rigoletto* de Verdi. Até o voo de uma gaivota pode nos narrar algo. O mover das ondas, uma profunda estória. Quem tem ouvidos ouça, quem tem voz, narre.

Por isso, eu dizia naquele encontro, que o cronista, esse espécime ainda mal estudado, por exemplo, é um contador *sui generis*, pois, enquanto muitos narradores estão tentando descrever ações, embates, peripécias, o cronista, a exemplo do poeta, tira do nada a sua matéria. E falar com o nada e sobre o nada é a suprema audácia. Narrar o nada, eis o sutil desafio. É que para o bom narrador a narração é linguagem pura. E o que seduz sempre é a peripécia da linguagem que desperta na mente do leitor fabulosos seres imaginários.

A enorme, animadíssima e participante audiência daquele Simpósio demonstrou que contador de estórias já virou uma profissão. Roberto Carlos, que outro dia apareceu no *Jornal Nacional*, ex-menino da Febem, outrora considerado irrecuperável, é um competente profissional nessa área. Maurício Leite, com sua "mala de leitura", tanto visita tribos de índios no Brasil contando, entre outras coisas, estórias de fadas e reis, que os índios, surpreendentemente, adoram, quanto percorre pequenas comunidades na África atuando com o apoio do Instituto Camões e do Itamaraty. Já foi matéria até do *The New York Times*. Atrizes como Maria Pompeu, Bia Bedran, Priscila Camargo e atores como José Mauro Brant, Jiddu Saldanha, Hélio Leite e Celso Sisto são exemplos de que se pode viver de contação de estórias. Não tardará muito para que os teatros, que são um espaço onde se conta estórias de uma maneira mais formalmente dramatizada, possam se abrir para esse tipo de profissional. Cursos já existem, como o de Gregório Filho no Paço Imperial, que regularmente recebe grande número de interessados. Se os contadores espontâneos têm recursos inatos, é possível desenvolver, como nos atores e nos escritores, técnicas que aperfeiçoem a interação com o ouvinte.

A contação de estórias, enfim, demonstra que há espaço para todos os que têm alguma coisa a dizer e sabem como dizê-lo. E numa sociedade em que a tecnologia afastou as pessoas, fazendo-as dialogar com máquinas que frustram e esfriam as relações, ouvir de corpo presente uma voz humana que nos fale de coisas imemorialmente simples e fundamentais é um acontecimento que deve ser celebrado e estimulado.

O Globo, 5/6/2003

O IBGE, MEU CÃO E A CULTURA

A moça do IBGE/Ibope assentou-se na poltrona da sala e começou a fazer perguntas à minha mulher.

Eu, escutando.

Era para confirmar os dados de uma pesquisa. Conferiu endereço, CPF etc. e quando indagou sobre dados a respeito do "chefe da família", exclamei do meu lugar: "Ih! Caiu mal", ao que a mulher, ironicamente, foi logo dizendo que quem tem chefe é índio e que aqui, na melhor das hipóteses, havia dois chefes. A moça logo entendeu que a pergunta era burocraticamente machista.

E a coisa prosseguiu.

Quantas geladeiras? Tem freezer? Quantos CD players? Quantas televisões? Quantos banheiros tem a casa? Tem máquina de lavar roupa? Tem micro-ondas? Máquina de lavar louça?

De minha cadeira, de novo, piruei: "Essas estatísticas são engraçadas. Parecem ser encomendadas por firmas de eletrodomésticos". E ainda ajuntei: "Sabe que minha empregada, embora não seja como aquela empregada do Fernando Henrique, que passava férias na Grécia, tem todos esse aparelhos e alguns que não tenho?".

A moça, por sua conta, adicionou: "É, o pessoal da favela aqui ao lado também".

E as perguntas continuavam. A coisa chegou a um requinte tal que quis saber se tínhamos cachorro. E não só isso, se comia ou não ração.

Então, de novo do meu canto, fiz outra "interferência no circuito ideológico", como dizem os autores de "instalações" pós-modernas:

– O IBGE/Ibope, por acaso, não gostaria de saber quantos livros temos? Só serve eletrodoméstico?

E quando ela respondeu com o que eu já sabia, com um simples "não", adicionei: – Engraçado, na França o governo fez uma pesquisa para saber não apenas quantos livros os cidadãos tinham em sua casa, mas até onde estavam. De tal modo que sabiam quantos livros os franceses tinham na sala, nos banheiros e no quarto de dormir.

Fui dizendo isto enquanto caía de novo a ficha que explica qual a relação que o governo tem com a cultura. É capaz de gastar um dinheirão para fazer pesquisas que interessam aos levantamentos imediatistas, quantitativos, mas não passa sequer pela cabeça de quem confecciona esses questionários que o livro tenha qualquer utilidade ou função social e econômica.

Isto é o que tenho chamado de "discurso duplo". Se perguntarmos ao governo ou a qualquer diretor do IBGE/Ibope se acham que o livro é importante para a cultura de um país, vão dizer coisas lindíssimas. Porém, na prática, esse objeto não pertence ao universo de suas preocupações concretas.

Assim entende-se porque o Ministério da Cultura é a Gata Borralheira, que nenhum político o quer, e porque mesmo num governo como o de Fernando Henrique, que vai tomar posse, quando se especulava sobre o futuro Ministério, não se cogitava publicamente sobre o da Cultura.

Coisas mínimas podem ser sintomáticas de coisas grandes.

No dia em que quiserem saber se o cidadão frequenta teatro, compra livros e discos (e não apenas ração de cachorro) será sinal que o país mudou para melhor.

Claro, alguém pode aduzir: – Esse tipo de inquérito cultural também é feito, às vezes. (Só conheço uma e isolada pesquisa nesse sentido.) E ainda que houvesse tal levantamento, o fato de ser feito separadamente já seria sinal que a cultura é tida como algo à parte, estranho, eventual, que está na categoria do luxo e do descartável.

E isto explica muitas coisas. Coisas que não preciso nem dizer.

Estado de Minas/Correio Braziliense, 15/12/2002

"SECOND LIFE" E LITERATURA

Todo mundo tem uma segunda vida. Alguns têm uma terceira, quarta, muitas vidas. Mário de Andrade dizia "sou trezentos, trezentos e tantos". Mas, em geral, as pessoas se contentam com menos. Não estou falando de vida depois da morte, mas de vida dentro da vida, de vida ao lado da vida. Aliás, estou me referindo a esse fenômeno, na internet, chamado "second life". Você acessa o referido site e ali recebe instruções de como criar um "avatar". Antes de virar algo virtual, avatar era uma coisa mais sublime. No pensamento hinduísta, era a encarnação de um ser divino, que podia vir em forma humana ou animal. Mas na internet você não precisa de nenhuma operação transcendental, a coisa é tecnológica, quem sabe lidar com aqueles programas de transcendental importância cria ali o seu duplo, o seu sósia, a sua sombra e começa a viver peripécias imaginárias.

Esse nome "segunda vida" através da eletrônica mexeu comigo logo que o vi. É um convite às pessoas para saírem da banalidade de seu cotidiano, para uma outra dimensão. No entanto, pelo que constatei, me pareceu que esse imaginário acionado na internet é algo empobrecido, pois o que ocorre é a troca de uma banalidade por outra. Mas informa o site que já há mais de 6 milhões de pessoas ali criando seus avatares. Converso aqui e ali e percebo que essa vida imponderável estimulada eletronicamente exige também certa dedicação e muito tempo. Acresce o fato de que alguns problemas bem reais e preocupantes começaram a surgir, pois os personagens virtuais começaram a ser vitimados, assaltados, sofrendo estupros, roubos e outras formas de violência.

Quer dizer: não contentes de praticarem essas coisas no cotidiano, certos indivíduos criaram seus avatares, nada divinos, senão malignos, para atormentarem a vida virtual alheia. Isso nos leva a crer que quem é mal na primeira vida será mal na segunda ou terceira vidas. Com isto, os criadores desses programas vão ter que botar censura, polícia, e quem

Ler o Mundo

sabe tribunais e cadeias nesses cenários. Tudo isso dentro do mundo virtual, que é uma reprodução rasteira do mundo real.

Vou considerando essas coisas e pensando no papel da arte em nosso imaginário. Arte como autêntica segunda vida. Me lembro de já ter dito que a arte é uma segunda língua. Uma forma de se expressar quando as formas usuais já não nos bastam. A literatura, sobretudo, é assim. Você lê *Dom Quixote* e solta a fantasia. Lê *Robson Crusoé* e viaja. Aproxima-se de Alice e cai nas maravilhas do outro lado do espelho. Toma Proust, Kafka, Guimarães Rosa nas mãos e vai conhecendo avatares fascinantes dentro de você mesmo.

García Márquez dizia que o dia em que leu na abertura de *A metamorfose* de Kafka aquela frase que dizia numa certa manhã Gregor Sansa acordou transformado num estranho inseto, levou um solavanco na alma como se tivesse sido catapultado noutro mundo. E foi mesmo. Instalou-se de vez no realismo mágico, de onde nos devolveria *Cem anos de solidão* e outras fantasmagorias de sua, de nossa segunda vida.

Por um momento, ao tomar conhecimento desse programa na internet, temi pelo futuro da literatura. Pensei, impulsiva e ingenuamente: pronto, esse vai ser o futuro da literatura. Corrigi-me daí a pouco. Não. Esse é o futuro ou o presente da internet. A literatura tem seu futuro próprio. Ela lida com algo mais imponderável, ilimitado e criativo. O que cada um é capaz de desenhar, esboçar, configurar dentro de si diante de uma história ou de um poema é sempre um fascinante milagre. A palavra, na sua aparente indiferença, na sua aparente não visualidade, é um anzol, uma isca, o elemento desencadeador de devaneios, batalhas, interrogações, perplexidades e epifanias.

Que o digam as leitoras e leitores de Clarice, agora que o calendário nos lembra os trinta anos de sua morte. Que nos digam os leitores e as leitoras que na página do livro descerram mais avatares do que supõe a fria tela do computador.

Estado de Minas/Correio Braziliense, 27/5/2007

NINGUÉM RESISTE A UMA HISTÓRIA DE AMOR

Ninguém resiste a uma história de amor, sobretudo bem contada. As pessoas vão se achegando, ouvindo e, se houver chance, opinando, interagindo.

As pessoas querem amar, nem que seja através da fala alheia.

Por isso, conversamos nos bares, nas camas, nos portões, nas janelas, ao telefone, nos confessionários ou consultórios psicanalíticos. Por isso, as pessoas leem romances, contos, poemas, crônicas, reportagens sobre dramas passionais, ligam novelas na televisão, leem colunas sociais com mexericos e abrem essas revistas que sendo sobre "quem" são também sobre onde, quando e como as figuras do Olimpo se amam e se desamam.

Estou dizendo essas coisas motivado por esse filme de Bigas Luna, *A camareira do Titanic*. Ele pertence à safra de diretores espanhóis como Buñuel, Saura e Almodóvar que, brincando com a realidade, fazem surrealisticamente o público viajar. Bigas Luna não inventou a história. Tirou-a de um romance francês, cujo nome mal consegui ler na tela e nem aparece nos resumos de jornal.

Há muito que venho sentenciando que a realidade é apenas a parte mais visível da ficção. Agora tenho de complementar o pensamento e dizer esta outra banalidade: a ficção é o que sustenta a realidade. E quem for ver o filme me entenderá melhor.

Em princípio narra-se a história de um operário francês que ganha como prêmio ir ver a partida do *Titanic* do porto de Southampton. Lá está ele, quando bate na porta de seu quarto no hotel uma bela jovem desconhecida, dizendo-se camareira do *Titanic*, pedindo para pernoitar ali ao lado dele. (Fiquem tranquilos que não vou lhes contar o filme, apenas explorar nele alguns aspectos.) Pois bem. O fato é que o jovem Horty desperta no dia seguinte sem saber exatamente os limites do sonho e da realidade. Volta para casa com a foto de Marie e, ao ouvir rumores de que sua mulher dormiu com o patrão, vai para o bar onde os amigos esperam que ele narre sua viagem. Ali se queda taciturno diante da foto, até que os amigos pedem que conte que mulher era aquela, que romance teve com ela. Ele diz a verdade: nada ocorreu, ela apenas dormiu no seu quarto e ele nem a tocou. Os amigos não aceitam. Provocam. Querem saber detalhes eróticos da noitada. Horty, sem se dar conta, começa a acrescentar dados imaginários à realidade.

Esta sessão no bar repete-se noutros dias. Os amigos, sempre em número maior, querendo mais saber e ele mais acrescentando. As rodadas das histórias eróticas do homem que amou a bela camareira do *Titanic* vão crescendo a ponto de até sua própria esposa comparecer ao bar, já convertido num quase teatro. As sessões da narração do fato acabam estimulando a vida erótica das pessoas na comunidade, e as mulheres revelam que seus maridos começaram a ter melhor desempenho na cama. Enfim, cresce tanto a fama desse rapaz contando sua mirabolante história, que um empresário mambembe vem ouvi-lo, e tão impressionado fica, que o contrata para viajar e, logo, encher plateias de teatro com sua crescente e cada vez mais comovedora narrativa amorosa.

Nessas alturas a esposa, antes ciumenta, já embarcou convenientemente na imaginação do marido, incorpora-se à *troupe*, passando a fazer o papel de Marie. Seguem em representações funambulescas à *la* Felini. (Disse que não ia contar o filme, mas não há como não sintetizá-lo.) Um dia o amante (e ator de seu próprio drama), enquanto descreve sua imaginária dor real, vê na plateia a verdadeira Maria, que escapara do naufrágio do *Titanic*. Perplexo, ele interrompe o espetáculo, sai à procura dela e descobre que ela é uma prostituta e que ali está com seu gigolô para cobrar uma comissão na história.

O filme, nessas alturas, dá um salto mortal e sai-se narrativamente muito bem. Realidade e ficção já se misturaram tanto que a própria Maria acaba se envolvendo amorosamente nela, num desfecho sutil que arremata o que estávamos afirmando ao princípio: de que não apenas não sabemos muito bem os limites entre ficção e realidade, como preferimos gostosamente a ficção.

E aí basta olhar a cena em que estamos inseridos. Na tela, os personagens estão provocando e estimulando Horty para que supra a imaginação deles. Eles querem amar através das palavras do narrador. Querem preencher a carência com a abundância imaginativa alheia. Querem seduzir através da sedução alheia, querem gozar com a fala alheia.

Isto, lá na tela. Porque na plateia do cinema está ocorrendo a mesma coisa. Podia ouvir no escuro o suspiro, o coração pulsante, a imaginação latejante de toda a audiência, impelindo o personagem na tela a soltar o gozo imaginário que nos gratificaria a todos. Querem detalhes sobre o corpo dela, sobre o sexo, sobre quantas vezes fizeram amor.

– Doze vezes.

– Doze?! (exclama um dos ouvintes estarrecidamente feliz com aquela imaginária marca olímpica no leito. É que as pessoas carecem gozar, nem que seja através dos outros.)

Como carecemos de uma história alheia para esticar a nossa!

Amar no amor alheio.

Amar com o amor alheio.

Amar pela fala alheia.

Se saber contar uma história de amor é uma arte, saber viver uma história de amor é igualmente arte maior e rara. Arte igualmente bela, dificílima e necessária. Verdade é que nem sempre essa história é contada na mesa do bar. Possivelmente o mundo, dela não tomará conhecimento. Pouco importa. Os que a viveram, embora não a alardeiem, se comprazem em vivê-la, em lembrá-la ou em ver na representação do amor alheio seu realizado amor.

É que a realidade nunca se basta e exige cumplicidade imaginativa.

A realidade não pode viver sem a ficção.

NARRAR CONTRA O DILÚVIO
(TRÊS FILMES)

Não tem muita gente vendo esse filme de Atom Egoyan. É pena, porque é um bom filme e, em certas cenas, além de mostrar a insanável estupidez humana, nos dá lições não só da história recente, mas de afetos e ternura humana. Estou falando de *Ararat*, dirigido por um armênio, com personagens armênios, sobre episódios da história armênia. Tem até um armênio ultraconhecido, Charles Aznavour, que não canta, mas conta também a história.

– Quantos filmes armênios já vimos?

– Menos que iranianos, sul-coreanos e búlgaros.

Esse começa até com uma coisa que aos brasileiros soa familiar, pois os personagens começaram a contar uma estória que é exatamente a estória de *Coração materno* do nosso Vicente Celestino: o namorado que arranca o coração da mãe para doá-lo à sua amada e assim provar sua paixão. A narrativa é tão semelhante, inclusive com aquela cena de o coração da mãe saltando de suas mãos e falando-lhe de seu amor eterno. Mas não é isso o que é fundamental no filme.

O filme tem várias histórias dentro dele e uma delas é a história de um filme sobre o genocídio ocorrido em 1915 quando os turcos mataram, naquele conturbado país, cerca de um milhão de homens, mulheres e crianças. Isso foi ontem, e nos faz entender o Afeganistão, o Iraque, as guerras em Israel e na Palestina, o terror nazista, stalinista, maoísta, o genocídio no Camboja e confirmar que o século XX foi o mais violento e dizimador de quantos existiram, desde a extinção dos dinossauros por misteriosos asteroides.

No meio do filme, um dos personagens diz que, para incentivar a dizimação dos judeus, Hitler afirmava que ninguém ligaria muito para aquilo, iam acabar esquecendo, porque a humanidade tem memória fraca. Com isso, ironizava: – Quem se lembra do massacre dos armênios? Já no fim do filme aparece um texto dizendo que os turcos continuam afirmando que esse genocídio jamais existiu. Daí a necessidade de os armênios contarem e recontarem sua história para que ela não se apague neles e nos outros.

Os humanos têm necessidade de guardar, criar, recriar e até mesmo de inventar sua própria história. É isso, entre outras coisas, que me sensibiliza nesse filme. Nesse ou no esplêndido *Narradores de Javé*, dessa competente Eliane Caffé, ou em *Encantadora de baleias*, daquela diretora neozelandeza. Em *Narradores de Javé*, toda uma comunidade recorre à memória e à narração para salvar-se do naufrágio no tempo, quando a represa expandisse suas águas sobre suas casas. Cada um se sente protagonista e dá a sua versão pessoal e subjetiva dos acontecimentos. Em *Encantadora de baleias*, é a magia de uma lenda beira-mar, como num conto de fadas, mobilizando uma comunidade através da menina que, à revelia do machismo imperante, assume seus poderes de líder dialogando magicamente com a baleia, enquanto tótem da tribo, recuperando surpreendentemente o passado e modernizando a tradição.

Os três filmes são muito diferentes, e, no entanto, têm esse traço comum: a narrativa reagrupando a comunidade e dando sentido às vidas diante do dilúvio do esquecimento. O ser humano carece de embarcar na narratividade e ancorar sua memória num possível Ararat. E já que Noé atracou sua barca naquele monte, os armênios se consideram o berço da nova cultura humana depois do dilúvio. Ararat significa Grande Mãe e foi ali que, segundo a Bíblia, Deus estabeleceu a nova aliança com suas criaturas, ali foi onde Noé ergueu um altar e onde tudo recomeçou.

Já se falou que o homem é um animal simbólico, outros dizem que é um ser lúdico, outros o definem como *Homo faber* ou *Homo economicus*, enquanto outros afirmam que é um ser que pensa. Mas pode-se dizer também que o que nos caracteriza universalmente é que somos seres que narram sua própria história. Assim como na natureza há os roedores e os herbívoros, os humanos pertencem à espécie dos narradores. Narram oralmente, narram por escrito, narram pelo teatro, narram pelo cinema, narram por cores e volumes, narram pela dança, narram conversando na esquina, narram pelos jornais, narram fofocando por telefone e até por e-mail não fazem senão narrar.

Pois nesse filme um dos personagens é uma professora/pesquisadora de arte que se dedica a fazer conferências sobre a vida e obra de Achile Gorky, pintor armênio, que ainda menino teria assistido ao massacre dos seus, antes de conseguir com uns poucos sobreviventes chegar aos Estados Unidos.

Gorky viria a fazer parte de um famoso grupo de pintores da Escola de Nova York, da qual participavam Pollock, Rothko, Motherwell, De Kooning, Reinhardt e outros. Herói trágico, como Pollock e Rothko, ele também se mataria. Não pôde carregar sua própria narrativa. Olhava a velha fotografia em que estava ao lado de sua mãe antes da fuga e do massacre, mas não conseguia libertar-se dela. Tentava pintá-la, reelaborá-la através de seus quadros, mas não superava o trauma. Havia algo inacabado nele e nas mãos da mãe que não conseguia terminar de pintar. É que há certas vidas de tal forma envenenadas em sua origem que só na inevitável e ansiada morte encontram o alívio para sua narrativa.

Nem sempre se pode suportar a própria história.

Mas, nesse filme *Ararat*, que remete simbolicamente para o monte onde a mítica barca de Noé teria ancorado, outros personagens procuram escapar ao dilúvio da história e da desmemória. O filho da professora de história da arte, por exemplo, volta à Armênia para filmar sozinho cenas e lugares que poderiam eventualmente ser utilizados no filme que está sendo rodado. É a geração mais jovem querendo reachar suas origens e refazer o périplo de seus antepassados.

Narrar é preciso.

Narrar é sobreviver.

Narrar é ancorar-se.

Narrando o mundo se recria. A gente diz "era uma vez" e abre-se uma possibilidade infinita.

O Globo, 3/4/2004

COMO DEUS FALA AOS HOMENS

Houve um tempo em que Deus falou em hebraico.

Houve um tempo em que Deus falou em grego.

Depois começou a falar em latim.

E a partir daí falou em muitas línguas, aliás, até mesmo em dialetos.

Atualmente há quem garanta que ele fala em inglês.

Em português, Deus começou a falar em 1719, quando João Ferreira de Almeida traduziu o Novo Testamento.

Agora acabo de receber uma nova versão das palavras de Deus – *Bíblia Sagrada* – nova tradução na linguagem de hoje, elaborada pela Sociedade Bíblica do Brasil. Foram doze anos de trabalho de uma equipe de especialistas coordenados por Rudi Zimmer, pastor luterano, especialista em hebraico e aramaico, professor de grego, latim, hebraico, teologia e história das religiões.

A NTLH, ou seja, a *Nova Tradução na Linguagem de Hoje*, segundo o chefe da equipe, procurou simplificar o vocabulário e atualizar certas expressões. Assim, enquanto a clássica tradução de Almeida tinha 8,38 mil palavras diferentes, essa NTLH tem 4,39 mil, aproximando o texto do vocabulário de um brasileiro de cultura média. Desse modo, foram afastadas do texto expressões como "cingindo os vossos lombos", "recalcitrar contra os aguilhões" etc.

Eu pessoalmente senti aí falta da palavra "estultícia". Meu pai, citando Provérbios 22, 15, vivia nos advertindo que só a vara de marmelo tira a estultícia do menino. No entanto, na versão nova em vez de "estultícia" aparece "tolices". Ora, cometer uma "estultícia" era mais relevante, parecia que estava realmente infringindo uma regra e merecendo punição, pois "tolice" qualquer criança faz.

Quando menino e jovem fui um contumaz leitor da Bíblia. Cada um dos cinco irmãos tinha sua Bíblia. A mãe tinha sua Bíblia. O pai abria sua imensa Bíblia e lia imensos salmos na hora das refeições. Ele tinha também uma Bíblia em Esperanto e achava que essa era a língua capaz de resolver a questão da babel linguística e moral da humanidade.

Na modesta igreja metodista de São Mateus, lá em Juiz de Fora, fazia-se "concurso bíblico". Crentes, de todas as idades, iam para o palco e, como nesses programas de desafio cultural na televisão, alguém lançava no ar o desafio. Dizia o nome de um livro da Bíblia, o número de um capítulo e de um versículo e tínhamos de recitar seu conteúdo. Por exemplo, se alguém dissesse: "Provérbios, capítulo 18, versículo 16, a gente imediatamente retrucava:

> O presente que o homem faz alarga-lhe o caminho
> e leva-o perante os grandes.

Mas, de acordo com a nova versão, onde se lia aquela frase, está agora uma outra parecida:

> Você vai falar com alguém importante?
> Leve um presente, e será fácil.

Como se vê, a versão atual ganhou em clareza. Fazer lobby é coisa antiga. Não podia ser mais direto, só faltou dizer de quanto deve ser a comissão.

No entanto, se nesse certame bíblico, alguém me desafiasse dizendo: "Provérbios 23, 1", a atual versão me faria dizer:

> Quando você for jantar com alguém importante,
> não se esqueça quem ele é.

Mas prefiro a versão antiga, sobretudo mais precisa no estado em que vivemos:

> Quando te assentares a comer com um governador
> atenta bem para aquele que está diante de ti.

Curiosamente, neste fim de semana li notícia de que a letra do "Hino Nacional Brasileiro" também já foi mexida atendendo ao desejo de simplificação. À época da ditadura de Vargas chamaram Manuel Bandeira para atualizar a letra original. Reconheça-se que não dava para mexer muito, porque esse hino sem os enigmáticos "lábaro que ostentas estrelado" e o "verde-louro dessa flâmula" já não seria o mesmo.

Na atual versão da Bíblia os tradutores alteraram até a forma como o nome de Deus aparece no Antigo Testamento. E onde havia "Deus Eterno" ou "Eterno", há agora "Senhor Deus", "Deus, o Senhor", o que modificou 7 mil passagens.

Na verdade, estava acostumado a uma série de expressões poéticas na Bíblia de minha infância. O salmo 42, então, começava assim:

> Como suspira a corça pelas correntes das águas
> assim, por ti, ó Deus, suspira a minha alma.

Mas a versão atual diz:

> Assim como o corço deseja as águas do ribeirão,
> assim também quero estar
> na tua presença, ó Deus!.

Confesso que me sentia melhor com uma alma feminina, como uma "corça". Além do mais, "ribeirão" me remete para um córrego meio sujo, enquanto "correntes das águas" me fazia sentir mais cristalino.

Igualmente me compungia mais quando no livro de II Samuel (capítulo 18, versículo 33) o rei Davi, ao saber da morte de seu filho Absalão, desesperado e vagando em seu palácio dizia:

> Meu filho Absalão, meu filho, meu filho Absalão!
> Quem me dera que eu morrera por ti, Absalão,
> meu filho, meu filho.

No entanto, a nova versão é mais seca e objetiva, sem aquele *"quem me dera, eu morrera"* convertido em *"Eu preferia ter morrido"*.

Entendam-me, não estou criticando, que para isso não tenho competência, mas tão somente lembrando o eco que a linguagem antiga largou no meu espírito, possivelmente insuflando-me no caminho da poesia.

Traduzir é tarefa para santos ou penitentes. Aíla de Oliveira Gomes, por exemplo, acaba de traduzir *Rei Lear* de um dos santos da literatura, Shakespeare. E o fez com competência eclesiástica. Já outros, e há alguns casos crônicos em nossa literatura, apresentam-se como "transcriadores". Ou seja, não traduzem. Como brilhantes parasitas, fazem sua obra dentro da obra alheia.

Correndo todos os riscos de ser mal compreendido, tenho de revelar que Deus falava mais bonito na minha infância. Expressava-se por enigmas, parábolas e metáforas, que não entendendo eu, achava-as belas e sedutoras. Aliás, as religiões se fundaram a partir do mistério da linguagem. As religiões e as artes. A poesia está nas dobras, nas elipses.

Mas como os homens estão ficando cada vez mais estúpidos, e com o ouvido cada vez mais poluído, Deus tem sido obrigado a ser cada vez mais direto.

Mas quanto a mim, Senhor, pode continuar a falar por enigmas.

Que só um enigma pode outro enigma esclarecer.

O Globo, 20/12/2000

ESCRITOS NUM VELHO ÁLBUM

Nos meus tempos de ginásio, sobretudo as colegas faziam passar um álbum de recordações, onde cada um deveria escrever um poema ou algo afetivamente relevante. Será que isso ainda existe?

Há algum tempo chegou-me um álbum muito especial. Uma leitora, descendente da família Vieira Souto – cuja linhagem passa pelo Patriarca da Independência, José Bonifácio – pedia-me para escrever algo nesse verdadeiro relicário, onde havia textos autógrafos que começavam com Olavo Bilac, Machado de Assis, Coelho Neto, Osório Duque Estrada, Artur Azevedo e vinham até Carlos Drummond de Andrade, José Mauro de Vasconcelos, Pedro Nava, Artur da Távola, Nelson Rodrigues, isto além de desenhos de Tarsila do Amaral e Agostinelli.

Uma preciosidade. Naquelas páginas o que cada um depositou no espaço em branco que lhe era dado. A página como suporte e cada qual com a sua angústia, ironia, desconversa e delicadeza.

São fragmentos.

Espelhos partidos.

Egos refletidos.

E possivelmente instantes da história não apenas pessoal, mas nacional.

Machado de Assis, machadianamente, desconversa gentilmente: "Receba V. Exa. os protestos de meu grande respeito e admiração. Assim acabam as cartas; assim devem começar e acabar os autores velhos".

Bilac refere-se à "Dama hospitaleira" do álbum que tem "a graça e a bondade da Terra Brasileira". Coelho Neto faz um texto que poderia ser considerado formalmente um poema pelos modernistas, que combateu:

"A pressa...!

Vive-se hoje?

Temos apenas a noção da vida.

Ler o Mundo

O infante que nasce é como a flecha despedida do arco sobre o alvo: o túmulo, trajetória é a vida."

Também Artur Azevedo e Osório Duque Estrada vão brincando com seus textos, até que, dando um pulo da Velha República para os tempos da última ditadura, surpreendem-nos duas páginas de Carlos Lacerda, escritas em 1969, onde considerando a história daqueles dias, amarguradamente, diz que "Numa época hoje de submissões e injustiças, o banido dentro da própria pátria é lembrado". Ao fim, acrescenta, quase à maneira do general Figueiredo que também pediu para que o esquecessem: "Gostaria que todos me esquecessem de vez, para não sofrer melancolias e novas decepções, não coletar amarguras, não ter queixas nem recriminações".

Contrastando com essas palavras, surgem as de Juscelino, ele mesmo vítima de Lacerda, e que naquela época também já estava não apenas cassado, mas expulso do país. Estranho e fascinante personagem esse JK. Tinha uma doença incurável: o otimismo. Otimismo e generosidade que estavam na raiz do melhor período de nossa história republicana.

Ele começa dizendo: "Em 1965, quando me encontrava exilado na França, visitei Amboise, que Leonardo da Vinci imortalizaria, nela residindo nos últimos tempos de sua vida, numa casa que o governo francês conserva com carinho. Recebido na Prefeitura da multissecular cidade, fui convidado a assinar um livro de visitas que datava de cinco séculos e em cujas páginas se encontravam várias assinaturas de reis, de Leonardo da Vinci e de outras eminentes figuras do mundo".

"Encontro-me, agora, em idêntica situação", continuava o presidente, dizendo de sua emoção diante desse álbum. E, curiosamente, o seu otimismo estava ligado a uma incessante visão da história, pois tendo começado suas palavras refazendo sua história num outro livro europeu, nesse pula para a história brasileira, cita o Patriarca da Independência, que em 1822 referiu-se à construção da nova capital, "no mesmo sítio em que hoje se levanta e sob a legenda do mesmo nome" a Brasília que JK ergueu.

É um texto acidental, mas significativo. A história de repente invade um texto ocasional num álbum como invade também uma crônica de jornal.

Está lá também um texto de Nelson Rodrigues, que mais parece de Manuel Bandeira: "Tens a alma cansada, tão cansada quanto uma estrela ao amanhecer".

Affonso Romano de Sant'Anna

O álbum que era folheado a princípio com curiosidade apenas, depois, com surpresa, suscita uma inevitável gravidade. Uma página em branco é mais que uma página em branco. É um pacto. E um desafio. Então, escrevo:

Cada texto
    o seu contexto
Cada letra
    os arabescos
Cada folha
    outro dia
    desfolhado
    outra grafia
Cada página
    o branco do destino
    com rasuras
    desatinos
Cada qual
    com sua pena
    moderna e antiga
Cada qual
    com sua tinta
    íntima
    escorrida
Cada escrita
    uma roupa
    na pele
da página
despida.

Estado de Minas/Correio Braziliense, 30/5/2004

LEITURA FAZ ACONTECER

– **P**ara que serve a literatura?

– Para nada, pensam alguns.

Pois convidam-me para uma conferência na PUC-RS em torno do tema "Leitura faz acontecer". Querem até algum depoimento. Então começo a me lembrar de historinhas acontecidas com meus leitores. São tantas que poderiam ter algum interesse para a psicologia ou a sociologia da leitura. Todo escritor, de qualquer nível, tem histórias melhores que essas para contar. Algumas são no nível político. O general Figueiredo ameaçou renunciar depois de ler a crônica "A preguiça do presidente". Sempre digo, não renunciou. Culpa minha. Se eu fosse melhor escritor ele teria renunciado. Daí que tudo o que aconteceu no Brasil nos últimos vinte anos é culpa minha.

Mas vou referir-me aqui ao pequeno-grande universo do leitor. Algumas pessoas me revelaram que pararam de se drogar depois da crônica "Nós, os que matamos Tim Lopes". Vejam só. Você se assenta para escrever uma crônica ou poema e pares se formam, amantes surgem e, de repente, o resultado pode ser mais intenso que aquele. Estou em Uberlândia e ao terminar uma conferência uma senhora se aproxima e diz: "Queria lhe dizer que me casei por sua causa". Enquanto eu mostrava minha surpresa, ela chama o marido que diz que, ao ler a crônica "A mulher madura", dirigiu-se resolutamente para ela e disse: – Aqui está descrita a mulher dos meus sonhos, que é você. Foi fulminante. Estão casados há vinte anos.

Estou caminhando por Copacabana quando um senhor se aproxima e pergunta se eu sou eu. Poderia responder como Borges, "às vezes". Então, emocionado, ele começa a falar de uma crônica, em que eu descrevia como eram as salas de cinema de antigamente. E vai falando, se emocionando, começa a chorar. Mostrando minha simpatia por seus sentimentos, pego no seu braço e caminhamos dois quarteirões. Ele ia falando, falando como se estivesse me entregando um precioso presente de suas memórias.

Minha amiga Helena Rezende produz umas caixas de bom gosto com cartões que têm frases de escritores. Estava ela no estande de vendas num shopping quando um boy chega e lhe diz que está apaixonado por certa moça de uma loja, mas não sabe declarar-lhe amor. Pede orientação sobre que caixa dar a ela de presente, para mediar sua paixão. Ele leva a caixa. No dia seguinte volta sorridente, feliz. A moça acolheu seus sentimentos.

Estou no aeroporto no Rio, sentado, lendo e um senhor se aproxima e timidamente começa a falar. Peço que ele se assente ao meu lado. Diz que o texto de Pablo Neruda, que publiquei, sobre a "mulher remota" mexeu com ele, e que acabou mandando-o para uma pessoa, a quem queria dar um recado, e a coisa funcionou. E o olho dele brilhava. E conversa-vai-conversa-vem, me disse que não mandou a crônica apenas, mandou o texto gravado na sua voz, sem dizer quem era, se bem que ela saberia quem ele era. E então, meio tímido ainda, mas ávido, me pergunta onde poderia achar mais material semelhante.

Um empresário me revela que abandonou seu negócio em São Paulo e mudou-se para o Rio, para ficar mais perto de seus filhos, depois de ler a crônica "Antes que elas cresçam". Casais que estavam separados se reencontraram. E uma pessoa que trabalha com as questões de litígio sobre a guarda de filhos no Movimento Guarda Compartilhada leu essa crônica na sessão plenária da Câmara de Vereadores, abrindo a discussão sobre a afetividade com os filhos e a separação dos pais.

O autor não tem a menor ideia do que pode desencadear nos leitores. Seja a alegria seja o pranto. Revela-me Monica Hanson, residente nos Estados Unidos: – Chorei lendo "O lado esquerdo do meu peito" no avião, vindo da Alemanha, e afligindo o homem de olhos azuis que vinha ao meu lado; chorei quando vinha de NY fazendo o comissário vir me perguntar "Is it good?" referindo-se ao livro; chorei viajando num trem quase vazio de Weschester para NY, em outubro, porque o que tu escreves me toca nos meus céus e nas minhas cavernas... *places and roads less traveled".*

Poderia ir continuando. Não num exercício narcisista, mas para confirmar que a literatura é um elemento mediador e que o "eu" do escritor é um eu de utilidade pública. A literatura faz acontecer.

Estado de Minas/Correio Braziliense, 24/10/2004

BIBLIOTECAS EM TEMPO DE GUERRA

Como escritor, como ex-presidente da Biblioteca Nacional do Brasil ou como um simples cidadão não poderia ficar indiferente diante das notícias do que ocorre com a Biblioteca Nacional do Iraque e das agruras de seu diretor Saad Eskander.

Durante a estúpida invasão americana naquele país, em 2003, eu havia escrito uma crônica assinalando que se estava arrasando um dos patrimônios mais valiosos da história da humanidade ao despejarem toneladas de bombas e passarem tanques em cima de ruínas históricas onde estão os míticos rios Tigre e Eufrates, naquelas bandas onde estava a Nínive do profeta Jonas, na paisagem onde se construiu a Torre de Babel e onde reinou Nabucodonosor, na terra onde se escreveu o código de Hamurábi e no cenário das aventuras de Gilgamesh.

Agora vejo uma fotografia em que um funcionário da Biblioteca Nacional do Iraque, entre os destroços da seção de obras raras, recolhe livros queimados, arruinados. E descubro que o diretor Saad Eskander, impotente diante do descalabro, resolveu fazer um diário na internet (www.bl.uk/iraqdiary.html) narrando as coisas terríveis e estapafúrdias que ocorrem.

Eu já estava, de alguma forma, familiarizado com a lastimável situação de algumas bibliotecas, a começar da nossa, quando a assumi (1990-1996) e via livros empilhados pelos corredores ou expostos à chuva e à incúria. Na guerra que também travava, lembro-me que uma bala perdida caiu, certa manhã, a dois metros de minha mesa de trabalho. Mandei recolhê-la à seção de obras raras. Mas, lembro-me também, no plano internacional, de quando recebi um espantoso comunicado expedido pelo diretor da Biblioteca Nacional da Rússia pedindo socorro, exatamente, socorro! pois aquela instituição estava sendo espoliada e à deriva, logo que o comunismo desintegrou-se e não se sabia em que direção aquele país ia. Assim, um dos maiores acervos do mundo parecia ir a pique, num naufrágio titânico. Já tinha, na mesma linha, ouvido, em Moçambique, o ministro da Cultura me narrar que todas as bibliotecas do país haviam sido destruídas nos muitos anos de guerrilha. Mas essa outra notícia, agora, sobre o que está ocorrendo no Iraque é por demais perturbadora.

Ali foram destruídos, com a guerra, 60% do material arquivado e 95% dos livros raros. Ou seja, a guerra arrasa tanto os monumentos de cal e pedra quanto as obras monumentais do passado. E o diário do acuado diretor da BN iraquiana vai narrando, por exemplo, que "o dia 3 de fevereiro foi um dos dias mais sangrentos. Um caminhão explodiu na área de Al Sadriya. Mais de 150 pessoas inocentes morreram e 250 ficaram feridas". Nos dias seguintes, mais explosões, cortes de luz e água; noutro dia desaparecimento de funcionário sequestrado ou, até mesmo, o assalto ao ministro da Cultura ao sair do banco, quando levaram todo seu salário. E assim por diante. Fora isso, segue descrevendo uma outra guerra, a guerra da burocracia, menos barulhenta, mas mesquinha e danosa.

Muitos de nós já vimos uma espantosa e ao mesmo tempo encorajadora foto tirada durante os bombardeios nazistas de 1940, em Londres. O cenário é uma biblioteca bombardeada, destelhada, mas entre os destroços, três senhores, britanicamente vestidos, com capote e de chapéu, contemplam e examinam livros que restaram nas estantes. Como diz Alberto Manguel em *Uma história da leitura*, "... eles não estão dando as costas para a guerra, nem ignorando a destruição. Não estão escolhendo os livros em vez da vida lá fora. Estão tentando persistir contra as adversidades óbvias; estão afirmando um direito comum de perguntar; estão tentando encontrar uma vez mais – entre as ruínas, no reconhecimento surpreendente que a leitura às vezes concede – uma compreensão".

É isso que também cada um de nós procura entre as ruínas desta e de outras guerras.

Estado de Minas/Correio Braziliense, 10/6/2007

LER A NATUREZA

Vocês viram. Todos vimos as fotos e lemos as notícias. Os animais nos deram lições de sabedoria nessa catástrofe do tsunami lá na Ásia. É que os animais sabem ler o livro da natureza. Eles estão na natureza, eles pertencem à natureza, interagem com a natureza, nunca leram Descartes – o que seria perdição deles para sempre.

Elefantes, leopardos, coelhos – e eu tenho a impressão que insetos e aves de todos os tipos – pressentiram o que estava para acontecer e se mandaram para lugares seguros quando as enormes ondas – os tsunamis – vieram enlouquecidas para matar mais de 150 mil pessoas numa dezena de países ao redor do oceano Índico.

Diz uma das notícias que "cientistas não sabem explicar a causa exata da espantosa sobrevivência dos animais. Mas não a atribuem a nenhuma capacidade extrassensorial e sim ao fato de que os animais têm olfato e audição muito mais aguçados do que os seres humanos".

Ou será que nós, civilizados, é que embotamos os nossos sentidos?

Assim, no Parque Nacional de Yala, no Sri Lanka, os elefantes se mandaram antes que as águas chegassem. Em Khao Lak, na Tailândia, oito elefantes salvaram a vida de doze turistas e de seus donos ao arrebentarem as correntes que os prendiam e se dirigirem para a colina.

Até o cão cingalês Selvakumar, lá no Sri Lanka, deu lições de argúcia interpretativa da natureza ao salvar do afogamento um menino da família a que pertencia.

Os que dialogam com a natureza tiveram mais chance de se salvar. Não só os animais, mas também uma tribo de pescadores de Morgan, no sul da Tailândia, conhecidos como "ciganos do mar". Todos os 181 habitantes do vilarejo escaparam porque, como narrou o chefe Khatalay, "nossos ancestrais nos ensinaram que quando o mar recua depressa, volta depois com fúria".

Os animais, os primitivos, e também as crianças. Nesse último caso, a pequena Tilly Smith, inglesa de dez anos, salvou sua família pelo simples fato de ter tido uma aula de geografia, duas semanas antes, em que lhe explicaram o que eram as ondas tsunamis. Assim, em Mijkao, na Tailândia, por causa da sabedoria da menina, ninguém morreu afogado.

Ler a natureza. Ler o mundo.

De Descartes em diante estabeleceu-se a pregação estupidamente racionalista de que o homem é "superior" à natureza e que, por consequência, ela tem de ser renegada. Isso teve reflexos em muitos setores. Não só na devastação das florestas e extinção das espécies. Até na arquitetura moderna, chamada funcionalista, houve uma ojeriza aos ornamentos e às formas que lembrassem a natureza. Há um tipo de arte que anda por aí com manifesto horror a tudo o que lembra natureza. A modernidade apaixonou-se pela máquina e decretou que identidade com a natureza é coisa de românticos e ultrapassados.

Um índio na floresta saber ler árvores, pássaros e bichos que o cercam. Nós, que de floresta nada entendemos, na cidade, cheia de letras, fingimos entender as coisas.

Resultado: precisamos de intérpretes e mediadores para entender a natureza. Os seres primitivos e os animais não precisam de bulas. "Naturalmente" analfabetos, não sabemos mais ver e ler a natureza. Não sabemos mais escutar a natureza. Não sabemos sequer decodificar as mensagens que nosso corpo nos envia. Meu cão sabe mais de seu corpo que eu. Sabe que erva procurar no jardim quando não está bem. Para ele a natureza é uma imensa e variada farmácia grátis.

Já nós, não entendemos sequer o que o vento nos diz. E, no entanto, já dizia Bob Dylan, as respostas a certas questões estão obviamente no sopro dos ventos.

Estado de Minas/Correio Braziliense, 9/1/2005

MULETAS DE LINGUAGEM

Vocês já repararam que os paulistas deram para começar suas frases com um "então"?

Na primeira vez que ouvi isso, pensei que fosse cacoete de uma conhecida minha. Ela começava a conversa sempre com um "então", e ao primeiro "então", seguiam-se outros "entões" na abertura de todas as demais frases. Daí a pouco acho que já tinha "então, como vai?", "então, bom dia", só faltava chegar no "então, então!".

E o "então" era algo enfático, pois havia uma pausa, quase um suspense, algo entre a vírgula, ponto e vírgula e até mesmo dois-pontos. Era o prenúncio de alguma coisa. Sim, parecia que ela dizer algo grave, revelar, dar uma explicação final que, afinal, não vinha.

Simplesmente era uma muleta linguística. Daí comecei a observar que os paulistas todos estão falando assim, seja na televisão, no rádio, nas ruas e nas lojas. E outro dia uma filha me chegou em casa com esse "então". "Então", pensei, a coisa está ficando grave. O "então" invadiu minha praia.

Isto está se parecendo com uma outra expressão que invadiu a fala de todo mundo e que foi propalada pelo presidente Lula. Refiro-me a esse "até porque". Lá vai a pessoa falando, pode ser um feirante, um entrevistado, sobretudo políticos que se contaminaram com a fala presidencial, "até porque" vivem ali ouvindo isso dia e noite. Não tem jeito. Não se fala mais "mesmo porque", nem "sobretudo" ou coisas que tais. Tem de ser "até porque".

Há décadas venho observando esses cacos de linguagem. Sugiro (é um vício antigo) que alguém faça, se ainda não fizeram, uma tese sobre isso. Havia uma conhecida, por exemplo, que ia falando, e, de repente, metia na frase um "peréré-peréré". Por exemplo: — Ela chegou lá em casa, aí, sentou-se à mesa e peréré-peréré, acabou contando"...

Outra variante disto é o "parará-parará". A última vez que tentei achar tais ruídos no dicionário não encontrei. E fiquei pensando como é difícil as pessoas aprenderem uma língua estrangeira. Nenhuma gramática nossa se refere a isso, como não se refere também a essa mania de falar "assim". Esse "assim" é uma calamidade. E agora vem colado ao "tipo assim". São palavras que não adicionam informação alguma, apenas marcam ritmo e dão tempo subjetivo para o falante organizar seu pensamento ou parecer que tem pensamento. E, de repente, isso que tinha de ser acidental e acessório acaba dominando todo o discurso.

Toda língua tem esses cacos. Os americanos tinham mania de ficar mascando uns ruídos – "ahm... ahm... ahm" marcando intervalo das frases, isso antes de entulharem tudo com todas as variações de "fuck". Quer dizer: "então", aquela língua de Shakespeare que diziam ser tão rica, acabou convertida, "tipo assim", numa única palavra. "Então", no princípio era o "fuck". E como consequência veio o Bush...

No caso brasileiro existe por aí uma linguagem considerada jovem, que acaba sendo o enfileiramento só desses cacos, e já não estranha a gente ouvir coisas assim: "Cara, tipo assim, aí, cara, pô, vou te contar, uhaal! Pirou, cara! Tipo assim, pô".

Isso parece peça de Ionesco. Peça de Beckett.

Nos estudos de linguística costumam dizer que isso pode ser chamado de "linguagem fática", "tipo assim", quando você diz "alô" ao telefone ou um "aí" no meio da narração. Mas o mais sintomático é que essa expressão "linguagem fática" foi primeiro usada pelo antropólogo Malinowsky, no século XIX, estudando comunidades primitivas. "Então", acho que estamos, "tipo assim", mais primitivos que nunca. As provas se evidenciam nas paredes, nas tatuagens, nos grafitos por aí, sem falar nas pessoas tribalmente pulando nas modernas cavernas chamadas boates.

"Então", os mineiros, como diria meu pai, dão um quina nesse assunto. Pois conseguimos elevar a linguagem fática ao mais puro requinte da comunicação. Dois mineiros conversando são capazes de usar todos os elementos da linguagem fática, essas palavras que não significam nada, e, no entanto, estabelecer uma rica comunicação.

E essa arte atinge seu virtuosismo supremo quando dois mineiros conversam em silêncio.

Que papos!

Que excelsa comunicação!

Estado de Minas/Correio Braziliense, 16/4/2006

O LIVRO, A LEITURA E A BIBLIOTECA NA VIRADA DO SÉCULO[1]

Faltam apenas cinco anos para que o século XX acabe.[2] E cinco anos passam muito rápido. Digo isso como uma advertência aos jovens que acabam de entrar na universidade e que ao ingressarem no século XXI estarão também começando sua vida profissional em seus escritórios, estúdios e oficinas.

A aproximação de um novo milênio provoca sempre ansiedades. Surgem as profecias apocalípticas, aumenta a síndrome de Nostradamus, ou, então, nos deixamos possuir por uma mítica e cândida esperança, certos de que alguma coisa vai ocorrer cósmica e naturalmente com a mudança do século.

No nosso caso, o esgotamento cronológico do século XX soma-se a um fato concreto: vivemos um momento de velozes, desnorteantes e estupendas conquistas tecnológicas, que nos obrigam a rever nossos instrumentos de trabalho e a repensar as relações sociais.

Mas perguntaria eu, tentando aprofundar algumas questões subjacentes ao meu pensamento: – Faltam realmente cinco anos para que iniciemos outro milênio? Ou será que o século XXI já começou e muitos não se deram conta?

Antigamente os séculos duravam às vezes mil anos, como ocorreu com a Idade Média. Hoje, um século pode durar apenas cinquenta anos. Possivelmente dentro do século XX houve dois séculos. Um antes e outro depois das bombas atômicas explodidas em Hiroshima e Nagasaki, em

---

1 Aula Magna dada na Universidade Federal de Santa Catarina, 19 set. 1995.

2 Em 1994 dei "aula inaugural" na UFRJ e na UFMA sobre o tema: "O que aprendemos até agora?". Começava então a tratar da questão de como repensar o século que se ia e o século que se aproximava.

1945. E estou convencido, em prosa e verso,[3] de que o século XX terminou há uns seis anos. Uns dizem que terminou em 1989 com a queda do Muro de Berlim, formidável evento semelhante à queda de Constantinopla ou do Império Romano. Outros podem dizer que o século XX terminou em 1991 quando houve o golpe e o contragolpe na Rússia, fato que acabou por liquidar com a hegemonia do partido comunista soviético e por desmontar internamente os muros que burocraticamente sustentavam aquele poder. Neste caso, se o século XX realmente acabou em 1991, posso lhes afiançar que eu estive lá, e vi, "com esses olhos que a terra há de comer", como foi que a história desmoronou.

Narrei isto, aliás, no livro *Agosto 1991: estávamos em Moscou*[4] (Ed. Melhoramentos) escrito com Marina Colasanti, minha mulher, relatando os dramáticos dias que vivemos quando da derrubada de Gorbachev e da ascensão de Yeltsin ao poder. Estava eu lá com cerca de três mil bibliotecários num congresso da IFLA (Internacional Federation of Library Association), quando o livro da história virou extraordinariamente uma das suas mais cinzentas páginas. Muitos bibliotecários continuaram reclusos discutindo teorias. Eu preferi transbordar para as ruas, para ver a história que fervia nas praças.

A ideia de que o século XX já terminou e que à revelia de muitos já vivemos no século XXI se consolida se olharmos em torno e nos dermos conta de como nosso cotidiano se alterou não apenas ideológica, mas tecnologicamente. A ideologia, com efeito, é uma tecnologia. Tecnologia às vezes inconsciente, às vezes consciente, que mantém funcionando a máquina social e que organiza uma certa interpretação do mundo. De igual modo a tecnologia contém também a sua ideologia.

Vivemos, portanto, um instante histórico em que estamos descrentes do caráter revolucionário das ideologias, mas confiantes na função transformadora das tecnologias. O século XX nos deixou exaustos com

---

3 "Epitáfio para o século XX" é um poema do princípio dos anos 90 e no livro *O lado esquerdo do meu peito* (Rio de Janeiro: Rocco, 1992) há uma série de poemas sob o título geral de "Aprendizagem da História".

4 Estava eu em Moscou para um encontro internacional de bibliotecários e presidentes de bibliotecas nacionais quando ocorreram os fatos que relatei no livro publicado no mesmo ano pela Editora Melhoramentos.

Ler o Mundo

essa mania de rupturas dentro de rupturas e de revoluções dentro de revoluções. Hoje procuram-se transformações dialeticamente viáveis, mas democraticamente responsáveis.

De algum modo, por consequência, há uma similitude entre a passagem do século XIX para o século XX e o cruzamento do século XX com o século XXI. Lá, também as máquinas e a velocidade geraram expectativas sociais e programas estéticos. Lá também houve um surto místico e orientalista. Lá, também as conquistas científicas da segunda metade do século XIX projetavam no século seguinte grandes expectativas de racionalização da realidade. Hoje, com efeito, os computadores e as velocidades velocíssimas recriam o mundo de uma maneira assombrosa, prometendo-nos o até então impensável. A passagem do século XX para o XXI, mais do que o fim das ideologias utópicas no plano social, talvez se faça assinalar pela fusão entre realidade real e realidade virtual. É como se, desencantados das utopias revolucionárias prometidas pelo século XIX, agora partíssemos para a realidade virtual nos laboratórios e nas telas de cinema e dos computadores, como forma de investimento utópico, artístico e tecnológico.

Não há dia em que não leiamos, não mais nos livros especializados, mas nas revistas e jornais, a afirmação de que estamos vivendo uma nova Renascença. Eu mesmo já disse e escrevi isto sem nenhuma originalidade, senão a originalidade dos que cantam em coro.

Acostumamo-nos a nos encantar com o Renascimento. Com efeito, algumas figuras e fatos ressaltam dos livros escolares sob esse título: queda de Constantinopla, Gutenberg, Da Vinci, Colombo, Thomas Morus. Isto, para ficar em poucos ícones da metamorfose da época. Um paralelo se poderia arriscadamente criar com o que ocorre hoje. A queda de Constantinopla ocorreu, de novo, recentemente, em Berlim; Gutenberg hoje estaria trabalhando na produção de software, produzindo CD-ROM,[5] Thomas Morus estaria vivendo ou escrevendo esse lugar que habitamos onde a tecnologia se propõe a nos restituir o lazer e o paraíso, mesclando

---

5   Hoje isto já foi superado. Essa fala/texto é de 1995. Hoje, em 2010, o e-book pode conter milhares de livros e um pen drive do tamanho de um isqueiro, toda a memória de um computador. E amanhã, o que estará fazendo Gutenberg?

a realidade real à realidade virtual. Colombo sairia a "navegar" na internet abordando praias e continentes através do computador, ou então, atravessando a galáxia para vasculhar o que, há muito, além da Trabopana, com o telescópio Hubble se pode pesquisar.

Restaria, naquela lista sumária a que me referi, Da Vinci. E uma indagação se impõe: – Onde a arte e o artista que dominando a tecnologia de seu tempo construiria a arte de hoje e de sempre?[6] Neste sentido, devo confessar meu constrangimento e transferir esse último item para outra aula, que não sei se terei competência para ministrar, e dizer, por agora, que, infelizmente, os artistas de hoje estão aquém de seu tempo, aquém da tecnologia de que dispõem. A arte atual (que se intitula moderna ou pós-moderna) desfaleceu exausta nas aporias da vanguarda e não consegue dar conta de seu tempo nem nos propor vislumbres para o próximo século[7]. Falta-nos desoladamente um Da Vinci e, só por isto, às vezes, duvido se estou vivendo ou não em plena Renascença. A menos que estejamos procurando Da Vinci no lugar errado e ele talvez esteja no cinema ou num laboratório de informática.

Por uma questão de método vamos nos restringir, no entanto, ao espaço de Gutenberg, que é o mínimo que podemos fazer na pequenez dessa "aula magna". Falemos do livro, da leitura e da biblioteca na virada do século que já está aí.

Não é fácil sobreviver e manter o centro de gravidade nos momentos de grande metamorfose individual e histórica. Não deve ter sido fácil atravessar o Cabo das Tormentas, navegar pelo Cabo Não. Em termos atuais, converta-se a metáfora da "viagem" de Colombo em "corrida", que a velocidade é a condicionante de nossa época.[8] Há que ter, como numa corrida de Fórmula 1, muita perícia para manter, com a pista escorregadia, o carro na curva numa velocidade de 300 km. Estamos desta feita nas

---

6 Para se compreender a complexidade desta questão ver também o poema *A grande fala do índio guarani*. (São Paulo: Summus Editorial, 1978).

7 Nas obras posteriores – *Desconstruir Duchamp* (2003) e *O enigma vazio*: impasses da arte e da crítica (2009) abordei essa crise das artes plásticas. A literatura, o teatro, a dança e o cinema estão em situação melhor. O caso da música "contemporânea" é igualmente complexo.

8 As obras do pensador francês Paul Virilio elaboram interpretações de nossa cultura a partir da questão da velocidade.

"autopistas da informação", numa velocidade vertiginosa e há que evitar a náusea e os acidentes de percurso.

É ao mesmo tempo, tão fascinante quanto incômoda a adaptação aos novos tempos. Não é fácil para o adolescente deixar de ser criança e tornar-se adulto. Acredito que a lagarta sofre para transformar-se em libélula. E concordo que muitos de nós diante da obrigatória metamorfose histórica e tecnológica digamos como aquela lagarta da fábula de Marshall McLuhan, que olhando a libélula se dizia: "Não, eu jamais me transformarei num monstro daqueles".

Há dias estava na cidade do México participando da VI Assembleia geral da Associação de Bibliotecas Nacionais da Ibero-América (Abinia). Estávamos ali, 22 diretores de bibliotecas de Portugal, Espanha e América Latina. E conversávamos sobre as transformações que a informática impõe ao nosso tempo. Um dos diretores, então, disse: "Pois eu sou do tempo do papel-carbono". E disse isto com certo saudosismo e desconforto diante da modernidade, mas ao mesmo tempo, como que reconhecendo um ritmo de fatalidade nas transformações que aí estão ocorrendo. Com efeito, entre o papel-carbono, o mimeógrafo a álcool, as cópias xerox e as máquinas que podem escanear livros e ilustrações existe um salto tecnológico assombroso.

Falávamos disto ali a propósito de uma máquina que a Biblioteca Nacional do Brasil passou a ter em minha administração, capaz de imprimir e encadernar um livro de 135 páginas por minuto. Essa máquina pode escanear livros raros mesmo que eles não sejam totalmente abertos, mantendo uma angulação de apenas 60 graus e, além disto, pode editar a distância. Basta que no sertão do Cariri, lá no Ceará, ou em qualquer cidade da Austrália, alguém tenha uma máquina semelhante e eu possa colocar o disquete com o texto ou ilustrações aqui e imprimir à distância, eliminando, portanto, todo o trabalho de empacotar e transportar por avião os exemplares do livro.

Narrava eu aos interlocutores da Abinia que há dias havíamos reproduzido na Bienal do Livro, no Rio, ante os espantados olhos de multidões, obras raras como as primeiras edições de *Marília de Dirceu* de Tomás Antônio Gonzaga, *O Ateneu* de Raul Pompeia, a *Grammatica da língua portuguesa com os mandamentos da Santa Mádre igreja* de João de Barros, *O Uraguai* de Basílio da Gama e *Os Lusíadas* de Camões. Reproduções dessas obras eram vendidas a três reais, fazendo que o caráter único e raro desses livros seja redefinido e proporcionando uma democratização do produto cultural.

Uma máquina como essa, dizem alguns, obrigará à redefinição do papel do editor e do livreiro. Poderá modificar o conceito de livraria, que não terá necessariamente que ter os volumes guardados, senão receber o comando que, vindo da editora, colocará nas mãos do leitor a obra desejada. Deste modo acaba o conceito de obra esgotada. Todas as obras podem ser adquiridas com mais rapidez desde que exista um disquete, uma matriz.[9] E se quisermos retomar a referência à Renascença e sonhar com Thomas Morus, pode-se pensar que no futuro teremos em nossa casa uma máquina receptora assim como o fax de hoje, que nos porá, em minutos, o livro que está na BN/Brasil ou em Harvard.

Uma tal máquina e as variantes que já estão surgindo acabarão também com o conceito de obra rara única. Para espanto do próprio Walter Benjamin, que no princípio do século tentara equacionar a questão da reprodução das obras de arte na sociedade industrial, as bibliotecas poderão completar coleções de obras raras em forma de papel e livro através de acordos mútuos, além, é claro, de colocarem os textos em CD-ROM, que cada vez contém mais informações gráficas, visuais e sonoras.

Ainda agora estou sabendo que se está produzindo um novo tipo de CD-ROM que contém 180 vezes mais informações que o CD-ROM que já podia conter cerca de 40 livros. Imagine-se então o que nos espera![10] Cada vez mais, informações compactadas no menor espaço e à disposição do maior número de pessoas. Este o "maravilhoso mundo novo" que vai além das profecias de Huxley. Hoje, as profecias não são para amanhã, senão para agora. Esta a grande modificação de nossa época. A simultaneidade espaço-temporal dos eventos interativamente percebidos e as invenções imediatamente postas a serviço do público fazendo que o novo envelheça a cada minuto.

---

9 Em 1995, por coincidência, ano da escrita deste texto, dois jovens, Larry Page e Sergey Brin, conheceram-se na Universidade de Stanford. Daí a poucos anos, criaram o tentacular Google com a capacidade de ser também uma biblioteca virtual mundial.

10 Cabe ao leitor ir atualizando na sua imaginação as descobertas feitas neste setor. Se eu anotasse a última novidade no momento em que estou preparando este livro, já não seria a novidade última quando ele for publicado ou lido daí a meses e anos.

Este, com efeito, um dos ângulos da grande revolução tecnológica de hoje em dia. Mal o produto surge num ponto do mundo, já pode estar sendo consumido do outro lado do planeta, assim como as notícias da CNN, a transmissão da guerra do Golfo[11] ou da Bósnia.[12] Com isto, diria, ocorre, para reafirmar minha teoria sobre o novo Renascimento que estaríamos vivendo, que o mundo, tecnologicamente deixa de ser ptolomaico para ser copernicano. Ou seja, houve um deslocamento do centro, não há muita diferença entre o centro e a periferia.[13] A Universidade de Pelotas, por exemplo, pode ter a mesma tecnologia que a Universidade de Cornell e manter um diálogo em nível de igualdade.

Essa modificação no eixo da história (Constantinopla/Berlim, de Ptolomeu para a verdade de Copérnico) ocorre em outros níveis. Os "novos bárbaros" estão também batendo às portas do Império Romano, invadindo o mercado de trabalho dos Estados Unidos e da Europa, não mais se contendo na África, no Leste Europeu ou nas fronteiras do México. Roma anda assustadíssima com a crescente horda de culturalismo que coloca num mesmo altar tanto o Nobel inglês quanto um Nobel que vive no Caribe, a exemplo do poeta negro Derek Walcott, que se utiliza da mesma língua de Shakespeare reescrevendo ao seu modo a *Odisseia* de Homero. Prova da complexidade disto é o novo livro de Harold Bloom – *O cânone ocidental* –, no qual ele propõe que se restabeleça um eixo de leitura, reintroduzindo o conceito de obras clássicas, para evitar que o centro e a periferia se mesclem e que o edifício ortodoxo da cultura se desmorone. Se, por um lado, sua obra tem como mérito tentar colocar um pouco de ordem no caos de valores que se estabeleceu no campo da arte e da literatura, por outro lado, é uma síndrome da resistência às mudanças que ocorrem, quando, por exemplo, o Prêmio Nobel começa a ser dado a escritores da chamada periferia que nasceram no Egito, na Nigéria, na Colômbia, no México e no Caribe.

---

11 Conflito militar iniciado em 2/8/1990 quando o Iraque invadiu o Kuwait e tropas americanas e de outros países interferiram invadindo a região. A guerra durou cerca de um ano.

12 Guerra entre grupos étnicos e religiosos na região da Bósnia e Herzegovina, que envolveu a Croácia, entre 1992 e 1995.

13 Em 2008, durante a Copa de Futebol do Mundo (Copa da Cultura) apresentei a conferência "Redefinindo centro e periferia" na Casa das Culturas do Mundo, em Berlim. Posteriormente desenvolvi essas ideias em outras conferências e em curso na Casa do Saber, Rio (2009).

Naquela reunião de diretores da Abinia, no México, experimentei ainda um fato diametralmente oposto ao episódio a que me referi anteriormente. Não apenas a constatação de que mal saímos da "idade do papel-carbono" já estamos na época da impressão à distância ou de que a tecnologia chega cada vez mais simultaneamente a vários pontos do planeta. Refiro-me agora a uma outra simultaneidade histórica. E dou-lhes um exemplo. Lá no México saí um dia para visitar as pirâmides do Sol e da Lua nos arredores da capital mexicana.[14] É uma experiência extraordinária, tocante, ver e andar entre edifícios sagrados construídos pelas civilizações pré-colombianas e abismar-se com a riqueza das culturas que ali existiam.

Junto a uma dessas pirâmides, uma mexicana jovem nos explicava as múltiplas funções do cáctus chamado "maguei". Dessa planta se tira tudo. Tira-se a fibra para tecidos, utilizando-se o próprio espinho da planta como agulha; tira-se a bebida, que é o líquido que se armazena dentro da planta depois que lhe abrem o coração; e tira-se também o papel, que era usado pelos antigos astecas. A índia deu um talho numa folha do cáctus, abriu-a ao meio e descolou inteira e intacta uma folha já pronta para receber a escrita, tal qual o faziam os astecas antigamente.

Como guardião da maior biblioteca do meu país e da America Latina, como interessado em novas tecnologias de comunicação, confesso que fiquei emocionado diante daquela cena. Súbito retrocedia a algumas centenas de anos antes que Cortez desembarcasse ali com sua tropa e queimasse todos os seus navios para impedir que seus soldados voltassem para trás. Ali estavam o ontem e o hoje num só espaço. A escrita, o livro, a leitura como tecnologias para desenvolvimento e registro das culturas.

Diz-se que os desenhos encontrados na célebre gruta de Lascaux têm 22 mil anos; que a escrita teria surgido entre os sumérios e acadianos há seis mil anos; que o nosso alfabeto, vindo dos egípcios, fenícios, gregos e etruscos teria três mil anos. Portanto, a escrita é algo recente na imemorial história dos homens. O livro em sua forma moderna começou com Gutenberg há pouco mais de 500 anos. Nosso século, todavia, experimentou

---

14   A formidável visão dessas pirâmides já estava presente, num poema meu de 1968, "Empire State Building", e em "A grande fala do índio guarani" (1978).

relevantes transformações nessa área: conhecemos o livro de bolso publicado aos milhões para o largo público e chegamos ao livro digital não mais impresso no papel, senão espelhado numa tela portátil.

A passagem do pictograma desenhado nas cavernas ao ideograma sobre o papel foi um avanço tecnológico significativo. No pictograma faz-se a representação direta da realidade. Por exemplo: uma montanha aparece desenhada como uma montanha, uma mulher representada como um triângulo que remete à imagem da região púbica e genital feminina. A passagem para o ideograma consistiu numa operação aparentemente simples, mas que levou séculos para ser realizada. Superpor uma montanha a um triângulo púbico passou a significar não mais uma montanha e uma mulher isoladamente, mas a mulher estrangeira, aquela que veio do outro lado da montanha. Surgia, então, de forma escrita, a metáfora, que é a concretização verbal de uma abstração. Daí para frente as diversas formas de escrita foram se possibilitando. O hieroglifo (*hieros* = sagrado, *pluphein* = grafar), na verdade, reúne as três coisas: o pictograma, os signos e mais o fonograma, ou seja, um outro avanço na história da escrita que é a escrita fonética: a capacidade de registrar as sílabas e as letras das palavras proferidas.

Curiosamente se poderia dizer que a evolução da escrita é semelhante à evolução da pintura e das artes plásticas. Ela vai do realismo ao abstracionismo. Quem toma a obra de Mondrian ou de Malevich poderá ver como eles saíram aos poucos de obras representativas da realidade e foram eliminando elementos até chegarem à abstração total. Mondrian chega a estilizar em quadrados coloridos as ruas da moderna Nova York, e Malevich, mais radical, chegou ao quadro pintado todo em branco, efetivadas assim a exasperação e a exaustão da sua pesquisa formal. De igual modo, nessa linha de estilização dos traços de nosso alfabeto, quem vê a vogal "o" mal pode perceber que ela derivou de "olho", que o "n" veio de "cobra" e o "m" das ondas do "mar" ou da representação da "água".

Como lembrava eu numa reunião em Madri (onde no belo e austero "El Escorial", erguido por Felipe II, se reuniram os diretores da Biblioteca Nacional da França, da British Library, da New York Public Library, da Biblioteca Nacional da Checoslováquia, da Biblioteca Nacional da Espanha e da Biblioteca Nacional do Brasil), os princípios básicos da estrutura e da função do livro e da biblioteca já estavam definidos há 43 séculos, conforme testemunham as ruínas da biblioteca da cidade de Ebla, na costa da antiga Mesopotâmia. Naquela cidade viviam 250 mil habitantes. Pois aí descobriu-se entre 1964 e 1975 um palácio com 17 mil fragmentos de tabuinhas escritas. Nessa cidade existiam, para nosso espanto, 18 mil escribas e foram encontrados 32 dicionários sumério--eblaítas. E ali se praticava a biblioteconomia com muitas das características mantidas até hoje.

Pois bem. Chegou as minhas mãos há alguns dias, via internet, o depoimento que James Billington – chefe da maior biblioteca do mundo, a Library of Congress – deu ao senado americano. (E vejam como sou naturalmente levado a transitar, não só no meu discurso, mas na realidade, entre as folhas do cáctus "maguei" e a internet). Dei-me conta, então, que suas propostas em nada diferem daquelas que formulei há cinco anos quando lancei no Brasil o Projeto Biblioteca Ano 2000 com o objetivo de dinamizar e informatizar as bibliotecas do país transformando-as em polo de desenvolvimento humano e social. A única diferença é quantitativa. Ele tem 80 milhões de livros. Ele quer transformar 5 milhões de livros e peças em CD-ROM até o ano 2000 e para isto tem cerca de 400 milhões de dólares.[15] No caso da Biblioteca Nacional do Brasil, já estamos começando a escanear e a imprimir obras raras e apesar de todas as dificuldades vamos intensificar a informatização do Sistema Nacional de Bibliotecas, sonhando com uma comunicação via satélite para essas bibliotecas.

Estatísticas estimam que no Brasil produzimos cerca de 300 milhões de livros ao ano, cerca de 30 mil títulos novos. São mais estimativas que estatísticas, pois não há dados seguros dos dois últimos anos, desde que o real estabilizou nossa economia e a indústria editorial passou a anunciar que aumentou suas vendas em cerca de 100%.

Por outro lado, tornou-se comum subestimar o número de livrarias no Brasil, oscilando entre 500 e 1.500. Sempre duvidei desses números. Razão pela qual estamos dentro da FBN fazendo uma estatística própria para cruzá-la com outras. Além do mais há os "pontos de venda", as

---

15   O CD-ROM foi uma tecnologia rapidamente superada, o que coloca um problema complexo na adoção de novos suportes de cópia e reprodução.

bancas de jornais (algumas como se fossem minilivrarias) e, sobretudo, a venda direta ao consumidor[16] que desencadeia alguns fenômenos curiosos como, por exemplo, o fato de as edições da Aguilar (da Nova Fronteira), livros em papel fino, de obras completas de Augusto do Anjos, Murilo Mendes, Guimarães Rosa, Vinicius de Moraes, Carlos Drummond e outros, estarem vendendo várias edições sucessivas, superando as vendas dos livros comuns nas livrarias.

Diz o anuário do IBGE de 1993 que aqui existem 14.948 bibliotecas incluindo as universitárias, públicas e etc. No Sistema Nacional de Bibliotecas temos cadastradas e mil e o Conselho de Reitores das Universidades Brasileiras nos informa que existem cerca de 900 bibliotecas universitárias. Nas que já cadastramos sabemos quantos livros têm, como estão instaladas, que outros equipamentos possuem, a quantos leitores atendem. De resto, seguem as dúvidas, afinal quantas editoras temos? Aquelas 300 registradas pela Câmara Brasileira do Livro ou cerca de 3.000 (muitas talvez apenas gráficas) que se cadastraram como tal nos arquivos da Biblioteca Nacional?

Para ajudarmos a clarear um pouco o panorama estatístico e termos mais firmeza nos projetos vamos aperfeiçoar nossas pesquisas. Cruzar as que existem com outras novas que faremos. Por exemplo, acabamos de encomendar ao instituto de pesquisa Vox Populi e ao *Jornal do Brasil* uma pesquisa sobre os hábitos de leitura, para que possamos conduzir com mais objetividade uma série de ações em torno do tripé livro-leitura--biblioteca.

Surgem aí alguns dados sintomáticos: 57% da população não compram jornais ou livros, sendo que 53% jamais compraram um livro; 50% dizem que não costumam ler e 41% leem de vez em quando; 63% não estão lendo nenhum livro no momento. Sintomaticamente, no entanto, 67% dos que leem confessaram que leem por puro prazer e só 16% por necessidade. Outro dado curioso é que 44% preferem livros de história, literatura e aventura e que os chamados *best-sellers* (estranhamente) interessam apenas a 6%.

---

16 Na época desta conferência as vendas pela internet ainda não tinham se constituído em fenômenos crescente. Até os "sebos "se organizaram e vendem pela internet. Isto de alguma maneira supre a lacuna das livrarias.

Daí eu diria que o Brasil tem hoje que enfrentar a questão da leitura em duas frentes. Contra o analfabetismo e contra os analfabetos funcionais. Recentemente, a propósito do Dia Internacional da Alfabetização anunciou-se que só temos 20% de analfabetos, ou seja, 30 milhões de pessoas. É realmente um avanço se lembrarmos que na nossa infância ouvíamos falar em cerca de 40 ou 50% de analfabetos.

Para não ficarmos muito humilhados e para nosso consolo, podemos levar em conta que no mundo, até o século XVII, apenas 2% da população mundial sabia ler. E mesmo assim o mundo avançou e produziu obras notáveis. Mas poderíamos, por outro lado, exclamar: imaginemos se fossem todos alfabetizados, que artistas, cientistas e administradores não teríamos tido! Bom, isto é tão fantasioso como imaginar com quantas descobertas e obras de arte poderia o mundo contar se na II Guerra Mundial não houvessem matado 20 milhões de pessoas ou se o regime soviético não tivesse liquidado também 20 milhões e o chinês outro tanto. Com efeito, retomando a imagem do Renascimento a que nos referimos no princípio, dizia um poeta de então, que devo às guerras, "no Oceano Índico perdeu-se o melhor daquela idade".

Assim como o surgimento do livro em produção industrial ajudou na alfabetização e criou paradoxalmente um fosso entre o alfabetizado e o letrado, estamos vivendo hoje uma situação peculiar. Além dos analfabetos e dos analfabetos funcionais, temos os analfabetos tecnológicos, que são aqueles que ainda resistem a se adaptar à máquina, apegados ao passado, como aquele diretor de biblioteca a que me refeir, que declarou ser do tempo do "papel-carbono".[17]

Já me referi em várias oportunidades sobre essa forma de analfabetismo tecnológico, que faz que não saibamos mais utilizar torneiras nem elevadores. E nesta mesma linha lembro-me de um médico amigo que, conversando sobre essas humilhações tecnológicas, um dia me perguntou:
– Sabe como se tem a noção se numa casa há adolescentes ou não? Basta

---

17 Devo confessar que uso o computador, uso máquina de escrever, e escrevo à mão, quando me convém. Tenho uma bateria de canetas de várias cores e marcas, com tintas diversas e vou escrevendo conforme minha mão exige um certo peso ou leveza, conforme o estado de alma exige essa ou aquela tinta. E muitas vezes começo a escrever à mão e só passo para o computador quando já sei a direção que a escrita quer ter.

Ler o Mundo

olhar o relógio digital no aparelho de vídeo. Se a hora estiver certa, há adolescentes, se está errada só há adultos. É como se isto denunciasse a geração "papel-carbono", a geração "toca-disco", "eletrola" e "gramofone".

Saindo deste aspecto quase anedótico, isto ilustra a afirmação de que a tecnologia sempre desclassifica pessoas e classifica outras. O aprendizado da leitura criou uma casta; possuir livros, outro status, e hoje, saber ou não manejar o computador está passando a ser um modo de se inserir ou não no mercado de empregos, poder ou não se aperfeiçoar, ser capaz ou não de captar o momento histórico em que vivemos.

Neste sentido, o governo está enfrentando um desafio sintomático. Tendo o Ministério da Educação, gerido pelo ministro Paulo Renato, lançado um massivo programa de educação através de aparelhos de televisão e vídeos instalados nas escolas em todo o país, está diante de um dilema: de um lado os equipamentos do chamado "Primeiro Mundo"; de outro, a sala de aula, o aluno do "Terceiro" ou "Quarto" Mundos. Poderão se entender? Conseguirão os professores mediar esse salto histórico e tecnológico, queimar etapas e fazer avançar a questão da educação no país?[18].

No que tange à leitura, devo reafirmar que a FBN está fazendo um esforço formidável para implantar através do Proler e da Casa da Leitura a consciência de que a leitura é um móvel de transformação do país. Em cerca de 300 municípios já estão sendo realizados módulos de cursos, sempre em parceria com secretarias da Cultura e Educação e aliciando outras instituições militares, religiosas, comerciais que queiram participar do projeto de transformação da consciência do cidadão através da leitura e da informação crítica.

De alguns anos a essa parte tem havido um crescente interesse em torno da prática e da história da leitura. E a história da leitura corresponde em muito a uma crescente laicização do livro e a uma democratização do saber. Os primeiros livros básicos das culturas antigas sempre foram religiosos. A escrita em si mesma era considerada um dom sagrado. Que

---

18 Foi anunciado que mais de 100 milhões de livros foram distribuídos pelo MEC e criou-se o programa "Leitura em minha casa". Foram, no entanto, detectados problemas vários: escolas, por exemplo, não distribuíam os livros. E quanto ao "Projeto" para informatizar escolas, os jornais adiantaram que muitas escolas não tinham estrutura básica para absorver tais programas, às vezes, nem energia elétrica.

143

o digam os antigos egípcios que criaram o hieroglifo e que tinham o deus Toth como o deus da escrita. É curioso lembrar que a famosa "primeira" gramática da língua portuguesa, de João de Barros (1539), na sua parte inicial ensina o alfabeto e, na segunda, o catecismo.

No mundo grego a leitura pública, laica e individual já existia, como atestam os desenhos nas cerâmicas e murais. E a onda da leitura pareceu crescer tanto naquela época que Sócrates chegou a se manifestar dizendo que a leitura não poderia substituir o mestre. (Essa questão que os estruturalistas e pós-estruturalistas dos anos 60 e 70 abordaram, ao restabelecerem, através de Jacques Derrida a querela entre a grafia e a oralidade, pode ser retomada hoje de outra forma, quando diante dos computadores mais avançados alguns especulam se o mestre será substituído pelas máquinas, tornando o ensino mais frio e pouco humano. Neste assunto, que não tenho como aprofundar aqui, digo apenas que ainda prova que uma coisa dispense a outra. A sabedoria dos indivíduos em todas as culturas foi fazer coabitar tecnologias as mais variadas. Assim como seria empobrecedor um mundo sem artesanato, onde tudo fosse produzido apenas industrialmente, sem o toque irregular, humano e quente do tecelão e do ceramista, é claro que a oralidade não deve nem será eliminada, assim como o livro de papel, o manuscrito ou o pergaminho devem conviver com o livro digital, ocupando cada um o seu espaço e até interagindo de acordo com as circunstâncias.

Retornando à questão da leitura, historiando-a, é necessário lembrar que não apenas na Grécia, mas também em Roma, a leitura pública era um item importante na agenda do imperador Júlio César, que havia vivido em Alexandria, sede daquela mítica biblioteca.[19] Igualmente, Tibério se interessava pelas bibliotecas e pela leitura, chegando a criar o cargo de *"procurator bibliotecarum"*, uma espécie de diretor-geral das bibliotecas.

Mas foi no Renascimento que a leitura em nossa cultura voltou a florescer publicamente com a descoberta do modo de composição industrial do livro. Ter Gutenberg escolhido a Bíblia como primeiro livro a ser divulgado amplamente foi um gesto revolucionário; foi colocar o

---

19 Em 1991 a FBN mandou para a Nova Biblioteca de Alexandria (que estava para ser concluída) vários caixotes com obras significativas da cultura brasileira. Eu mesmo estive numa missão diplomática chefiada pelo Ministro Francisco Rezek, para fazer acordos com a Biblioteca Nacional do Egito.

sagrado em mãos profanas. Mas embora a leitura seguisse sua marcha de popularização, como lembra Wilson Martins no seu monumental *A palavra escrita*: "é sabido que os primeiros tipógrafos, em parte por interesse comercial, em parte por simples espanto, procuraram manter o maior segredo em torno da nova invenção. A tipografia foi, em seus primeiros tempos, uma verdadeira sociedade secreta, na qual os iniciados eram admitidos sob juramento de sigilo".

Mas vai ser no século XVIII, com o Iluminismo, aprofundando algumas questões colocadas pelo Renascimento, que a leitura avança ainda mais, pois passou-se a traduzir para as línguas ocidentais muitas das obras clássicas até então acessíveis apenas em grego e latim, decorrendo daí uma maior popularização da tradição cultural do Ocidente e do Oriente.

Hoje o Brasil lidera na América do Sul um consistente programa de promoção de leitura, que não consiste, como é usual, de anúncios na televisão e nos "outdoors". Através do Proler já realizamos vários encontros internacionais para fomentar intercâmbio com países do Mercosul, do Pacto Andino e Amazônico e com o Grupo dos Três. Há pouco o presidente Fernando Henrique dedicou todo um programa de rádio *Palavra do presidente* – assumindo esse programa como interesse do Estado.[20]

Estamos assim saindo do século XX e indo, ou já pisando, o século XXI. Lembro-me de uma frase de Robert Massin numa crônica sobre "A cidade e as letras": "a cidade é um enorme livro aberto, escrito por uma mão anônima. Basta olhá-la, as imagens falam por si mesmas". Sem conhecer esse texto de Massin, havia eu escrito há algum tempo uma crônica também sobre o constrangimento e o desconforto que deve sentir um analfabeto que tem que se locomover numa de nossas cidades, onde cartazes, anúncios e tabuletas sinalizam, vendem, advertem transformando a paisagem num gritante discurso. E me referia ainda a uma coisa específica, à invasão de palavras de outras línguas, siglas e palavras inventadas que tornam ainda mais enigmático esse mundo urbano para quem não se iniciou nas letras. Por outro lado destacava, referindo-me até a exemplos ilustrativos, de como muitos cidadãos mesmo sem saberem o

---

20   O texto que ele leu foi elaborado, a pedido, pelo próprio Proler, mas o presidente, mal assessorado pelo então ministro Francisco Weffort, não deu concretude às suas palavras.

alfabeto, circulam e sobrevivem entre esses signos, numa proeza fantástica. É como se um de nós, da cidade, tivesse que caminhar na floresta, sem saber onde estão as serpentes, as feras e os mosquitos transmissores de febres, ou que frutos são venenosos ou se a água está contaminada.

O índio sabe ler a floresta. O homem urbano deve ler a cidade. O homem urbano na floresta é tão analfabeto quanto o índio na cidade. Nisto tudo, o que conta é a leitura do mundo. A onda ecológica que desde os anos 60 vem crescendo sinaliza um reencontro da cultura com a natureza, como a dizer que os indivíduos começaram a perceber que a natureza está mandando sinais desesperados e que é preciso lê-la, interpretá-la para que o planeta sobreviva. Há que ler os signos em torno, estejam eles nas estrelas, nos pergaminhos ou na tela do computador. Podem os suportes da leitura se modificar, mas o objetivo do livro e da biblioteca permanece o mesmo. O mesmo que tinha Ebla há 23 séculos antes de Cristo.

Estive falando do livro, leitura e bibliotecas, mas aproximando-me do fim desta "aula magna" não poderia deixar de indagar mais especificamente sobre o papel da universidade dentro do renascimento tecnológico que vivemos e o papel das bibliotecas universitárias em tudo isto.

Infelizmente a universidade brasileira é muito recente, é do século XX apesar de os inconfidentes mineiros terem um projeto a respeito. Qual o papel das bibliotecas universitárias dentro e fora da universidade?

Há uma anedota que tem como centro a figura pitoresca de Pedro Calmon, que durante anos dirigiu a universidade hoje conhecida como Universidade Federal do Rio de Janeiro, e que naquele tempo chamava-se Universidade do Brasil. Dizem que foi ele acordado alta madrugada por alguns servidores da universidade, aflitos, porque os estudantes haviam entrado em greve e seguindo o furor incômodo desses momentos, estavam se dirigindo para a biblioteca da universidade, ameaçando botar fogo no prédio. Ao ouvir isto, Pedro Calmon, que estava prestes a se dirigir ao local, acalmou-se e disse: "Se é assim, então fiquem tranquilos, porque não corremos risco algum. Os estudantes não sabem onde é a biblioteca".

É evidente a correlação entre a frequência à biblioteca e o aprendizado. É lógico também que uma biblioteca bem equipada seduz melhor os pesquisadores. Por outro lado, tanto mais uma biblioteca é aprimorada tanto mais os estudantes a procuram e devem exigir melhorias.

Já que iniciamos essa aula fazendo ponderações às margens do próximo milênio, caberia aqui perguntar: – O que será a universidade do século XXI?

Continuaremos a assistir a aulas expositivas? Continuaremos a copiar à mão algumas informações dos livros? Continuaremos a fazer xerox de livros? Continuarão os professores a levar para casa quilos de papel pra corrigir? As teses continuarão a ser apresentadas em papel e serão defendidas como na Idade Média?

São perguntas que a imaginação de cada um pode tentar responder.

Lembro-me que na década de 80, enquanto assessor do CNPq, cheguei a redigir um projeto[21] para que houvesse financiamento para intercâmbios entre os professores do país, para que, por exemplo, se produzissem vídeos com aulas dos principais professores de literatura e a partir daí se constituísse uma coleção de aulas-conferências sobre temas determinados, de tal maneira que um aluno do Acre pudesse fazer um curso sem sair de seu estado. Pensava assim numa pós-graduação a distância[22].

Tivéssemos feito isto, teríamos, pelo menos, a memória de como lecionava toda uma geração que já se aposentou e teríamos adiantado alguma coisa na difusão e interação da cultura. Hoje, se fosse propor algo, seria em torno de outras formas eletrônicas e multimídias, que poderiam comportar cursos inteiros perfeitamente ilustrados. Ou, ainda, cursos que podem começar a ser dados via internet ou através de redes interativas de televisão. Haveria uma descentralização das informações e uma democratização do saber. Economizaríamos tempo, aviões, passagens.

Fico muito à vontade para lhe dizer todas essas coisas, porque eu também venho da geração "papel-carbono" e do " mimeógrafo a álcool".

Nos anos 70 também me dispus a capitanear um projeto junto à informática da PUC-Rio para colocar no computador todas as obras fundamentais da literatura brasileira, de tal maneira que o estudioso pudesse fazer suas pesquisas linguísticas e estilísticas. No entanto, naquele tempo, se eu quisesse saber alguma coisa sobre o texto deveria assinalar,

---

21 "Avaliação, perspectivas, 1982, Ciências Humanas e Sociais", Seplan/CNPq.

22 Quase quinze anos depois, com recursos tecnológicos mais avançados, continuamos a desperdiçar essa oportunidade.

previamente, nos cartões perfurados as palavras, as sílabas ou fonemas. Portanto, só poderia perguntar o que eu já sabia, e cada vez que quisesse pesquisar uma coisa nova teria que rebater todo o texto e assinalar de alguma forma as letras, sílabas e termos que seriam úteis ao trabalho. Era inviável. O computador daquele tempo não era muito inteligente. Contudo, em menos de 20 anos isto se tornou possível.[23]

Meus amigos: o século XXI está aí. E se me permitirem, gostaria de terminar essa fala com um poema. A poesia, essa coisa arcaica como a folha do cáctus "maguei" e o papiro, espaço onde a imaginação humana viaja com velocidade superior à da internet. É um poema de adeus a esse terrível e maravilhoso século, um poema intitulado "Epitáfio para o século XX". Espero que esse fim seja uma forma de renascimento.

---

23 Hoje pode-se buscar num texto tudo que queremos. Mais: podemos na internet ter acesso a textos antes em bibliotecas ou inacessíveis.

A UTOPIA REALIZADA

Estava em Faxinal do Céu. O nome é meio estranho, provoca a imaginação, e a imprensa já está se acostumando a repeti-lo. É no meio do Paraná. Para se chegar lá, o pequeno avião, vindo de Curitiba, em geral, desce em Guarapuava. Depois toma-se um carro e em menos de uma hora chega-se a Faxinal. Em princípio, aquilo era um aglomerado de casas de engenheiro e funcionários de uma represa. Hoje é a Universidade do Professor.

Em meio à paisagem de pinheiros do Paraná, constituiu-se uma autêntica e pequena cidade da utopia. E a utopia começa no planejamento urbano, como já o sabiam os artistas renascentistas. As residências estão divididas em espécie de unidades que ilustram o saber humano. Há uma quadra da Filosofia, outra das Ciências, da Música, da Literatura e das Artes. Elas são separadas (ou unidas) por duas vias que têm nomes de Graciliano Ramos, Guimarães Rosa, Cecília Meireles, Mário de Andrade e Manuel Bandeira. As casas são de madeira, pintadinhas de cores diversas e abrigam, cada semana, cerca de mil professores de todo o Paraná, que das sete e meia da manhã às dez da noite ouvem conferências, assistem a filmes e concertos e participam de debates.

Na quadra da Filosofia você pode passar pela Alameda Sócrates, que se encontra com a Alameda Platão, da qual sai a Praça Ética dedicada a Spinoza, e daí seguir pelas alamedas Aristóteles ou Siddartha. Feito isso, desembocará no Bosque Existente, de onde, por exemplo, tomando a Alameda Immanuel Kant, vai dar noutra, que homenageia um dos raros filósofos brasileiros – Farias Brito. Então, já está perto da Praça Zaratustra. Em todos esses caminhos encontrará informações sobre a data da vida dos homenageados.

Já na quadra da Literatura, a via mais externa é a Rainer Maria Rilke, mas, seguindo pelas Alamedas Fernando Pessoa e François Rabelais vai passar pela Praça Don Quixote, pela Praça Os Sertões, Praça Invenção de Orfeu e, depois de outras peripatéticas leituras, poderá chegar à Praça Divina Comédia e Odisseia de Homero.

Nessa caminhada, você já fez implicitamente todo o curso de filosofia e da literatura. A cultura está no ar. Inscrita na natureza, resolvendo um dilema da antropologia antiga que queria separar cultura e natureza. E por aí se vai. Na quadra das Artes, as opções são bastante sugestivas, pode-se acabar chegando à Praça Amacord, em homenagem a Fellini, ou desembocar na Praça Abaporu, lembrando a pintora Tarsila do Amaral. Da mesma maneira, na quadra das Ciências, ao contrário do que ensinam os manuais, a Alameda Isaac Newton não é incompatível nem está longe da Praça da Relatividade de Albert Einstein. Por outro lado, apenas para dar um exemplo, na quadra da Música, a Alameda Johann Sebastian Bach tem um contorno bem popular e brasileiro que é a Alameda Noel Rosa, mas ambas vão dar na Praça Águas de Março de Jobim.

Por essas alamedas e praças transitam professoras e professores saídos dos mais diferentes pontos do Paraná. São professores do que antigamente se chamava de primário e ginásio. Poucos são universitários. Às 6h30 da manhã, atravessando a neblina, começam a tomar café num amplo refeitório. Quando ali voltarem para o almoço e para o jantar, em turnos, ouvirão sempre a melhor música clássica enquanto se alimentam. Nada como atravessar o dia pautado por Mozart, Corelli e Bach. Muitos daqueles professores talvez nunca tenham ouvido música parecida, vindos que são de alguns remotos municípios e vilas. Mas para intensificar a sensibilização musical, numa certa hora da programação ouvirão uma orquestra formada exclusivamente para eles, que lhes proporcionará um concerto didático com explicações sobre os instrumentos e a estrutura de obras musicais.

No Auditório Jean Jacques Rousseau pode ocorrer que eles não tenham de me ouvir falar sobre "A poesia, a escola da vida", e sim, terem a sorte de escutar Paulo Autran dizendo uma seleção de textos literários ou Fernanda Montenegro e Nathália Timberg apresentando um monólogo poético. Numa hora podem presenciar o organizador dos encontros – Artur Pereira – palestrar sobre "A educação como estratégia do Estado", ou Gustavo Correia Pinto expor aspectos do pensamento oriental e ocidental; a seguir pode vir Marco Lucchesi dissertando sobre Dante ou

Marina Colasanti falando sobre a imagem e o papel da mulher em nossa sociedade. Entremeado com isso podem assistir também a um filme como *Ivan, o terrível* ou *A festa de Babete*, como podem sair para exercícios físicos de dinâmica e qualidade de vida.

Após as grandes conferências, eles se dividem em grupos numa série de auditórios menores para discutir coisas voltadas à prática do ensino e aí têm chance de interagir melhor e expressar sentimentos e propostas pedagógicas.

Num dos intervalos de conferências fui visitar Antonio Carlos Villaça, essa viva e modesta memória de nossa cultura, hóspede de Faxinal. Ele sabe tudo, todos os detalhes não só das obras mas dos próprios autores. Ele acabara de fazer um depoimento para a atentíssima plateia, lá no Auditório Rubens Correa, sobre o que era a política de Vargas e os conflitos com Lacerda. É a História viva, contada fraternalmente.

O fato é que ouvi aqui e ali testemunhos os mais variados sobre o que significava tudo aquilo na vida desses professores e professoras. Uma dizia: "Estava há 20 anos trabalhando e até então não havia recebido nenhuma atenção do Governo. É a primeira vez". Outra dizia que o convívio com professores de todo o estado, as conferências e demais atividades abriram sua cabeça para sempre, que agora ia voltar para sua cidade totalmente energizada.

Cerca de 20 mil professores já passaram por ali. Outro tanto deve passar proximamente.

O Brasil inteiro deveria passar por ali.[24]

O Globo, 7/1/1997

---

24   Esta foi uma iniciativa do governo Jaime Lerner. De maneira sensivelmente diferente, governos posteriores usaram Faxinal para treinamentos de funcionários.

TEMPORADA DE FEIRAS E BIENAIS

Há uns quinze anos, estava na minha sala na direção da Biblioteca Nacional, quando a secretária me passou um telefonema de Palmas, Tocantins. Na hora nem consegui localizar direito de onde provinha a chamada. Do outro lado da linha convidavam-me para o I Encontro de Escritores de Tocantins. Surpreso e tentando me situar em relação ao estado recém-criado, perguntei se lá já havia biblioteca pública. Resposta negativa. Perguntei se havia universidade. Estava em projeto. Perguntei se havia livrarias. Resposta negativa. Diante desse quadro, eu que estava para dizer que não podia ir por causa de uma agenda já cheia, mudei de ideia e disse vou. Pois se não tinham qualquer infraestrutura e queriam fazer esse encontro, era sinal de que mereciam apoio. E lá fui.

Voltei lá na semana passada para o 4º Salão do Livro. A cidade está erguida como uma pequena e rutilante Brasília. Se há quinze anos era um acampamento de obras onde apenas o palácio do governo estava quase concluído, agora é uma cidade-modelo. Gente de todo país está indo para lá, são profissionais atraídos por novas chances de vida. Pois lá no Planalto Central, onde até bem pouco não havia nada, fizeram uma das melhores e maiores feiras do livro do país. Auditórios repletos de gente o dia inteiro lotando estandes e corredores. E a grande novidade que deveria servir de exemplo: a Secretaria de Educação e Cultura destinou 3 milhões de reais, em cheque-livro para professores e funcionários de Tocantins. Os cheques eram de 150 reais e vi vários professores satisfeitos fazendo suas compras. Ao todo o governo do estado investiu 5 milhões de reais no Salão.

Assim fica mais fácil ler o futuro deste país.

Hoje o lugar mais fácil para se encontrar escritor é no aeroporto. Ao contrário da geração modernista cheia de funcionários públicos estacionados no Rio de Janeiro, desde os anos 70 formou-se outra geração que vive na estrada.

Dois dias antes, estava regressando da 23ª Feira do Livro de Bento Gonçalves, lá na serra gaúcha. Só no Rio Grande do Sul são umas quarenta feiras desse tipo. Como nas Jornadas de Passo Fundo, os alunos das escolas estudam durante um semestre as obras dos autores que estarão presentes, o que torna mais viável um diálogo entre o autor e o leitor. Mas a mais linda surpresa foi conhecer ali duas meninas de dez anos, Emanuelle Marcon e Thainá Tavares, homenageadas pela Feira por causa de um feito singular. Uma delas disse ao pai que queria um cantinho para estudar. O pai, motorista de ônibus, começou a preparar para ela uma pequena biblioteca no porão da casa. A guria, então, disse que queria que sua colega viesse estudar com ela. Aí, as duas tiveram a ideia de criar uma biblioteca que servisse também para a comunidade. As duas meninas, que cursam a 4ª série do Ensino Fundamental, começaram com cem livros doados e em três meses já tinham mil títulos. Nessa Feira começaram a receber centenas, talvez milhares de mais exemplares, que começam a vir de todo o estado e doados também por escritores.

Estive com Emanuelle e Thainá dando entrevistas aqui e ali. Têm uma performance profissional. Além de lindinhas, são articuladíssimas. Como estava dizendo antes, assim fica mais fácil acreditar no futuro deste país.

Dezenas de outras feiras e bienais espalhadas por aí estão começando a movimentar a girândola da leitura, a roda-gigante dos livros e da cultura. Minas, como não podia deixar de ser, resolveu dar uma dimensão maior a esse evento realizando também nesses dias a sua Bienal. Mas disso nem preciso falar.

O Globo, 21/03/2009

O NEGÓCIO LITERÁRIO
(FRANÇA E BRASIL)

"**A**ntes, era simples: havia os grandes autores e os outros. Hoje, é também simples, porém mais trivial: há os autores 'bancáveis' e os outros".

Encontro essa frase na matéria de capa da revista *Lire* deste mês. Aí está também estampado: "Como se fazer editar?" e o anúncio da enquete: "O que ganham os escritores".

É uma edição sintomática das transformações editoriais na França, que parece ir sucumbindo ao modelo mercantilista americano. Tanto assim que uma das matérias tem este título – "O novo monopólio editorial francês", com o subtítulo: "Os escritores agora são trocados como produtos. Comprar, vender, ganhar, fechar acordo, o vocabulário é igual ao das finanças".

A reportagem é instigante, mas seria necessário um estudo que mostrasse mais objetivamente, com dados estatísticos e depoimentos históricos, as diferenças entre ontem e hoje. Pois o livro vem sendo tratado industrialmente como "produto" e não como puro objeto de cultura desde meados do século XVIII quando a publicação deixou de ser controlada e bancada pela Igreja e pelo Estado, para ir se transformando em negócio na sociedade burguesa.

A situação, no entanto, ainda é ambígua. Convive o modelo antigo, mais humano e pessoal, com um modelo novo, massivo e industrial. Por exemplo: como os editores recebem ou descobrem os livros que editam?

Uma editora revela que recebe uns dez originais por dia, e que 90% de seus publicados chegaram-lhe pelo correio. Quer dizer: não foi um agente literário, nem o autor que foi lá pessoalmente seduzir o editor. Enquanto o editor da Stock diz que toda manhã abre os pacotes e vai lendo e escolhendo o que lhe mandam, a Gallimard tem três leitores que fazem a triagem.

(Estou me lembrando que nos anos 70, a Francisco Alves tinha um conselho editorial do qual fazíamos parte, Rubem Braga e eu, além de funcionários da editora como Leo Magarinos, Carlos Leal, Paulo Rocco. E os livros viáveis eram discutidos em conjunto baseados em pareceres de leitores especializados e na opinião do conselho).

Pode um livro mandado pelo correio chegar a ultrapassar a barreira inerte e ansiosa de originais sobre a mesa dos editores? É uma pergunta boa de se encaminhar aos editores brasileiros, caso se quisesse fazer também um levantamento da situação por aqui.

A revista *Lire* lembra um texto de Mireille Calmel, que chegou pelo correio e vendeu 700 mil exemplares. Aqui no Brasil houve recentemente algo parecido. *A casa das sete mulheres*, de Leticia Wierschowski que virou série de televisão, foi uma descoberta da agência literária de Lucia Riff.

Mas há uma coisa meio patética, com a qual autores e editores têm de conviver. Como diz a Bíblia, muitos são chamados e poucos serão escolhidos. Vender bem, virar *best-seller* é o quarto mistério da gruta de Fátima. Revela a reportagem francesa que, em geral, os romances novos lançados todo ano não vendem, cada um, mais do que quinhentos exemplares. E que dos 121 títulos lançados na última temporada, só 25 venderam 2 mil exemplares.

A seguir, a revista dá uma lista dos quinze romances franceses mais vendidos agora. Vejo aqueles nomes, nunca li nada de nenhum deles. Possivelmente não lerei. Devem ser bons para um público médio, que lê livros como se assiste novela de televisão, como passatempo e diversão. O mais cotado é Marc Levy, que ganhou 1,2 milhão de euros e cujo livro vendeu 285 mil exemplares. O último da lista é Philippe Grimbert que ganhou 180 mil euros e vendeu 90 mil cópias de sua novela. (Comparados com o mercado brasileiro, até que não é lá grandes coisas).

Vendo essa lista tem-se a impressão de que é uma lista de permutáveis. Que no ano que vem entrarão outros nomes, tão "vendáveis" quanto, e esses desaparecerão. Há uma rotatividade muito grande. Deve ser por isso que a matéria da revista tinha aquela frase que botei no princípio: antes havia leitores bons e ruins, hoje há os "vendáveis" e os "outros". Essa alta rotatividade, típica da sociedade de consumo, é tanto de livros quanto de autores. Para mim, há qualquer coisa de sazonal, de *fast reading*, tipo *fast-food*, mais isto do que literatura no sentido antigo. As coisas estão mesmo mudando. Assim como nas artes plásticas contemporâneas o que conta sobretudo é o marketing e as intermediações do valor-imagem, um editor francês confessou, no maior pragmatismo, que "um futuro autor não deve somente propor um bom texto, deve também corresponder a outros critérios: não ser muito velho, nem muito provinciano, capaz de se vender na televisão, de se expressar na rádio e propor outros romances para edificar uma obra".

Mas a reportagem traz alguns pontos que merecem também destaque. O governo francês dá anualmente cerca de 307 bolsas para escritores escreverem seus livros, totalizando cerca de 3 milhões de euros. Isto é garantia de boa literatura? (Há quase quinze anos, quando dirigi a Biblioteca Nacional, criamos uma dezena de bolsas semelhantes para escritores; claro, não eram esses quase 40 mil reais que ganha um bolsista francês...). O texto da revista lembra que, quando Julien Gracq escreveu seu primeiro livro em 1936 – *Château d'Argol* – tirou apenas trezentos exemplares e teve de trabalhar a vida inteira para se manter.

Tudo isto me leva a uma anotação final, sobre como era o sistema literário ainda há pouco tempo. Em geral, essas questões de mercado e do livro tratam só de ficção. E a poesia? Ah, a poesia... isso é coisa dos deuses ou de condenados. E retomando aquela situação de Julien Gracg, poderia terminar esta crônica transcrevendo umas frases de Manuel Bandeira na sua autobiografia *Itinerário de Pasárgada*:

"Em 1936, aos cinquent'anos de idade pois, não tinha eu ainda público que me proporcionasse editor para os meus versos. A *Estrela da manhã* saiu a lume em papel doado por meu amigo Luis Camilo de Oliveira Neto, e a sua impressão foi custeada por subscritores. Declarou-se uma tiragem de 57 exemplares, mas a verdade é que o papel só deu para 50".

O Globo, 26/3/2005

ESPERANDO ALGO ACONTECER (FRANÇA *VERSUS* BRASIL)

Acho que meu sonho era ser escritor francês, ou então, um desses que não precisa dar entrevistas, nem fazer conferência aqui e ali, e vende bem os seus livros. Podia, como alternativa, ser também escritor americano. Ou, quem sabe, espanhol. Também, português, porque lá só o Círculo do Livro tem 500 mil sócios. Enfim, ser escritor num país onde se lê e se ama o livro.

Digo isso porque vim de uma longa peregrinação literária pelo interior do país. E constatei (uma vez mais) que, se o escritor não carrega consigo os seus livros como um daqueles prestamistas judeus e árabes, não consegue chegar concretamente aos seus leitores.

Não há livrarias. Não há bibliotecas. Não há um sistema eficiente de distribuição. E os ávidos leitores ficam como náufragos acenando suas mãozinhas, implorando por Deus que um livro caia do céu em sua cidade. Você dá entrevistas em dezenas de rádios, tevês e jornais, faz uma verdadeira maratona. O interessado que ouviu ou leu suas palavras sai à cata dos livros, e aí abre-se o grande vácuo. Tem-se a sensação de ser um escritor realmente virtual num sistema desvirtuado.

A situação hoje não é muito diferente daquela que Monteiro Lobato teve de enfrentar nos anos 20 e 30, quando não havia estradas, celular, fax, televisão nem internet. Só que ele era uma força da natureza e, em 1942, quando o país tinha uns trinta e poucos milhões, já havia vendido mais de 550 mil exemplares de sua obra, porque botava os livros nos lombos de burros, nos barcos pelos rios e igarapés e atingia qualquer mercearia ou farmácia do interior.

Não quero que os escritores que vivem nas províncias cortem o pulso ao lerem essas coisas. Não quero que pensem: "Puxa, se o Affonso está reclamando, então estamos perdidos". Não, não façam isto. O erro deve ser meu.

Affonso Romano de Sant'Anna

Mas, por outro lado, não posso deixar de comentar que da França chegam-me notícias sobre o que lá chamam de "rentrée littéraire", ou seja, os lançamentos de livros que ocorrem agora quando as férias terminam e as aulas recomeçam. São 347 romances franceses, 210 estrangeiros e 460 ensaios e documentos. Isso totaliza 1.017 títulos. Esses lançamentos são acompanhados de consistentes matérias nas revistas, rádios e televisão e, claro, na internet. Há uma rede de livrarias e bibliotecas e campanhas constantes de promoção da leitura. O leitor fica cercado de informações a respeito. Não há como escapar. Acaba se interessando, comprando algo. De resto, em 1997, 91% dos franceses tinham livros em suas casas.

São inevitáveis essas observações: "Como é que na chamada sociedade eletrônica há ainda espaço para 550 romances novos, só na França?"; "Por que nessa sociedade dominada cada vez mais pelo visual continuam a vir essas levas de novos romancistas?"; "Por que os indivíduos continuam a ler apesar dos outros apelos mais fáceis e superficiais?".

(E aqui uma coisa estranha e sintomática: "Por que os livros de poemas não aparecem nessa 'rentrée littéraire', quando se sabe que surgem mais livros de poesia que de prosa?". E, sobretudo, um enigma: "Se dizem que poesia não vende, por que a poesia não morre de vez?").

Por outro lado, acabo de ler essa pesquisa da Câmara Brasileira do Livro, IBGE e outras fontes, segundo a qual o Brasil tem mais editoras que livrarias, ou seja: 1.200 livrarias e 1.280 editoras. A crer nesses dados é mais negócio ser editor do que ser livreiro. E se há mais editoras que livrarias, então todas as livrarias deveriam estar entulhadas e ter todos os livros. E a coisa complica mais se lembrarmos que há quem diga que a metade dessas livrarias não passa de papelarias. Portanto, o enigma torna-se indecifrável, pois pode-se alegar, também, que muitas dessas editoras não passam de gráficas. Constata-se que, quanto mais se tenta explicar, mais vamos nos envergonhando, não apenas de não conseguirmos boas estatísticas, mas ao constatarmos que nossa relação com o livro e a leitura não é das melhores.

No entanto, surgem outras questões inquietantes. Estima-se, segundo a Unesco, que neste ano 2000, o país teria de ter 17 mil livrarias, mas observa-se que dos 6 mil municípios só seiscentos as têm. Agregue-se o fato de que cerca de 3 mil municípios também não têm biblioteca pública. Por outro lado, dizem que a indústria editorial movimenta mais de 2 bilhões ao ano, algo semelhante ao do comércio da cerveja. Então, porque não se vê tanto anúncio de livro quanto de cerveja? Ah, sim (nos dizem), grande parte do negócio editorial é de vendas de livros didáticos para o governo. Então aquela estimativa de que cada brasileiro lê 2,5 livros por ano é imprecisa. Só 0,9% da população lê voluntariamente livros.[1]

Dentro desse quadro, no entanto, comovo-me com coisas positivas. Em Goiás Velho, terra de Cora Coralina, no teatro da cidade cerca de quinhentas professoras e autoridades da região afluem para conferências e uma semana de oficinas sobre leitura e criação literária. Em Brasília e Curitiba, onde fui fazer conferências, acabam de realizar mais uma feira do livro. Em Cataguases, Minas, de onde acabo de regressar, tiveram de botar telão do lado de fora do auditório da Faculdade de Letras, confirmando que a cidade que viu florescer a revista *Verde* tem uma relação especial com a cultura. Mítica Cataguases. Dizem-me Ronaldo Werneck e Joaquim Branco que pelo Colégio de Cataguases passaram figuras como Chico Buarque, Carlos Imperial e Dori Caymmi.

E nesses dias, numa ação conjunta, o Sesc/PUC/Leia Brasil realizaram em Copacabana um dos maiores encontros internacionais com especialistas em leitura, uma verdadeira apoteose.

Então, a gente fica pensando como o poeta "As coisas talvez melhorem, as coisas têm tal força"! E eu lhes digo: bardos do Araguaia e do Xingu, romancistas das coxilhas e do agreste, não cortem ainda os pulsos. Alguma coisa ainda pode acontecer. Talvez não seja para nossa geração. Mas pode acontecer. Há sempre um grupo de alucinados trabalhando pela leitura, pelo livro e pelo Brasil, a despeito mesmo do Brasil. E isto pode acabar dando certo. Nem que seja para os nossos netos.

O Globo, 13/9/2000

---

1 Esta crônica é de 2000. Em agosto de 2009, na cerimônia da criação do Vale Cultura, em São Paulo, o ministro Juca Ferreira informava que 13% dos brasileiros vão ao cinema uma vez por ano, 92% nunca foram a museu, 17% compram livros, 78% nunca foram ao teatro.

LIVROS: NEGÓCIO DA CHINA

O romance *Balzac e a costureirinha chinesa* de Dai Sijie conta a história de pessoas que num campo de reeducação ideológica, no tempo de Mao Tsé-Tung, descobrem, numa caixa, obras de Balzac e, fascinadas, começam a ler e a viver imaginariamente naquele outro mundo interditado pela ditadura comunista. É a comovente descrição de mentes se libertando através da leitura.

A informação de que o autor desse livro estará na 18ª Bienal do Livro de São Paulo chegou-me quando ia discretamente para aquela mostra e lia entrevistas e reportagens sobre a febre de leitura que varre a China, que foi o país-tema do Salão do Livro em Paris no mês passado.

A primeira informação sobre os novos tempos na China já é impactante. A China produz 6 bilhões e 800 milhões de livros por ano. E tem 400 milhões de leitores contumazes, fora os eventuais. Em vinte anos, na área da leitura, deu um salto que acompanhou o vertiginoso crescimento econômico. Isso significa que desenvolvimento e cultura, ali, andaram juntos. Contrastivamente, durante o período comunista de Mao, por exemplo, em 1967, quando se falava tanto em "revolução cultural" foram publicados apenas 3 mil títulos novos. Já em 2003, atingiram 170.962. E a coisa cresce em progressão geométrica. Por isso entendo o entusiasmo do chanceler Amorim, que voltou da China prenunciando promissores acordos quando Lula for lá em maio. O país que vivia isolado pela chamada "cortina de bambu", correspondente à "cortina de ferro" da União Soviética, assinou em 1991 o acordo internacional sobre direitos autorais, o que desencadeou uma movimentação sem precedentes no mundo editorial. Repito: isso tudo conseguido em vinte anos. E esses números devem crescer numa proporção surpreendente. O recente Clube do Livro, organizado pela empresa alemã Bertelsman, começou logo com 600 mil sócios. Quem sabe o mercado editorial chinês acabe um dia fascinando também os editores brasileiros?

Hoje existem ali os *tushu dasha* – hipermercados de livros – em todo o país. Vários deles, como o Wangfujing, em Pequim, tem sete andares, cada um com mil metros, oferecendo mais de 200 mil obras. Espera-se que a censura herdada do antigo regime seja extinta nos próximos dez anos. Enquanto isso não ocorre há um regime duplo: há 568 editoras oficiais, mas centenas de outras particulares, já que está ocorrendo uma terceirização dos serviços.

A China tem 1.270.000.000 de habitantes, o PNB é de apenas 840 euros, mas o preço do livro está em torno de dois ou três euros ou seja, uns dez reais. E o fato de que 85% dos adultos são alfabetizados tem muito a ver com esse surto cultural em regime de maior liberdade. A fome de leitura, depois do jejum comunista, faz que leiam tanto Hillary Clinton quanto Arnold Toynbee, tanto Baltasar Gracián quanto Mary Higgins ou Ken Follett. No ano 2000 o chinês Gao Xingjian ganhou o Nobel de literatura. Era uma sinalização. E um dos membros da Academia Francesa é um chinês de origem, François Cheng.

Um país que tem 80 milhões de usuários da internet e pretende ir dobrando isso a cada ano é mesmo um dragão que desperta e sacode toda a floresta. Em geral, tem-se notícia de uma certa China cristalizada. Por exemplo, aqueles três míticos sábios que viveram quase na mesma época e até hoje fascinam o Ocidente: Confúcio (551-479 a.C), Lao-Tsé (570-490 a.C.) e Buda (480-400 a.C). Na literatura clássica chinesa despontavam *Junto à agua* (Shi Nai-an e Luo Guan-Zhong) histórias rocambolescas escritas no século XIV; *Jin Ping Mei* (anônimo) histórias eróticas de um pornocrata, do fim do século XVI; e *O sonho do pavilhão vermelho* (Cao Xuequin) que descreve a China imperial do século XVIII num turbilhão de sonhos, lutas e aventuras amorosas. A literatura que se produz hoje, no entanto, tende a se afastar do mundo agrário e primitivo e se interessa pelo inferno urbano industrializado. Hoje o autor mais polêmico é Mo Yan com livros como *País do álcool* e *Belos seios, belas bundas*. Mas começam a aparecer as autoras provocantes e militantes: *Shangai Baby* (Wei Hui) e *Bombons chineses* (Mian Mian) ligadas ao "underground".

Isso, por outro lado, é sintomático também de novos e graves problemas que estão despontando à medida que o país começa a ficar entupido de automóveis, a construir babilônicos shoppings e se inserir na economia global, com todas as vantagens e riscos.

Isto me faz lembrar de um passado recente. Em 1968, num programa internacional de escritores, em Iowa, durante nove meses fui vizinho de apartamento de cinco escritores chineses. A atmosfera era de mistério total. Nós os olhávamos como uns coitadinhos, presos como Prometeu vendo o fígado devorado por abutres. Sem futuro. Há poucos anos, depois da ditadura de Mao, esteve aqui Jung Chang que em *Cisnes selvagens* narra a pavorosa China onde sua vó foi concubina, a tenebrosa China onde sua mãe foi alto quadro do partido e da guarda vermelha e, finalmente, a esperançosa China que estava emergindo com ela, escritora exilada em Londres. Já no ano passado, na Feira de Frankfurt, confirmando a liberação constante naquele país, estive falando poemas ao lado do poeta chinês Xiao Kaiyn. São três momentos de uma metamorfose cultural.

Há uns dez anos estive na China e vi as transformações que se iniciaram dez anos antes de minha estada. Pelo que tenho lido e pelo que contam os Marco Polo que de lá vêm, a China se reinventou nesses vinte anos.

Em vinte anos, com efeito, um país pode se reinventar.

Por vinte anos um país pode também ficar patinando no mesmo lugar.

Um país pode, em alguns casos, em vinte anos, piorar.

O livro, a leitura e a educação podem tirá-lo deste pântano.

O Globo, 24/4/2004

DADOS SOBRE LIVROS E LEITURA

Essa esfuziante e necessária Bienal do Livro (2005), lá no Rio Centro, é ao mesmo tempo uma festa da inteligência, mas, claro, uma festa do comércio. O livro, aliás, desde a descoberta da imprensa deixou de ser um objeto sagrado, peça única, para democraticamente ser (também) um bem público. E isso aconteceu logo-logo, mesmo quando Gutenberg estava vivo, pois de 1456 quando surgiu a nova forma de impressão com os tipos móveis, até 1500, cerca de 35 mil títulos foram impressos. Já na última Bienal, no Rio, foram vendidos 1,6 milhão de livros, aproximadamente 400 mil unidades a mais que na edição anterior. Houve também um aumento de 13% nas vendas com a frequência de 560 mil visitantes, dos quais 200 mil escolares. Esperemos as estatísticas de 2005.

E estava eu aqui remoendo algumas coisas que andei lendo, outras que andei pensando sobre a questão do livro hoje. Por exemplo. As pessoas entram em livrarias e às vezes não se dão conta de que as livrarias passaram por uma grande transformação. O comércio do livro hoje se converteu em algo muito complexo. Se antes já não era coisa para amador, havia, no entanto, um certo romantismo, como ao tempo de José Olympio e Ênio Silveira. Agora, até mesmo os profissionais que se cuidem. Hoje as grandes redes de livraria exercem forte influência no mercado: a Livraria Leitura tem 28 lojas, a Saraiva, 30, a Siciliano, 57 e a Livraria Curitiba outras 14 lojas.

Por outro lado, as livrarias tendem a praticar cada vez mais as técnicas de venda usadas pelos supermercados, nos quais especialistas estudam milimetricamente a altura em que deve estar o produto, em que prateleira, se perto ou longe do caixa etc. Nos supermercados há estrategistas para arrumar os produtos e trocá-los de lugar para seduzir o comprador. O cliente vai passando, pensando que as coisas são expostas ao acaso, mas está sendo guiado por sofisticadas práticas de comunicação e venda. Lembro-me de um estudo que dizia que a cor amarela nas embalagens, por exemplo, chamava mais a atenção que outras. E está provado que produtos à altura das mãos e dos olhos vendem mais. É baseado nisso que especialistas constataram que no pequeno varejo, incluindo as livrarias, a pessoa pode comprar 30% a mais do planejado, se no ponto de venda houver umas artimanhas sedutoras? E que nos hipermercados pessoas podem comprar até 80% a mais do programado se os apelos foram eficientes?

Pois há muito que as livrarias descobriram que não apenas *time is money*, mas também que o espaço é dinheiro. Os 2 ou 10 centímetros na estante, ocupados por um livro que não vende, são perda para o proprietário. E hoje os livros expostos na vitrina ou em certas mesas mais visíveis não obedecem apenas a uma sugestão do dono da livraria, mas a um acordo comercial feito com o editor.

O autor tende a achar que se seu livro for bem escrito e atender a um determinado objetivo proposto vai andar sozinho. É mais complicado. Suponhamos, então, que seu livro conseguiu chegar à livraria, o que já é um sucesso. É como o salmão que já passou pela mais alta cachoeira para a desova. É bom, mas não é tudo. E existe, há 66 anos, uma entidade chamada Popai (Point of Purchase Advertising Internacional), que estuda as estratégias de expor o livro no ponto de venda. No Brasil tal atividade vem de 1998.

A Câmara Brasileira do Livro na *Panorama editorial* de março deste ano traz interessantes matérias sobre a "força do *best-seller*" e sobre as estratégias de venda. No contexto brasileiro, segundo Sérgio Machado, da Record, um livro que venda 20 mil exemplares com certa rapidez é um *best-seller*. Marcos Pereira, da Sextante, especifica que 100 mil é um bom patamar para um *best-seller* de ficção, mas a não ficção, com 30 mil, é também sucesso. Já os de autoajuda valem mesmo a partir de 200 mil exemplares. Existe uma categoria outra – a do *long seller* –, o que vende permanentemente. No caso, 200 mil em dez anos faz um clássico, segundo os editores.

No entroncamento de números e estatísticas, um tema que mereceria mais análise é o fosso entre venda e leitura de livros. Livro vendido não significa livro lido. E tanto o governo quanto os editores não deveriam ficar inteiramente satisfeitos apenas diante das estatísticas de venda ou de números de títulos publicados. Digo isso porque fiquei estarrecido quando li que uma sondagem feita nos Estados Unidos revelou que 92% dos livros não foram lidos até o fim. Como se vê, a dificuldade não é só com livro de Joyce ou Guimarães Rosa. As pessoas compram porque fulano falou ou porque viram na lista ou assistiram a uma entrevista do autor. Quem sabe, até a capa pareceu interessante? Mas ao começarem a ler, pronto, empacam. E o livro fica perambulando pelos móveis da casa como um objeto não identificado. Daí que seria revelador saber que livros estão sendo lidos inteiramente até o fim e por quem.

Esse tema leva a um outro, igualmente instigante. Um dos tópicos levantados por vários editores é a questão da "fidelização". Por exemplo, os que viraram "fiéis" leitores de *Harry Potter* e *Senhor dos anéis*. Diz-se que leitores do primeiro migraram depois para o segundo, e que com isso adubou-se um público leitor sobretudo na faixa jovem. Seria uma pesquisa interessante saber para quais livros migraram esses leitores depois daquelas leituras. Migraram ou minguaram?

Segundo dados do Índice Nacional de Analfabetismo Funcional (Inaf) elaborado pelo governo, se a estatística dos analfabetos propriamente ditos parece ter caído para 9%, a estatística dos analfabetos funcionais chega a 60%. E acresce um dado inquietante: sem falar em cerca de 2 mil cidades que não têm bibliotecas públicas, 89% dos municípios não têm livraria alguma. Isso é alarmante. Significa que estamos explorando só 10% de nossa capacidade de produção de livros e leitura; significa que os 400 milhões de livros editados e os 50 mil títulos surgidos a cada ano poderiam ser multiplicados gerando riqueza, criando empregos e transformando nossa sociedade numa sociedade leitora.

O Globo, 14/5/2005

CEARÁ MANDA LEMBRANÇAS

Coisas surpreendentes e necessárias estão acontecendo por esse Brasil adentro, como acabo de ver com esses olhos que a terra há de comer, mas que não como já, diz o poeta. Lá na terra de Iracema, lá, onde, segundo José de Alencar, uma ave chamada jandaia segue cantando nas folhas da carnaúba, lá, está se desenvolvendo um dos projetos mais fascinantes de promoção cultural.

São os "agentes de leitura". Treinados para contar histórias, cada um deles atende 24 famílias nas periferias das cidades. São uma espécie de "agentes de saúde". Cuidam da saúde do imaginário que repercute na saúde física das pessoas. Conto-lhe isto e não consigo deixar de acrescentar que há quinze anos, desde os tempos da Biblioteca Nacional, desde os tempos em que o Proler disseminou pelo país os "contadores de história", desde então, venho insistindo com prefeitos, governadores e ministros da Cultura e da Saúde, para que transformem os "agentes de saúde" em algo mais completo. Treinados devidamente também como "agentes de leitura", poderiam desempenhar o papel transformador de "agentes da cultura".

A Secretaria de Cultura do Ceará dividiu os 184 municípios em regiões socioculturais e monitora treinamentos do pessoal em todo o estado. O governador Lúcio Alcântara, que é um intelectual, a secretária Claudia Leitão e Fabiano dos Santos[1] botaram a mão na massa. Com isso, uma grande equipe de moças e rapazes está mudando a face do estado. E isso se tornou mais visível nessa 7ª Feira Internacional do Livro e da Leitura, que está rivalizando e, em certos aspectos, superando as bienais do Rio e São Paulo, não só na quantidade de eventos e de participantes, mas

---

1 O sucesso desta iniciativa levaria Fabiano dos Santos para o Ministério da Cultura, onde em 2009 tentou aplicar essa metodologia nacionalmente.

pela estratégia utilizada. Primeiro, porque a feira não se limita ao local dos eventos, mas se estende pelos bairros de Fortaleza, fazendo que as pessoas que não têm carro, dinheiro nem condições de se deslocar participem da festa do livro e da leitura em seus bairros, em suas casas. Elas não vão à feira, a feira é que vai a elas. E como se isso não bastasse (e na verdade não basta) a feira ultrapassa Fortaleza e se alonga ainda mais por doze cidades da costa e do interior.

Isto, minha gente, se chama transformar um evento em projeto. O evento é pontual, faz fogos de artifício e passa, já o projeto cria raízes. É necessário ter um pensamento sistêmico e acreditar que a cultura pode transformar o indivíduo e a sociedade. E os cearenses tiveram uma ideia ainda mais ampla. Não só irradiaram a feira pelos bairros da capital e pelo interior, como transformaram-na num evento internacional. Uniram assim os dois extremos, o espaço local e o global. E como prova disso o tema da feira foi "Era uma vez... mil e uma histórias". Para dar concretude a isso, trouxeram do Oriente vários escritores que embarcaram com os autores brasileiros no tapete voador das letras que se estendeu por espaços ora chamados de "Palácio Sherazade", "Tenda do escriba", "Tenda do sultão", "Tenda do califa" etc. Com isso, os repentistas nordestinos, os cordeleiros, os contadores de histórias eruditos ou populares vindos da Colômbia, da Síria ou do Egito, encontraram-se sob a interminável e acolhedora tenda do imaginário.

Conversando com o romancista Ronaldo Correia de Brito, uma das revelações mais recentes de nossa ficção, ele me narrava que na sua infância cearense era comum contadores de histórias surgirem nas fazendas e, noite adentro, encostados no fogão ou numa cadeira na varanda, desfiarem assombrosas fabulações.

O mundo continua prenhe de histórias.

Há que contá-las.

Há que ouvi-las.

Uma história pode modificar uma vida.

Um povo sem histórias, definha.

Estado de Minas/Correio Braziliense, 3/9/2000

NESTE E NOUTROS DIAS

Outro dia, após uma palestra na 1ª Bienal de Leitura de São Gonçalo, alguém do auditório relatou que experiências com pessoas que têm o mal de Alzheimer revelam que elas vão perdendo a memória progressivamente, mas a única coisa que fica são os poemas que aprenderam na infância.

Outro dia, o poeta americano Robert Pinsky, que conheci naquele Encontro da Poesia pela Paz, na Coreia, presenteou-me com um DVD singular: durante cerca de uma hora, dezenas de pessoas – soldado, criança, sacerdote, comerciante, enfim, até mesmo o então presidente Clinton – todos falando um poema que sabiam de cor e que havia marcado suas vidas.

Outro dia, Paulo Gurgel, filho de Clarice Lispector, mandou-me, num domingo de chuva em que certa inquietação verbal começou a movimentar-se nele, mandou-me, repito, um e-mail encadeando todos os versos que lhe afluíam à memória. Dezenas deles, todos aqueles que a gente juvenilmente decorava na escola primária, todos os hinos e as canções que lhe vinham.

Outro dia, li uma notícia sobre um terremoto na cidade de Bahn, no Irã, e tudo, tudo foi destruído. No entanto, quatro dias depois, entre os escombros, os soldados e bombeiros conseguiram resgatar uma velhinha de 97 anos, que saindo dos destroços da vida e morte, ao botar a cabeça na luz, a primeira coisa que fez foi declamar um poema da tradição persa, louvando a harmonia do universo e o criador de todas as coisas.

Outro dia fiz aqui uma crônica sobre aquele poema que narra a estória do cão "Veludo". Pois bem, nas palestras em que faço referência a esse poema de Luis Guimarães Jr. (que tem outra versão de Guerra Junqueira), as pessoas do auditório narram experiências domésticas com esse cão imaginário.

Outro dia estava lendo um livro do Harold Bloom no qual ele disserta sobre a sabedoria de meia dúzia de pensadores, e, de repente, ele destaca, em Santo Agostinho, a valorização da leitura e da memória. Parece-me que Bloom estava citando ou se aproveitando do trabalho de Alberto Manguel que, no seu livro *Uma história da leitura*, narra que Santo Agostinho tinha como paradigma Santo Ambrósio que, assombrosamente, guardava os clássicos de memória.

Pois outro dia estava relendo partes daquele livro e topei com aquela bela história do dramaturgo clássico francês, Jean Racine, que lia escondido na floresta um livro proibido aos monges. Descoberto pelo sacristão, o livro lhe foi tirado e queimado. Mas Racine, dias depois, achou outro exemplar e levou-o para ler também ocultamente na floresta. Seu gesto também foi descoberto e o novo livro queimado. Quando ele achou um terceiro exemplar, decorou-o inteiramente e ele mesmo o entregou ao sacristão dizendo: "Agora podes queimar este também, como fizeste com os outros".

Manguel refere-se a algo que nos atinge a todos hoje. Compartilhamos nossa memória com o computador. Pior: conferimos a ele a nossa memória. E já que a nossa memória está eletronicamente fora de nós, Manguel confessa: "Trabalho também com medo de perder um texto 'memorizado' – medo que para meus ancestrais só vinha com as dilapidações da idade, mas que para mim está sempre presente: medo de uma falta de energia, de tocar na tecla errada, de uma falha no sistema, de um vírus, de um disco defeituoso, coisas que podem apagar tudo da minha memória, e para sempre".

Outro dia me lembrei de um filme que narrava que tinham posto todo o conhecimento do mundo num computador gigantesco. E, de repente, um técnico, patético, anunciou: "Acabei de perder todo o século XIII".

As conclusões ou continuação dessa crônica ficam a seu cargo, neste e noutros dias.

Estado de Minas/Correio Braziliense, 20/11/2005

A SOLUÇÃO, LEIA (PASSO FUNDO)

Os estrangeiros estavam boquiabertos. Os brasileiros, boquiabertos e orgulhosos. Quem esteve na 9ª Jornada de Literatura em Passo Fundo (27-31 de agosto de 2001) sabe que viveu um momento histórico. Quem quiser ainda ter uma ideia do que ocorreu ali, pode entrar no site www.jornadadeliteratura.upf.tche.br para ter uma noção.

Cerca de cem escritores estrangeiros e brasileiros participando de debates, oficinas literárias, sessões de autógrafo. Cerca de 11 mil pessoas inscritas e milhares de outras tendo de voltar porque não havia mais espaço sob as seis lonas de circo que abrigavam a programação que se expandia por vários prédios da Universidade de Passo Fundo. Dois mil metros de feira do livro e os livreiros dizendo que nunca tinham vendido tanto naquela região. Quarenta computadores ligados para crianças da Jornadinha fazerem experiências poéticas e titeroscópias. Cerca de trinta ônibus indo e vindo, trazendo caravanas de vários estados. Praça de alimentação. Eventos e exposições ocorrendo em diversos prédios da universidade. Transmissão ao vivo todo o dia pela TV UFP. Edição diária do jornal *Extra classe* destacando momentos e personalidades. E uma organização impecável.

Os estrangeiros estavam boquiabertos. Os brasileiros boquiabertos e orgulhosos. E tinham dificuldade em crer que aquele Brasil que ali se configurava era também o de Jader Barbalho, Maluf ou do sequestro dos Abravanel. Aliás, o sequestro não teve nenhum ibope em Passo Fundo, pois sequestrados estavam todos pela leitura e pela literatura. Quando me dei conta, estava dizendo expressões como essa "lá no Brasil", tão felizes e tão longe estávamos do país que não dá certo.

Por que será que a 9ª Jornada e as anteriores desdobradas ao longo de vinte anos deram certo? Mais um milagre brasileiro? Não. Resultado de um projeto-em-progresso. Enquanto outras instâncias estão interessadas sobretudo em vender livro e outras em fazerem eventos perfunctórios a propósito da leitura, as jornadas gaúchas descobriram que há que construir o leitor. Assim, as jornadas começam antes da data oficial. Um semestre antes, professores e escolas dentro e fora do Rio Grande desencadeiam a pré-jornada. Notificados sobre os autores que estarão presentes na próxima jornada começam a ler e estudar seus respectivos livros. Assim, professores e alunos se preparam para o diálogo e aprendizagem e não apenas para o consumo de bens. Desta vez confirmou-se a necessidade de realizar a Jornadinha, que mobilizou cerca de 6 mil crianças. Assim se cultiva o público participante das jornadas futuras. Autores que estiveram nas primeiras jornadas se emocionaram ao ouvir de pessoas com trinta ou quarenta anos, a confissão de que tomaram amor pelo livro e pela leitura porque foram assistir com seus pais as primeiras jornadas há uns vinte anos.

Uma coisa, portanto, é trabalhar com a ideia de projeto-em-progresso, outra coisa é entregar-se a eventos perfunctórios que dão notícia na mídia, mas não produzem necessariamente leitores. Tem gente que acha que, para construir uma sociedade leitora, basta abrir bibliotecas. Outras, que basta editar e baratear o livro. Outras, ainda, que basta botar anúncio no jornal e na tevê. Mas esquecem-se de que o leitor é que é parte essencial desse sistema. Qualquer projeto nessa área, que não privilegie o leitor, assemelha-se a uma bicicleta sem rodas ou casa sem alicerce.

Há cerca de vinte anos que venho dizendo que os demais estados brasileiros deveriam criar um Instituto Estadual do Livro no modelo dos gaúchos, que financia edição de livros e faz os autores girarem pelas escolas do estado divulgando suas obras.

Ha cerca de vinte anos que venho dizendo que o Rio Grande do Sul é uma província literária autônoma, pois os autores gaúchos esgotam ali várias edições de seus livros antes de chegarem ao Rio e São Paulo.

E há cerca de vinte anos que vêm se realizando as Jornadas Literárias de Passo Fundo, que já viraram um acontecimento internacional graças à pertinácia da competente e alucinada Tania Rösing.

Há que ter projeto, projeto-em-progresso. Exemplo desse tipo de projeto, além das jornadas, é o programa "Leia Brasil" que a Petrobras durante uns dez anos patrocinou mobilizando 550 mil alunos/mês e treinando

Affonso Romano de Sant'Anna

milhares de professores no país. Exemplo de projeto-em-progresso era o antigo Proler, que se espraiou por trezentos municípios e tinha mais de 33 mil voluntários em ação, até que a mediocridade o transformou em projeto-em-regresso.

Mas o Brasil avança apesar do Brasil.

Está para se realizar em Belém mais uma feira pan-americana do livro. Está para se realizar outra feira semelhante em Salvador. Há poucas semanas realizou-se em Belo Horizonte não só um salão do livro, mas um encontro de literatura latino-americana. O modelo das jornadas começa a frutificar em pequenas cidades. Notícias nos vêm tanto da pequena Casimiro de Abreu quanto de Magé. Mas as jornadas podem frutificar também fora do Brasil. Maria Elvira Villegas, representante colombiana do Centro Regional para o fomento do Livro na América Latina e no Caribe (Cerlalc), ao ver o que acontecia em Passo Fundo, interessou-se em criar jornadas semelhantes na América Latina.

A solução, portanto, não está lá fora, no FMI. A solução está aqui dentro, no livro e na leitura.

O Globo, 8/9/2001

AINDA HÁ ESPERANÇA
(MORRO REUTER ETC.)

A cidade, melhor dizendo, a cidadezinha tem 5.500 habitantes. E seu monumento principal reproduz uma pilha de livros com vários metros de altura. Não colocaram ali o busto de alguém, nenhum general a cavalo, nenhuma escultura abstrata. A cidade de Morro Reuter elegeu o livro como a coisa principal de sua vida.

A cidadezinha, de colonização alemã, que tira seu sustento da indústria de calçados, está a uma hora de Porto Alegre. Não tem nem hotel. Por isso, hospedei-me em Novo Hamburgo, ao lado. Não tem hotel, mas tem cinco bibliotecas no município. É uma cidade nova. Tem treze anos de vida. E há treze anos, desde que surgiu, Morro Reuter realiza sua Feira do Livro. Não estranha que tenha 98,4% de pessoas alfabetizadas. Pergunto, então, por aqueles pouquíssimos analfabetos, transformados aqui em peça rara. Explicam-me que são alguns doentes mentais, pessoas velhas demais ou de paradeiro ignorado.

Fui lá e constatei.

E por aí afora, desde então, vivo dizendo que ainda há esperança. Se uma cidade elegeu o livro (a cultura) como o seu projeto principal, nem tudo está perdido. Dentro dos tiroteios e incertezas, surge um caminho.

Mas estou chegando agora de Rondônia. A gente vive confundindo Rondônia com Roraima e a maioria dos brasileiros não sabe nem onde ficam esses estados. E de repente estou em Porto Velho visitando os destroços dos trens da mítica estrada Madeira-Mamoré que nos ligaria à Bolívia, e depois de tanto dinheiro desperdiçado e tanta morte, foi abandonada. E é ali às margens do portentoso rio Madeira que realizaram a Primeira Jornada Literária, agrupando também escritores e instituições do Acre. Quer dizer: lá nos confins do país, há pessoas que também acreditam no livro. E constato que meu amigo Francisco Gregório está fazendo, no Acre, uma verdadeira revolução na área cultural e começa a implantar Casas da Leitura em várias localidades.

Acontece que nesse périplo Brasil adentro, estive outro dia também em Igarapava, São Paulo, falando sobre leitura e literatura, e eis-me diante de umas quinhentas pessoas no auditório da Associação dos Plantadores de Cana de Açúcar. Lá também, como a professora Claudia Borges, tem gente plantando o prazer da leitura. E já que o lema do pregador metodista John Wesley ficou impresso em minha alma adolescente, também vou dizendo: "o mundo é a minha paróquia". E assim estendo os passos a Nova Friburgo, Cabo Frio, Macaé e Itaperuna, através do Projeto Tim – Grandes Escritores. E, de novo, a mesma sensação: o interior do país está ávido de informação, pessoas curiosas e bem formadas, artistas de talento esparramados por aí querem saber e debater as coisas. Em muitas cidades, além das capitais, começam a surgir feiras e bienais do livro, e eu já havia passado recentemente por Bento Gonçalves, Santa Maria e Caxias do Sul, acabo de chegar da Lapa, lá no Paraná. Esta é uma pequena e histórica cidade com um lindo teatro de madeira do século XIX, onde a família da professora Cassiana Lacerda deixou sua marca fundadora. Ali ocorreu uma bárbara batalha entre governistas e revoltosos ao tempo do violento Marechal Floriano.

À palestra na Lapa comparecem vários membros da Sociedade dos Leitores Tortos, que vieram de Curitiba, capitaneados pelo Tortomor Cláudio Graminho. Trazem-me camiseta dessa SLT, estão fazendo um *site* e já agrupam dezenas de pessoas que acreditam que a leitura pode transformar as pessoas e o país. E pode. Que o digam os mais desenvolvidos.

Por isso, quando se andou discutindo equivocadamente no recente referendo se as pessoas deveriam ou não ter uma arma na mão, eu preferi sustentar que todo cidadão deveria, isso sim, ter o direito de ter um livro nas mãos.

Estado de Minas/Correio Braziliense, 30/10/2005

ALEGRE AÇOUGUE CULTURAL (BRASÍLIA)

No palco armado na quadra 312 Norte de Brasília, algo que alguns poderiam invocar como *performance* ou *happening*. A cena ocorrida no último domingo à noite é essa: umas 6 mil pessoas, espraiando-se pelos quatro lados do palanque, assistem ao açougueiro Luis Amorim esquartejar o traseiro de um boi. Ele está de avental branco, tem nas mãos eficientes e afiadas facas. O imenso naco de carne e osso está dependurado por ganchos presos a um suporte e, embaixo, uma caixa de plástico para acolher os pedaços que vão caindo dos talhos que, com a habilidade de um cirurgião, o artista-açougueiro vai perpetrando.

Enquanto ele vai esculpindo às avessas a sua obra (pois onde o escultor constrói, diriam outros, esse açougueiro contemporâneo "desconstrói"), a dupla de repentistas Chico de Assis e João Santana, segue fazendo inteligentes e gostosos improvisos musicais, contextualizando o que está ocorrendo. O público acompanha com graça o show. Mas, diferentemente de outros que se contentam em esquartejar a arte, o nosso açougueiro se limita a esquartejar a carne e a promover a cultura. É uma pequena e sutil inversão, mas de significado quilométrico para se entender o grande equívoco que se apossou de certa arte de nosso tempo, uma arte tagarela, que, sendo tagarela, na maioria das vezes, não está dizendo nada.

Se Luis Amorim, que montou em seu açougue uma biblioteca de 10 mil livros para emprestar ao público e que construiu ali perto um centro cultural, quisesse faturar e/ou incrementar sua "arte contemporânea" poderia projetar, numa tela, reproduções de obras de Goya, onde aparece também um boi esquartejado ou fotos do fotógrafo e cineasta Walter Carvalho que fez uma série sobre matadouros. E, se quisesse ir mais longe, poderia projetar cenas de miséria, violência, assassinatos. Seria um açougue só. Isto seria muito fácil. Qualquer pessoa razoável poderia ter essa ideia. Certa vez estava eu em Roma e um escultor contemporâneo pegou também um traseiro de boi e esquartejou a olhos vistos. Espirrou sangue pra todo lado. Quanto mais sangue, melhor a obra.

O nosso Luis é mais asséptico, limpo e mais humilde e parece estar mesmo interessado em promover a cultura. Por isso, antes de sua apresentação, botou no palco vários cantores, como Guilherme Arantes, bailarinos de tango, como Ana Szerman e Oswaldo Guevara, palhaços, atores, artistas plásticos e até escritores como Luis Turiba, Lourenço Cazarré, Margarida Patriota, Clara Rosa e este poeta que aqui cronifica duas vezes ao mês no *Correio Braziliense*.

Eu que tenho ímpetos vegetarianos, fiz questão de conhecer o tal açougue, que àquela hora servia caldinho de feijão e carne de sol com mandioca. E lá estavam as estantes com os livros devidamente catalogados e à disposição da comunidade.

Confesso que já vi favelados construírem bibliotecas em barracos. Já vi bibliotecárias dedicadíssimas, como Conceição Salles, fazer programas de leitura no presídio da Papuda. Já vi atrizes como Maria Pompeu virarem contadoras de histórias. Uma vez no Proler projetamos um trem--biblioteca e fizemos projetos de bibliobarcos pelos rios da Amazônia e pelo São Francisco. Já soube de médicos que botaram estante de livros em enfermarias. Já vi saltimbancos que saem com suas caixas mágicas, como o jidduks, ou atores como Maurício Leite, que leva suas caixas de livros para índios brasileiros ou para tribos africanas. Soube de programas de leitura de Gregório Filho entre os seringueiros do Acre. Mas nunca tinha visto uma biblioteca dentro de um açougue. E não é uma simples estante parada e triste ali localizada, mas toda uma ação cultural a partir da leitura, que se espraia em folhetos, empréstimos de obras e realização de eventos.

E além disso destaque-se que, nesse grande espetáculo ao ar livre, havia um clima de confraternização, de alegria da comunidade, uma consciência não só da originalidade, mas da funcionalidade do evento. O que faz a cultura de uma cidade como Brasília, cultura num sentido mais profundo, é isso, descobrir que coisa singular se pode fazer. Uma coisa singular, que partindo de um indivíduo, pela sua eficácia, se mostra plural, possibilitando que a comunidade expresse o que tem de mais criativo e original.

O Globo, 29/9/2004

POR ESSA MINAS PROFUNDA

Lá em Três Corações apresentam-me uma senhora de noventa anos. Repito: noventa anos. Chama-se Clotilde Brasil. E com seus olhinhos claros oferece-me a tese que acabou de defender na Universidade Vale do Rio Verde, com o título *A ironia em Eça de Queirós*. A vida começa aos noventa. Tinha de ser Minas, como dizia aquele general. O *Livro dos recordes*, que anota tanta tolice, devia anotar este caso inteligente e raro. E para comprovar que isso não é um caso único, logo a seguir estou em Poços de Caldas quando me surge Manuel Guimarães, um lépido senhor indo também para os noventa, com seu livro *Quarta idade:* comecei aos 81 anos.

Agora estou saindo do Hotel Calabresa, e ao rapaz que está ajudando a botar malas de hóspedes na van, digo aleatoriamente "essa gente carrega muita coisa". Ele murmura: "Os operários de Zola só tinham uma mochila nas costas".

Fico intrigado. Como é que esse rapaz aqui na portaria desse hotel em Três Corações tem essa intimidade com Émile Zola? "Então, você gosta de ler!?", vou puxando conversa e fico sabendo que se chama Ricardo. "Ah, gosto mesmo é de Kafka, mas Dostoiévski é demais da conta". Nessas alturas as portas todas do carro estavam tão boquiabertas quanto eu. E quando vou fustigando-o com mais perguntas e já arrancando da mala dois livros para lhe dar, me revela que pertence a um grupo de jovens escritores que editam o *Cangaço poético*.

Como se vê, a leitura pode ser, em qualquer idade, um acontecimento na vida das pessoas. Um acontecimento que reordena tudo, passado e futuro. E até a esperança da gente nesse desastrado país.

Ao terminar a palestra em Lavras, no histórico Instituto Gamon, um fazendeiro de nome Eberth Alvarenga sai conversando comigo e me dá um sofisticado livro de poemas seus *Desafins*. Meu Deus! o homem está lá discretamente com seu gado no campo e sabe tudo de poesia. E ainda estou me recuperando quando ao meu lado no restaurante a fala mansa de José Reinaldo me descreve as muitas façanhas do seu "Sebo cultural", na pequena cidade de Campanha. Ele inventou de tudo para manter seu projeto: vale-livro, espaço cultural, contadores de histórias, banda de música, arte na praça, gravação de CDs. E ele faz isso na marra, com a cara e a coragem, "incentivando e valorizando a cultura campanhense".

Estou no meio de uma palestra em Passos quando um cidadão enfático e carismático se levanta e lê um texto sobre a experiência que foi fazer programas de leitura por cidades como Lajeado, Encantado, Passo Fundo, Feira de Santana etc. Descubro ser Antônio Grilo, antropólogo e competente ficcionista de *Beco do grilo*, prefaciado por Antonio Candido. Ele narra emoções vividas no Proler dizendo que "foi uma das experiências mais fecundas dos últimos tempos, que fez alastrar como pólvora e como paixão o gosto pela leitura, de Norte a Sul neste país. Infelizmente, enquanto projeto governamental, foi incinerado pouco depois ao fogo dos vícios políticos, em gabinetes ministeriais".

Estou fazendo um percurso por Lavras, Três Corações, Varginha, Passos e Poços no programa "Grandes escritores" da Tim e do jornal *Estado de Minas*. Essa Minas Gerais que vai descendo na direção de São Paulo, já na paisagem, já no sotaque, é diferente de outras regiões do estado. Mas a comidinha mineira está lá. E lá a imponderável mineiridade, que mata os paulistas e o resto do Brasil de inveja. A todo instante surgem escritores acenando esperanças e magias com seus livros, como Marco Túlio Costa e suas *Fábulas do amor distante*. Em Poços de Caldas, além do poeta Hugo Pontes, dois contistas excepcionais, Francisco Lopes e João Batista Melo. E em cada cidade uma surpresa, com oficinas de arte atendendo centenas de menores. Músicos, bailairinos, artesãos unindo vida e arte.

Certamente, porque meu nome é grande demais e tem muita letra dobrada, a secretária de Educação de Três Corações, Terezinha dos Santos, botou *outdoors* de cinco metros na entrada da cidade e nas praças chamando para evento com banda de música e centenas de crianças a cantar, dançar, declamar. Acho que queria saber o quanto de emoções esse velho coração mineiro ainda aguenta.

Pois se comecei falando de D. Clotilde e seus noventa anos, agora, em Passos, estou entre dezenas de criancinhas de três a sete anos sentadinhas dizendo e encenando poemas. De repente, uma delas, inquieta, aflita, começa a chorar. Queria porque queria abraçar o poeta. E ao abraçá-la, emocionado, constato que, com as crianças, a poesia perpetuamente renasce.

Estado de Minas/Correio Braziliense, 12/10/2003

LEITORES TORTOS DE CURITIBA

Foi há uns dois anos. Em Curitiba. Eu havia terminado uma conferência sobre arte e pós-modernidade e saí com várias pessoas para comer e beber algo. Acabamos pousando num local que acho tinha o nome de Bar do Batata. E conversa vai e copo vem, fico sabendo que existe naquela cidade uma insólita entidade chamada Sociedade dos Leitores Tortos.

O nome não poderia ser mais sugestivo. Remete logo para aquele filme *Sociedade dos poetas mortos*, que relata a vida de adolescentes no internato de um colégio, que acabam por fazer uma espécie de sociedade secreta para leitura e curtição de poesia. Motivados por um professor de literatura os garotos abrem seu imaginário através dos livros. Um tema assim aparentemente tão esquisito deu numa obra dramática que teve enorme sucesso e continua a emocionar as pessoas, quer gostem quer não de poesia.

Ao ouvir o nome dessa Sociedade dos Leitores Tortos, lembrei-me que no século XVIII surgiram umas entidades congregando intelectuais de várias áreas que tinham também uns nomes bem esquisitos: Academia dos Felizes, Academia dos Renascidos, Academia dos Seletos etc. Havia nelas um ar meio pomposo ao gosto barroco e rococó. Já o caso dessa sociedade curitibana é diferente.

O fato é que estava ali naquele bar ao meu lado um jovem que deu-me seu e-mail: tortomor@yahoo.com.br. Gosto dessas coisas irônicas. Aprende-se com a vida e com a literatura que a gente deve se tratar com desconfiança e ironia, até mesmo para se adiantar à ironia e à desconfiança alheias. E o Tortomor, que se chama Cláudio, ia me contando como funcionava esse tipo de sociedade (quase) secreta. Começaram (quase) por acaso e de maneira bem modesta. Reuniram-se, alguns amigos, para comentar os livros que estavam lendo. Leitura tem disso. Quando a gente gosta de um livro (é a mesma coisa com um filme), fica cutucando as pessoas, "Você precisa ler", "Eu adorei, leia, que vai curtir". Então, nessa SLT, cada um lia o que bem queria. Não havia nada programado. Iam lendo e se encontrando na casa de um ou de outro para trocar ideias sobre o que liam. E a coisa foi engrenando. Começaram a aparecer pessoas interessadas em ver e participar do grupo. De repente, eram já dezenas de leitores tortos encontrando-se regularmente para trocar ideias e emoções em torno dos livros lidos.

Perguntei ao Tortomor que tipo de gente estava se aglutinando ali. Para minha surpresa não eram escritores, e sim engenheiros, advogados, administradores, psicólogos etc. Isso provocou em mim maior curiosidade. Pensei: eis um modelo de atividade de leitura que pode ser repetido em qualquer comunidade. Não precisa de patrocinador, não carece de ser aprovado pela Lei Rouanet. Basta querer, basta gostar e basta ter alguém com certa liderança, que as coisas começam a acontecer. E eles estão lá, na deles. Simplesmente curtindo o que leem. Ou seja, juntaram as duas pontas do fenômeno leitura: o pessoal e subjetivo com o social e comunicativo. Não falam de redistribuição de riquezas? Está aí a redistribuição de leituras. O imaginário compartilhado.

A partir de então, em várias conferências e palestras por este mundo de Deus e do Diabo, ou conforme essa desastrosa e boba disputa entre o PSDB e o PT, esse mundo de "perus bêbados" e "gambás com mau cheiro", me referia sempre a esse grupo singular de leitores. Que fim teriam levado? Pois outro dia, escapando um pouco da Bienal, no Rio, fui participar da 20ª Bienal de Bento Gonçalves. Anotem, é a vigésima. Esses gaúchos são exemplares em termos de investimento em leitura. Muitas cidades com 100 mil habitantes naquele estado têm suas feiras do livro. E como faço sempre que viajo, peguei uma cadernetinha na qual anoto coisas e lá redescubro o endereço do nosso Tortomor. Resolvi escrever-lhe para saber se já havia se endireitado. E qual não foi minha surpresa quando recebo a informação que o grupo cresceu ainda mais. Conta-me Cláudio: "Me lembro o quanto você ficou empolgado com a ideia deste clube de leitura. Naquela época ainda estava no início. E não tenho dúvidas de que seus elogios, que foram repassados aos demais Leitores Tortos, ajudaram a consolidar a ideia. O encontro do mês passado, o 24º, foi o comemorativo de 2 anos de SLT. Contamos com quase noventa inscritos e o grupo agora está cada vez mais empolgado e cheio de ideias".

E por aí, vai narrando que fazem até umas atas engraçadas sobre os encontros. Embora no princípio não fossem escritores, o vírus da leitura os contaminou comprovando aquelas coisas que Machado e Borges diziam: ler é uma forma de escrever, escrever é também uma forma de ler. Por isso, estão passando para o segundo estágio dessa dialética: começam a escrever, e revelam: "Uma dessas ideias é o do lançamento de um livro com os escritos (contos, crônicas, poesias) dos próprios leitores. O livro ainda não tem nome, mas é tratado por nós humilde e carinhosamente de "O Grande Livro da SLT". A organização é por parte do Adonai Sant'Anna e os textos já estão sendo colhidos, com prazo até junho/julho para finalização da captação".

Tenho visto algumas coisas, outras insólitas, no terreno do livro e da leitura. Há pouco tempo estive em Brasília onde o açougueiro Luis Amorim instalou uma biblioteca em meio a costelas, fígados e maminha de alcatra. E não apenas botou estantes de livros desventrando assim o saber, como empresta livros para quem quiser, além de aprontar uma espécie de festival "Açougue cultural" reunindo música e literatura, na quadra em que trabalha em Brasília.

Outro dia, lá em Sabará, Minas, um rapaz de 26 anos, Marcos Túlio Damasceno, dono de uma borracharia, montou uma biblioteca pública dentro de sua oficina. Quer dizer, em vez de folhinha com mulher pelada, o moço botou livros nas prateleiras para emprestar aos que ali se dirigem. Ele só tem o ensino médio. Quer ainda estudar letras, mas já está dando aulas de cultura a muito letrado por aí.

Como se vê, há mais leitores tortos do que se imagina.

Vai ver que é por aí que se começa a endireitar este país.

O Globo, 28/5/2005

NO MUSEU DA LÍNGUA FALTA O LIVRO

Esse espetacular Museu da Língua Portuguesa, esse magnífico show de visualidade lá na Estação da Luz, em São Paulo, provoca deslumbramentos e várias ponderações. Como disse, é espetacular. E essa palavra é mais do que apropriada, sobretudo depois que, há uns quarenta anos, a sociologia cunhou a expressão "cultura do espetáculo". O projeto é fazer um museu vivo de nossa língua, o que pressupõe movimentação, interação e modernidade. "Ao invés de paredes, vozes. No lugar de obras, espaços interativos". E o resultado é bem um glamoroso produto semiótico da sociedade siderada em imagens.

Mas senti falta do livro.

Você entra no segundo andar e, numa atmosfera semiescura, vê alongar-se uma longa galeria ou parede na qual são projetadas sucessivamente imagens de nossa cultura. Entre essas primeiras imagens, como num anúncio visual, sobressaem famosos músicos brasileiros cantando, como a demonstrar que eles (e não necessariamente os escritores) são os grandes atores da língua.

Centenas de crianças vindas de inúmeros colégios passam, ruidosamente, procurando o que acionar e ver nesse parque de diversões de imagens linguísticas. Assentam-se nos computadores e, ludicamente, procuram e descobrem a origem de palavras africanas, inglesas, francesas, enfim, de muitas línguas de imigrantes que vieram para o Brasil. Noutros espaços há um balé de sufixos e prefixos, e as palavras se aglutinam vivamente.

Tudo é de muito bom gosto. Vitrinas com peças de diferentes culturas que entraram na nossa formação. Do lado oposto, há uma exposição mais convencional com mapas, textos, pôsteres que narram a evolução das línguas e da língua portuguesa. E ao longo dessas vitrinas, uma faixa estreitinha (pouco visível) enfileira os nomes de escritores selecionados como emblemáticos no trato com nossa língua.

No andar superior exibem um filme sobre a origem da língua. Na Praça da Língua você pode ver ouvir textos literários ditos por atores. Já no primeiro andar, uma exposição sobre Guimarães Rosa e sua obra dá sequência a essa sensação de jogo, brinquedo e descoberta. Crianças e adultos podem puxar cordões e fazer baixar do teto reproduções no tamanho de um pôster dos rascunhos à máquina de *Grande Sertão: Veredas*. Podem constatar como o romancista cortava e emendava seus textos e tomar nas mãos essas páginas surpreendentes. Podem também ver na parede um gigantesco mapa do sertão roseano e seguir o trajeto de seus personagens ou colocar o olho em vários binóculos para ver as muitas definições líricas e metafísicas de "sertão". Também textos são projetados sobre superfícies líquidas em tonéis de água. De todo lado, o visitante recebe fragmentos que estimulam primeiramente o olhar. Há ainda circuitos temáticos para serem feitos seguindo pistas no chão, enfim, um parque de diversões onde a garotada se encanta.

Enfim, como se diz, é uma exposição "pró-ativa".

Mas senti falta de livro.

Não se trata de querer que o livro seja ali adorado num distante altar. Mas do livro como objeto catalisador da língua. Livro como suporte essencial da letra. Livro como fixador, como nos perfumes. Ali mesmo tive a experiência sobre como a leitura é mais eficiente que a fragmentária visão. As imagens lançadas aqui e ali seduzem, mas se esvaem rápido. Quando saí, o que levava comigo era sobretudo o que tinha lido ao longo da parede ou nos textos. É que a leitura não é algo "apenas" ou "sobretudo" espacial. Leitura é um ato temporal. É o exercício da subjetividade. Ler um texto, como quem toma um bom vinho, é decantar seus vários significados. Ler exige introspecção, é sair do espaço externo para o tempo interior. E a prova do efeito transformador do livro e da leitura é o fato de que a introspecção e a leitura estão na raiz da ciência, da arte e da religião. Ou seja, de toda cultura.

Enfim, senti falta do livro.

Estado de Minas/Correio Braziliense, 4/9/2006

ACABAR COM A LITERATURA?

É difícil de acreditar. Mas parece que estão querendo acabar com a Literatura no ensino médio. Recebi um e-mail assinado por vários professores, onde está escrito: ... "que a disciplina Literatura foi cortada da grade curricular do Ensino Médio pela Secretaria de Estado de Educação do Rio de Janeiro. Isso faz parte de um pacote de reformas para o Ensino Médio, que estão pretendendo colocar em prática dentro de alguns anos". Outro e-mail começa dizendo que "quem trabalha no Ensino Médio (antigo 2º grau) e já leu os Parâmetros Curriculares Nacionais (PCNs) sabe que o MEC não listou na área de Linguagens, Códigos e suas Tecnologias a disciplina Literatura". Ali os reformadores do ensino referem-se apenas a uma coisa geral chamada Arte.

Não só como professor, como escritor, há muito estava já ressabiado com outra coisa que o atual Ministério da Educação criou chamada "temas transversais", que corre o risco de confundir literatura com escritura programada.

Essa revelação torna-se ainda mais perturbadora porque nos colégios comenta-se que tal "medida não é gratuita: a bancada ligada às escolas particulares e a bancada evangélica estão bastante empenhadas em ver essa medida aprovada, pois para o primeiro significa economia e, para o segundo, os alunos não são mais instruídos para pensar". O texto depois de lembrar a "canetada" do presidente-sociólogo, que abortou a proposta de pôr a Sociologia e a Filosofia na grade curricular, convoca os professores de Letras a organizarem um fórum de debates sobre o alarmante problema.

Será que querem mesmo acabar com a Literatura no 2º grau?

Será que todas as instituições evangélicas, algumas com larga tradição no ensino, estão pactuando com isso?

Leio esses e-mails na mesma semana em que, contrastivamente, recebo da Bertrand Brasil um livro estupendo: *A religação dos saberes: o desafio do século XXI* quase seiscentas páginas das "jornadas temáticas idealizadas e dirigidas por Edgar Morin" a partir de uma questão levantada pelo governo francês: "Que saberes ensinar nas escolas?".

É um precioso volume, onde sábios de dezenas de disciplinas – de físicos e biólogos a astrônomos e escritores – expõem porque é necessário dar ao estudante uma visão de conjunto na sua formação. No setor literário, o primeiro texto de Marc Fumaroli traz já no título uma verdade essencial: "A Literatura: preparação para tornar-se pessoa". Ele começa questionando esse modelo utilitarista da escola que anda por aí contrariando a ideia de que a escola secundária deve servir para a adaptação precoce dos alunos ao mercado de trabalho. Primeiro, porque "a escola para o emprego está exposta a uma constante defasagem com relação à evolução rápida do mercado" e, em segundo lugar, porque a literatura, com sua magia, supre o que nenhuma disciplina lógica e objetiva pode dar. É um modo de se penetrar na complexidade da própria existência.

Tenho as mais agradáveis lembranças de quando lecionei para o antigo clássico e científico no Colégio Estadual de Belo Horizonte. Fazia questão de dar praticamente as mesmas aulas que dava na faculdade, apenas dosando um pouco. E a participação e o rendimento daquela garotada era muitas vezes superior ao dos universitários. Passados uns quarenta anos, até hoje encontro alunos que falam de como a Literatura foi importante na visão de mundo deles, embora se destinassem à engenharia ou às ciências políticas. Cito isto, homenageando inúmeros mestres que têm histórias semelhantemente comoventes. Os alunos liam de seis a oito romances por ano e eram capazes de analisar poemas situando-os dentro de seu respectivo estilo de época. Mais que isso: pré-viviam na literatura o mundo que amanhã conheceriam. Pela Literatura formava-se uma consciência esteticamente crítica da realidade.

Todo governo acha que tem de fazer reformas. Estão sempre reinventando a roda, que às vezes fica quadrada.

Reavaliando para um saudável saudosismo, sou do tempo em que, por exemplo, estudávamos línguas neolatinas e não essa coisa pobre trazida coma reforma do final dos anos 60, onde só se estuda o português e uma literatura. Estudava-se língua e literatura espanhola, língua e literatura francesa, língua e literatura italiana, as literaturas de Portugal e da América Hispânica, isto, além de latim, filologia românica etc. Saía-se da faculdade com uma visão geral dessas literaturas. Fazendo a tal reforma dos anos 60, o país queria modernizar-se, largar o modelo europeu e imitar os Estados Unidos com o sistema de créditos. Assim como se fala hoje em desastre ecológico, aquilo foi um cataclismo cultural. Certas reformas me fazem repetir o sarcástico ditado italiano: "estávamos melhor quando estávamos pior". Ser "moderno", às vezes, é um modo de ser apenas raso e superficial.

Os e-mails têm razão: é necessário um amplo debate sobre este assunto antes que se efetive mais uma empobrecedora reforma do ensino.

O Globo, 13/11/2001

O ENSINO DE ONTEM E HOJE[1]

Não sei se começo com uma historinha verdadeira ou comentando outro fato igualmente verdadeiro. Ambas as verdades, como diria Al Gore, são "inconvenientes". E se complementam.

Começo pelo fato: a Prefeitura do Rio, seguindo o que ocorre em vários estados, e foi até estimulado anteriormente pelo governo Fernando Henrique, resolveu nivelar por baixo a educação. Conforme documento que chegou às escolas no dia 25/4/2007, extingue os conceitos "O" (ótimo) e "I" (insuficiente) e institucionaliza a APROVAÇÃO AUTOMÁTICA. Quer dizer, cancelando o "ótimo" e o "insuficiente", sobra a mediocridade.[2]

E mais: não vai ter mais nota separada para Português, Matemática, História, Artes etc. Vai valer um "conceito global". Leitores me escrevem dizendo que isso vai aprofundar mais ainda a diferença entre ensino público e privado, pois as escolas particulares não seguirão essa vocação para o rebaixamento.

Este, portanto, é o fato. Agora vamos à historinha, que é também um triste fato. Só que o que vou narrar já vem acontecendo há trinta anos. Se já vínhamos nesse descalabro, imagine agora que vai se institucionalizando a "aprovação automática" com a ilusão de que assim vão reter os alunos nas escolas e tirá-los do tráfico ou das ruas.

Estava eu outro dia fazendo uma palestra em Frederico Westphalen. Não, não é na fronteira da Áustria, é lá no Rio Grande do Sul, uma cidade que nem sabia existir e que tem uma bela universidade comunitária nas margens do rio Uruguai, fronteira com a Argentina. Pois ali reencontrei um antigo amigo, o prof. Dino del Pino, que não via há quase trinta anos.

---

1 Originalmente o título desta crônica era "Assim caminha a humanidade".

2 Em 2009 Cláudia Costin, como secretária de Educação do Rio, começou a modificar essa prática.

Conversa vai, conversa vem, começamos a tratar de livros, literatura, educação, típico e vicioso papo de quem está nesse meio. E Dino me conta que algo se passou com um dos seus livros. Algo que é o retrato do que vem ocorrendo com os leitores desses livros, enfim, com a educação no país.

Quando esse seu livro, que é uma introdução geral aos estudos literários, foi publicado, passou a ser largamente usado pelos alunos do ensino médio (público a que efetivamente era dirigido). Alguns anos se passaram, e um dia o editor o procura e diz: "Olha, o nosso livro estava vendendo bem, mas acho que precisamos fazer uma reformulação; temos de simplificá-lo um pouco, porque os professores estão dizendo que os alunos agora estão tendo dificuldades em compreender o que você diz".

Dino achou estranho aquilo, porque o livro já era uma simplificação do assunto para alunos do ensino médio. Um pouco constrangido, simplificou o que já era simples.

O livro continuou vendendo. E um dia o editor lhe telefona de novo e diz: "Olha, vou lhe pedir que simplifique ainda mais, porque agora os professores estão tendo dificuldade em lhe acompanhar".

O escritor recusou-se a simplificar-se. Mas o livro, de algum modo, continuou no mercado, só que agora usado não pelos alunos do ensino médio, mas pelos alunos da universidade. E as coisas iam desse jeito, quando o saudoso mestre Guilhermino César, que havia sido professor também de Dino, um dia o encontra numa livraria, põe a mão no seu ombro e diz:

– Sabe, Dino, aquele seu livro de introdução à literatura brasileira? Será que você já pensou em simplificá-lo?

E ante o olhar atônito de Dino, Guilhermino César, tristemente irônico, lhe disse:

– É que os alunos de pós-graduação o estão achando muito difícil.

Moral da história: "Assim caminha a humanidade" – como dizia o filósofo James Dean já expulso do Éden.

Estado de Minas/Correio Braziliense, 2005-2007

ÚLTIMA GERAÇÃO LETRADA

Uma das primeiras pessoas que encontrei naquele casarão colonial foi Ivo Pitanguy. Em vez de um "Como vai", disse-lhe declamativamente: "Ivo Torres Heredia,/ hijo y nieto de Camborios,/ va a Sevilla ver los toros".

E mal termino esses versos de Lorca, adaptados, ele já retoma o poema, como se fosse um desafio: "Moreno de verde luna,/ anda despacio e garboso". Me entusiasmo com o repto aceito, e continuo: "A la mitad del camino/ cortó limones redondos/ y los fué tirando al agua/hasta que la puso de oro".

Há algum tempo num encontro de escritores na terra de Lorca – Granada (Espanha) – me dei conta de que estávamos todos nos comunicando através de versos. Um dizia Neruda: "Sucede que me canso de ser hombre". Outro acrescentava: "Puedo escribir los versos más tristes esta noche". Se um citava Antonio Machado: "Caminante, no hay camino el camino se hace al caminar", outro ponderava: "Hoy es siempre todavía".

Somos a última geração letrada. Uma geração que se comunica através de senhas literárias, como está em *O encontro marcado* de Fernando Sabino. Para nós esses textos eram moedas, modo de intercambiar sentimentos e perplexidades. Tê-los na memória era uma forma de ter companhia e contato com uma seiva antiga chamada cultura. As novas gerações hoje são diferentes. Como os que ostentam camisas cujos dizeres ignoram, muitos têm na memória apenas essas canções banais fruto de marketing.

No Instituto Granbery – lá em Juiz de Fora, onde Itamar (ex-presidente) e Gabeira (ex-terrorista) também estudaram –, havia uma meia dúzia de grêmios literários, concurso de oratória e declamação. Naquele tempo, em que pedagogicamente a memória era relevante, havia o temido exame oral. Ah! as crestomatias arcaicas! "A última corrida de touros em Salvaterra", "O estouro da boiada" e os poemas tipo "O pequenino morto" e "Navio negreiro" a arrancar lágrimas que nem telenovelas hoje.

Outro dia, por causa de uma crônica, um vizinho foi caminhando comigo em direção à feira dizendo Camões e Raimundo Correia. Era um cidadão médio, absolutamente normal. Minha mãe recitava Casimiro de Abreu e Bilac. Meu pai, meus tios, embora pobres, tinham memória literária.

Paulinho Lima (da Editora Luz da Cidade) que já produziu dezenas de CDs de literatura, pediu-me para organizar um com esses poemas antigos que a gente sabia de cor. *Où sont les neiges d'antan?,* nos arguiria Villon? Como quem colhe flores ou distribui moedas, dizia-se "Le lac" de Lamartine, "La mort du loup" de Vigny ou "Oh Captain! My Captain", de Whitman.

Creio que fomos a última geração letrada. O iletrismo e a iliteratura só aumentam. Ah, se os que não leem soubessem que quem lê vive duas vezes: a vida real e uma outra que parece imaginária, mas que é indelevelmente real.

Estado de Minas/Correio Braziliense, 26/11/2002

BIBLIOTECAS: ALGUNS PREFEITOS SÃO CONTRA

Quem não gosta de boas notícias?

Estava eu, semana passada, numa reunião de "mediadores de leitura" em São Paulo com escritores, contadores de histórias, professores, bibliotecários, ONGs ligadas à leitura, representantes de Secretarias de Cultura, de vários Ministérios e até da Presidência da República, e soube de algo não só importante, mas gratificante para quem tem dedicado a vida ao desenvolvimento do país através da cultura.

Foi dito que dentro de alguns meses se poderá anunciar que todos os municípios brasileiros, enfim, têm uma biblioteca. São cerca de 6 mil municípios. Desses, os últimos 360 estão finalizando as condições para montar suas bibliotecas. Isto me dá vontade de escrever alguma coisa na série "Meninos, eu vi!", prolongando aquilo que um mártir da literatura, são Bartolomeu Campos de Queirós, dizia naquela reunião sobre as crenças e descrenças de nossa geração em relação à leitura.

Lembro-me, quando assumi a direção da Fundação da Biblioteca Nacional no fim de 1990, que essa instituição era responsável pela política do livro e da leitura. Encontrei aí uma situação lastimável. Cerca de 3 mil municípios não tinham sequer uma biblioteca. Lançamos a campanha "Uma biblioteca em cada município", criamos o Sistema Nacional de Bibliotecas e o Proler. Vinte anos se passaram. Dizia Drummond num de seus poemas: "Vinte anos: poderei tanto esperar o preço da poesia?".

Pois nesse ínterim, pessoas as mais diversas desencadearam subsequentemente ações e projetos, e hoje, minha geração está prestes a ver concretizada uma geriátrica aspiração. Mas não é fácil, não foi fácil e sempre será difícil. E lhes conto agora umas coisas constrangedoras, mas reais sobre nossa relação com as coisas da cultura.

Começo lembrando que há um ano o governador Aécio Neves nos dizia, durante a entrega de um prêmio literário no Palácio da Liberdade, que tinha praticamente zerado o número de municípios sem biblioteca. Fez, no entanto, uma revelação patética: uns três prefeitos haviam se recusado a aceitar bibliotecas em seus municípios. A gente ouve isso e quase cai fulminado de indignação. Mas agora nesta reunião em São Paulo, autoridades do Ministério da Cultura também dizem que uma meia dúzia de prefeitos não quer bibliotecas. Por isso, não se poderá dizer que essa questão foi zerada.

Possivelmente tais prefeitos nunca viram um livro ou temem que o livro morda. Estão certos, o livro morde mesmo. Transforma as pessoas e as comunidades. Portanto, se eles continuarem recalcitrantes, acho que se deveria fazer reportagens com esses espécimes raros, e mais: desencadear um plebiscito nessas Prefeituras. Ou então, apresentar um livro a eles, quem sabe até gostem?

Essas coisas sempre me lembram Oswaldo Cruz, há uns cem anos, tendo de obrigar a população do Rio a se vacinar contra a febre amarela. Leitura é uma vacina. E há quem tenha medo dela, preferindo amarelar ignorantemente.

São só esses prefeitos? Não, mesmo entre figuras notáveis há (ou havia) descaso e preconceito contra o livro e a cultura. Lembro-me que Edson Nery da Fonseca há uns cinquenta anos chamou a atenção de Lúcio Costa, que havia esquecido de planejar uma biblioteca pública em Brasília. E me lembro que quando o governo nos anos 90 projetou a construção dos 5 mil CIACs, descobri que tinham simplesmente se esquecido de botar naquele formidável espaço de ensino a biblioteca. Tive de ir à Brasília arrancar isso à fórceps... Infelizmente o projeto dos CIACs foi abortado, fizeram só algumas centenas e não sei que fim levaram suas bibliotecas.

E assim se passaram vinte anos.

Daqui a vinte anos o que será?

Quem sobreviver, verá.

Estado de Minas/Correio Braziliense, 22/3/2009

BIBLIOTECA NACIONAL: UMA HISTÓRIA POR CONTAR

1 ENTRANDO NA *SELVA SELVAGGIA* DA ADMINISTRAÇÃO PÚBLICA

Pedem-me um texto sobre minha experiência à frente da Fundação Biblioteca Nacional (1990-1996) no qual destaque a questão da leitura.[1]

Penso as várias maneiras de enfocar o assunto. Faço anotações, remexo a memória e ponho-me a ler, a reler os dois grossos volumes de relatórios elaborados durante minha gestão, cujas cópias estão no acervo da Biblioteca Nacional à disposição de pesquisadores. Ponho-me arriscada e inevitavelmente a ler dentro e fora de mim.

Estou me lendo, relendo um período da vida brasileira. Estou folheando emoções vividas por uma equipe que fez história,[2] a despeito da história (ou da contra-história?). Ler, então, é isso, uma operação complexa, multidirecional no tempo e no espaço. Uma ação reunificadora que lembra aquele *logos* (reunião) heideggeriano.

Em 1990 o recém-instalado governo Collor iniciou uma reforma (a que outros também chamam de desmonte) de várias instituições federais. O país assistia atônito e siderado ao que estava acontecendo.

Pois estava eu tranquilamente dando minhas aulas na universidade, escrevendo meus livros e artigos, quando em 1990 começaram rumores, até nos jornais, de que me queriam no Ministério da Cultura (que Collor transformara em Secretaria de Cultura). Alguns emissários vinham falar comigo, houve reunião informal num restaurante no Rio. E comecei a perceber a *selva selvaggia* em que estaria metido.

Em minha ingênua perplexidade lembro-me de ter dito ao interlocutor que, diante das dificuldades assustadoras e do salário que ofereciam,

---

1 Publicado originalmente em *Vivências de leitura*. Rio de Janeiro: Leia Brasil/Senac, 2007. Para esta edição foram feitos alguns acréscimos.

2 Já há várias teses universitárias sobre o Proler (Programa Nacional de Incentivo à Leitura) criado na BN na minha administração (nov. 1991/ago. 1996).

só havia duas possibilidades: ou o indivíduo que aceitava era um incurável idealista ou um corrupto que sabia de onde ia sacar o lucro. Morar em Brasília seria sacrificar minha família, e isso eu não faria. O fato é que diante da nebulosidade do panorama, desinteressei-me do pretenso convite. No dia 6 de novembro o *Informe JB* publicava:

Consultado pelo governo Collor, o poeta Affonso Romano de Sant'Anna repetiu o gesto da atriz Fernanda Montenegro, ainda nos tempos de Sarney. Disse 'não'.

Um dia, coincidentemente, Ipojuca Pontes – já então ocupando aquela secretaria da Presidência da República, e a quem não conhecia pessoalmente, me telefona oferecendo a direção da Funarte.

Por que teria isto ocorrido?

Em 15 de setembro de 1990 eu havia escrito uma crônica n'*O Globo* expondo considerações sobre a falta de um projeto cultural no governo Collor. A rigor, já havia feito considerações semelhantes durante o governo de Sarney. Tenho essa mania. Há muito. E continuei falando e escrevendo sobre isso quando estava no governo e depois de sair do governo.[3]

O fato é que examinei o convite detalhadamente, examinei as circunstâncias e acabei recusando. E a coluna do Swaan n'*O Globo*, noticiava:

O escritor e poeta Affonso Romano de Sant'Anna decidiu ontem abrir mão da indicação para presidir o Instituto Brasileiro de Artes e Cultura (IBAC – sucessor da Funarte), o órgão mais poderoso da Secretaria de Cultura, para o qual fora convidado, a semana passada, pelo secretário Ipojuca Pontes. – 'Senti que estava caminhando em areia movediça'.

Mas novas investidas foram feitas por pessoas da área da cultura, desta vez referindo-se à direção da recém-criada Fundação Biblioteca Nacional. Acabei aceitando.

(Retrocedendo um pouco, lembro-me de que, durante o governo Sarney, a pedido de Joaquim Falcão, presidente da Fundação Pró-Memória ao tempo de Celso Furtado como ministro da Cultura, eu havia feito parte de uma comissão[4] que elaborou um amplo projeto para a área do

---

3 Em algumas crônicas deste livro o leitor encontrará exemplos disso, da preocupação com uma "política cultural". Já nos anos 1980 publiquei no *Jornal do Brasil*: "Sobre a política nacional do livro" (3/12/1986) e "Por uma política nacional do livro" (21/09/1986).

4 O linguista Luiz Antonio Marcuschi, o jornalista Pedro Paulo Popovic e o escritor Luis Antonio Assis Brasil também faziam parte dessa comissão.

livro. Isso tinha me dado intimidade formal com o assunto. Fazia ali uma série de propostas sobre uma política do livro, que mais tarde poria em prática na FBN).

Voltando, no entanto, ao convite para dirigir a FBN, eu diria numa conversa-consulta a Plínio Doyle que, afinal, livro era um objeto com o qual tinha alguma intimidade, e biblioteca não me era um espaço totalmente estranho e, além do mais, trabalharia no Rio de Janeiro. O que eu não conhecia era o purgatório ou o inferno da administração pública. E por desconhecer essa parte aceitei a missão. E "missão" é mesmo a palavra certa.

Fui-me dando conta naquele contexto histórico do significado e da importância de ter aceito a tarefa ao ver que o *Jornal Nacional* noticiou com destaque minha nomeação e, entre outros jornais, *O Estado de S. Paulo* dedicou a primeira página do caderno de cultura[5] a uma entrevista na qual expus os planos dentro daquela situação política e econômica tão insólita. O governo Collor estava começando a sentir que deveria mudar sua postura em relação aos artistas e intelectuais. O *Jornal do Brasil* (06/12/1990) estampava no Caderno B: "Nova cultura entra no ar". Falava da importância da nomeação de Lelia Coelho Frota para o Patrimônio Cultural, de Mário Brochmann para o IBAC e de minha indicação para a Biblioteca Nacional. O *Correio Braziliense* (07/12/1990) estampava: "A cultura renasce na paixão dos artistas. O poeta Affonso Romano de Sant'Anna assume a Fundação Biblioteca Nacional e lidera a onda de otimismo".

No regresso da posse em Brasília, vendo na tevê do aeroporto um filme sobre atletas que levantavam centenas de quilos com seus potentes músculos, fazendo tanta força que pareciam quase rebentar as hérnias, disse a Marina:

– Não sei como a pessoa pode suportar um peso desses!

– Você não aceitou dirigir a Biblioteca Nacional? É parecido – disse minha mulher antevendo o que me esperava.

2 SUBINDO NO TELHADO

Terminou no telhado da Biblioteca Nacional a primeira reunião da diretoria que eu acabara de nomear, logo que assumi a presidência daquela

---

5   "O poeta na Biblioteca Nacional", Hamilton Santos. Caderno 2. *O Estado de S. Paulo*, 27/11/1990.

entidade em novembro de 1990. E terminou no telhado porque precisava não só percorrer todas as instalações da BN, mas mostrar concretamente a meus auxiliares mais diretos, a situação de descalabro em que se achava a instituição. Problemas começavam no subsolo do edifício, pois quando chovia a água de canalização dos esgotos refluía paralisando o elevador. Problemas estruturais continuavam no andar mais baixo, onde se acumu- lavam 200 mil volumes da famigerada "coleção paralela", que não haviam sido assimilados ao acervo. Nos vários andares dos grandes armazéns, li- vros e jornais estavam empilhados pelo chão e expostos à chuva, que va- zava periodicamente do telhado. O ar refrigerado não funcionava, várias máquinas dos laboratórios quebradas e encostadas. Por exemplo, onze dos 21 aparelhos de microfilmagem estavam parados, com defeitos. E o que havia de informatização era algo bisonho, um computador Cobra. Os livros que chegavam pela lei de Depósito Legal já não cabiam no prédio e a instituição pagava mensalmente à Fink um pesado aluguel por 6.954 caixas contendo milhares de publicações não incorporadas ao acervo. E o pior: a política desencadeada pelo governo Collor havia despedido 184 dos 661 funcionários, e um interventor, chamado de inventariante atra- vancava ainda mais qualquer iniciativa.

E isso era apenas a parte visível do *iceberg* à minha frente.

O quadro era de desmonte físico, moral e institucional. Do prédio- -sede da Biblioteca Nacional caíam pedaços de reboco na rua – e um dia fui eu mesmo socorrer na calçada uma passante ferida. O sistema de alarme volta e meia soava prenunciando perigo de incêndio. Num dos primeiros fins de semana de minha administração recebo telefonema de uma funcionária dizendo que a chuva da noite anterior havia molhado centenas de volumes. Os funcionários que a ajudavam, quando deu a hora do ponto, se mandaram para suas casas e ela já não sabia o que fa- zer. Desloquei-me imediatamente para lá e, de repente, me vi com rodo, vassoura, calça arregaçada puxando água e pondo plástico sobre livros.

A instituição era um grande navio largado num oceano de irresponsa- bilidades e inépcias, onde alguns heróis testemunhavam o vazamento de água por todos os lados. Com certeza, os dirigentes das grandes bibliote- cas da França, da Espanha, da Inglaterra, dos Estados Unidos, que eu viria a conhecer, não tinham aquele tipo de experiência. Da mesma maneira não tinham, também (como relatei em crônica), a experiência de estar em seu gabinete e ver cair a um metro de distância uma bala perdida que varara os cristais da janela depois de um assalto num banco próximo.

Daí que a coluna do Zózimo n'*O Globo* (20/07/1991) já nos primeiros dias de minha administração espelhando essa situação desse a seguinte nota:

Do Presidente da FBN, Affonso Romano de Sant'Anna: 'descobri que na administração pública a roda é quadrada e a gente tem que fazer a carruagem andar como se a roda fosse redonda'.

Acrescente-se que o desmonte operado pelo governo Collor havia decretado também o fim do Instituto Nacional do Livro que funcionava num prédio de vários andares, com dezenas de funcionários, em Brasília. Lembro-me de um difícil, constrangedor e delicado encontro com dezenas desses angustiados funcionários no antigo prédio do INL, na capital federal. Pareciam *boat people* à deriva ou esses refugiados sem fronteiras. Atordoados, não tinham eles a menor ideia do que lhes podia acontecer. Ser funcionário público naquele momento era ser empestado, olhado com desconfiança. Extinto o INL esses funcionários pareciam baratas tontas ou gado tangido, tentando ser alocados em qualquer Ministério. De um lado, havia os já demitidos, de outro, os que haviam sido postos em quarentena em casa, e os que restavam viviam sob ameaça como se fossem ser fuzilados a qualquer hora. Além disso, a FBN incorporava a desamparada Biblioteca Demonstrativa de Brasília, chefiada heroicamente por Conceição Salles.

No lugar do INL o governo mandava instalar um precaríssimo Departamento Nacional do Livro nos quadros da FBN, com apenas três ou quatro funcionários que pouco apareciam. E do ponto de vista material, lá em Brasília, o INL tinha num grande depósito cerca de 200 mil livros sobrantes, que haviam sido coeditados e estavam sem destino.

Começamos a enviar exemplares desses livros para bibliotecas de todo o país. E aí houve um fato que marca um dos aspectos insólitos, contraditórios, do governo Collor. De um lado, o desmonte, de outro, ações sobre os destroços. O próprio presidente, sabendo desses livros em depósito ocioso, fez questão de doá-los pessoalmente às bibliotecas toda vez que visitava alguma cidade do país. Assim fazia uma conexão entre a sua imagem e a imagem do livro.

No entanto, naqueles primeiros dias, atendendo a pedidos de bibliotecários de outras instituições que não a FBN, fui ver o que estava ocorrendo com as bibliotecas dos extintos IBC (Instituto Brasileiro do Café) e IBAA (Instituto Brasileiro do Açúcar e do Álcool). E vi como 40 mil volumes de cada uma dessas instituições estavam sendo malbaratados, dispersados e destruídos. Tentei fazer gestões e contatos para reverter a situação, pois perdia-se assim uma parte importante da memória nacional.

Portanto, a calamidade era de cima para baixo, de baixo para cima, e uma primeira reunião de diretoria da BN só poderia mesmo terminar no telhado. Ou para que dali se jogassem os novos diretores ou para que aceitassem o desafio de reerguer uma histórica instituição da cultura nacional.

3 CURTO CORTE TEMPORAL

Se no fim do primeiro ano de trabalho (1991), conforme relatórios no acervo da FBN, a situação já era bem melhor, em 1995, quatro anos depois, superado o caos inicial, o *Jornal do Brasil* publicaria uma reportagem em que apontava a Biblioteca Nacional como uma das três instituições que melhor funcionavam no Rio de Janeiro. Era um evidente contraste com o que nos fora legado no fim de 1990.

Alguns meses depois de minha saída da FBN (junho de 1996) a Fundação Getúlio Vargas de São Paulo convidou-me para uma palestra sobre a experiência vivida naqueles seis anos, uma vez que o que ocorrera com a Biblioteca Nacional era considerado pelos estudiosos de administração um *case*, um caso de êxito a ser examinado. A Editora da FGV sugeriu também na ocasião que eu escrevesse um livro narrando minha experiência administrativa e cultural, coisa que acabei postergando.[6] Enfim, a FBN havia entrado para o *Guiness Book* porque se transformara numa entidade emblemática da cultura brasileira. Presidentes da República, como Collor e Fernando Henrique foram ver o trabalho que ali se realizava; ministros recém-empossados e embaixadores estrangeiros, além de outras personalidades que passavam pelo Rio, incluíram a Biblioteca em seu roteiro de visita. O número de usuários aumentou tanto que havia filas na porta de entrada. A biblioteca alargava o leque de seus frequentadores e abria-se

---

6 Tenho algo que chamo de "quase diário", pequenas anotações sobre conversas de bastidores, incidentes administrativos, projetos que não se realizaram, o desvario corporativista, enfim, uma história informal da vida política e cultural daqueles dias, que talvez um dia ainda publique.

para um público novo.[7] A confiabilidade na instituição fez que artistas, escritores e famílias de personalidades passassem a doar seus acervos pessoais para a guarda da FBN: Ênio Silveira, Flávio Rangel, Nelson Werneck Sodré, Samuel Mallamud, Francisco Mignone, Lourenço Fernandes, são alguns das dezenas de exemplos. Uma exposição memorável, como a do Centenário de Graciliano Ramos, fez que pela primeira vez fossem exibidos os documentos da polícia política de Getúlio Vargas incriminando aquele escritor. Escritores como J. J. Veiga, João Antônio, Ferreira Gullar, Victor Giudici, Chacal, Lia Luft, Moacyr Felix, Geir Campos, Ignácio de Loyola Brandão, Haroldo Maranhão, João Gilberto Noll, Raimundo Carrero, Marcus Acioly, J. W. Solha percorreram o país patrocinados pela FBN. Conferências, cursos, noites de autógrafos e concertos passaram a fazer parte da programação. E a Biblioteca chegou a ter até um conjunto coral.

A recuperação da imagem da instituição, no entanto, vai além dessas referências; vai além do fato de ter recebido da Associação Brasileira de Propaganda o Prêmio Especial de Marketing, 1994; mais do que isso, a metáfora da recuperação da BN está testemunhada num fato insólito. Pessoas, até escritores que haviam permissivamente levado livros da BN para casa[8] em administrações anteriores, começaram a devolvê-los. Certo dia, por exemplo, recebo uma caixa de livros roubados, há anos, da preciosa Seção de Obras Raras. O ladrão, que dizia ter sido antigo funcionário da Casa, mandava dizer, arrependido, que os devolvia por voltar a acreditar na instituição.

4 LER E PLANEJAR

O que esse panorama que estou descrevendo sucintamente tem a ver com a questão da leitura?

Ler é ler o mundo. Ler é refazer o real pelo imaginário, potencializando a realidade.

Ler é reunir os signos dispersos, decodificar as informações, seja numa página, seja na estrutura de um prédio, na conjuntura de uma instituição

---

7 Exemplo disso foi a tarde-noite de autógrafo de Jô Soares que atraiu tanta gente, que a fila de leitores estendeu-se por vários quarteirões. Para o seu *O Xangô de Baker Street* ele usou pesquisas históricas que fez na FBN.

8 O poeta e tradutor Geir Campos me procurou na FBN para devolver um livro de ensaios em alemão que Adonias Filho, quando diretor da instituição, lhe havia dito que podia levar para casa.

ou no discurso que cada momento histórico expõe na fala e nas ações dos indivíduos.

Como recuperar, como reerguer, como reinventar uma Biblioteca Nacional com tão precioso acervo?

Saber ler é fazer um diagnóstico e a partir daí propiciar o desencadeamento de ações. Como dizia Guimarães Rosa, toda ação começa mesmo é por uma palavra.

Para conhecer melhor a instituição tomei inicialmente duas atitudes. Primeiro reunir-me com todas as antigas chefias durante duas semanas, oito horas por dia, ouvindo suas queixas e propostas. Essa ação parecia paradoxal, e o era. Os funcionários olhavam a situação intrigados. A meu lado, nas reuniões estava o "inventariante", um personagem criado na engrenagem do desmonte feito pelo governo Collor, uma espécie de representante da Santa Inquisição contra o funcionalismo. Do outro, eu, um dirigente recém-empossado, tentando candidamente entender o caos, destampar a repressão e erguer o ânimo dos descrentes funcionários.

A segunda iniciativa, feita concomitantemente, foi procurar os ex-diretores da Biblioteca Nacional, ir à casa deles para conversar ou trazê-los à FBN para ouvir e aprender de sua experiências. Não se deve tentar inventar a roda. Há que aprender com os que acertaram e os que erraram. Assim é que pus-me a ouvir atentamente não só Ronaldo Monegaz, Lia Malcher, Plínio Doyle, Jannice Montemor, Célia Zaher e Maria Alice Barroso, mas até diretores mais antigos como Josué Montelo. Consegui até mesmo atrair a notável Jannice Montemor para uma assessoria nos primeiros meses. A esses nomes acrescente-se o de duas figuras importantes na história da antiga BN que atenderam ao nosso chamado: Mercedes Pequeno, personagem histórica no ambiente da pesquisa musical, e Ligia Cunha, pesquisadora e historiadora, ambas com passagens marcantes na instituição.

Estranhamente, além de certa patrulha de esquerda que, derrotada nas eleições, recomendava o boicote e a passividade em vez da ação, certos rumores começaram a surgir dentro do corporativismo dos bibliotecários, questionando a legitimidade de um escritor, e não de um bibliotecário, ser o presidente da Biblioteca Nacional, agora convertida em Fundação. Estava começando a aprender que era entre alguns supostos "aliados" que iria encontrar dificuldades. Logo no início de minha gestão, por exemplo, convidado a falar no Cole, Congresso de Leitura do Brasil (notável iniciativa de Ezequiel Theodoro que, em Campinas, reúne centenas de especialistas em leitura), ao descrever a série de projetos que a FBN estava realizando pela leitura e pelas bibliotecas tive de enfrentar uns radicais-irracionais tentando tumultuar a conferência, impedindo-me de falar. Tive de lhes dizer com veemência: "Vocês me lembram o episódio de Oswaldo Cruz tendo de forçar a população a vacinar-se contra a febre amarela. Minha vacina é a leitura e quem estiver me patrulhando estará patrulhando o livro e a leitura no Brasil".

Outro exemplo lastimável foi o da ex-diretora Maria Alice Barroso a quem tratei sempre bem, a quem visitei antes de tomar posse pedindo sugestões e comentários. Cerca de um ano depois de estar recuperando a imagem da instituição, o então ministro Luis Roberto Nascimento Silva me mostra um processo articulado por aquela ex-diretora, em nome de uma associação regional de bibliotecárias, pedindo que eu fosse destituído do cargo por não ser bibliotecário.

Fui surpreendido também com um artigo no *Jornal do Brasil* escrito por Edson Nery da Fonseca questionando minha presença na direção da FBN por não ser bibliotecário. Pouco tempo depois, no entanto, Edson Nery, corajosamente veio se desculpar pessoalmente e escreveu um comovente artigo num jornal do Recife se penitenciando do que fizera. Diferente do que dissera anteriormente em "Biblioteca Nacional e salas de leitura" (*Jornal do Comércio*, 22/08/1993), um ano depois em "Justiça nua e inteira" (*Jornal do Comércio*, 29/03/1994), agora, terminava dizendo: "Quem leu meus protestos contra a nomeação de Affonso Romano de Sant'Anna para a presidência da Fundação Biblioteca Nacional e sua permanência nesse cargo talvez estranhe o presente artigo. Pode até pensar que houve engano do jornal na atribuição da autoria. Puro engano. Como Claudel, "reservo-me o direito de contradizer-me". É verdade que sempre distingui, em Affonso Romano de Sant'Anna, o poeta e o ensaísta do ocupante do cargo técnico privativo, por lei, de bacharéis em biblioteconomia. Mas Jannice Montemor me escreveu do Rio de Janeiro dizendo que fui injusto com Affonso, pois ele vem exercendo a presidência da Fundação Biblioteca Nacional com dedicação e competência. Dou, portanto, a mão à palmátória, concluindo com versos dedicados por Camões a Pero Mascarenhas: 'Quem faz injúria vil e sem-razão,/ Com forças e poder em que está posto,/ Não vence; que a vitória verdadeira/ É saber ter justiça nua e inteira' (*Os lusíadas*, X, 58)".

E, ao contrário, seria entre pessoas estranhas ao mundo do livro, da leitura e da biblioteca, paradoxalmente, que descobriria grandes parceiros.

No entanto, onde outros dividem e segregam, minha estratégia era aglutinar, agregar. E como havia carência de funcionários, comecei a atrair para a FBN professores universitários e funcionários qualificados de outras instituições que tivessem afinidade com nosso projeto. Aos poucos, já não era necessário procurá-los, começaram a surgir espontaneamente, se ofereciam, à medida que as modificações na instituição iam se tornando públicas. Ocorreu então algo realmente insólito: voluntários começaram a surgir e, até mesmo, aposentados ofereceram-se para trabalhar na biblioteca por amor aos livros e por empatia com o projeto que estava em curso e começava já a ganhar os jornais.

Assim como o instituto de pesquisas Vox Populi de Marcos Coimbra aceitou fazer a nosso pedido (e gratuitamente) uma pesquisa publicada no *JB* sobre a situação da leitura no país, uma empresa de publicidade como a Presença, produziu e colocou, também gratuitamente para a FBN, em vários jornais e revistas um anúncio em que estampávamos a urgência de uma parceria para restaurar o prédio-sede da FBN. O *slogan* do anúncio era: "Procura-se um amigo culto". Esse anúncio, ao lado de gestões pessoais, acabaria atraindo a atenção do Banco Real e da Fundação Roberto Marinho. Depois de longas e persistentes negociações[9] e depois de meses de obras sem que a instituição deixasse de funcionar plenamente, tínhamos não só o prédio restaurado, mas uma série de outras inovações estavam à disposição do público, como a digitalização dos mapas históricos e do acervo de partituras musicais.[10]

Foi assim que um dia a instituição que, sob vários aspectos, vivia numa semiescuridão, viu seus funcionários aplaudirem espontaneamente as luzes dos salões que pela primeira vez foram integralmente acesas.

---

9 Foi fundamental a atuação de Joaquim Falcão, na época diretor da Fundação Roberto Marinho, e de Ricardo Gribel, diretor do Banco Real.

10 A direção que me sucedeu "inaugurou" mais uma vez o que já havia sido inaugurado. Anuncia o *JB* de 22/12/1998: "Biblioteca Nacional digitalizada. Informatização da divisão sonora é o primeiro passo para colocar o imenso acervo da instituição na internet para livre consulta. Ironicamente a matéria começa assim: "Demonstrando não ter a menor familiaridade com o *mouse*, o diretor da Biblioteca Nacional, Eduardo Portella, inaugurou ontem a informatização da Divisão de Música e Arquivo Sonoro (Dimas)".

5 PROJETO BIBLIOTECA ANO 2000

Sempre achei que se deve trabalhar sistemicamente. Nunca me senti muito à vontade com ações aleatórias. O aleatório, reagenciado, deve inserir-se no sistema regenerando-o, tornando-o mais flexível. Daí que, em 1990, no discurso de posse, lancei como pauta de trabalho o Projeto Biblioteca Ano 2000, que tinha como atrator o ano 2000 que se avizinhava com toda a sua carga mítica. Propunha-se o Projeto a ser não uma série de "eventos", mas um "continuum" sistêmico baseado num tripé:

1) a biblioteca,
2) o livro e
3) a leitura.

Era necessário pensar a longo prazo. Deixar de lado o imediatismo. Esquecer que os governos duram pouco e lembrar que as instituições permanecem. Enfim, pensar a Biblioteca Nacional (ampliada como Fundação), na cultura nacional. Um dos princípios que passaram a nortear nossas ações era: a FBN tem de estar presente em todos os momentos importantes da literatura brasileira, no Brasil e no exterior, seja restaurando o passado ou atuando no presente. E tem de se projetar no futuro. Um exemplo aparentemente pequeno pode ilustrar isso. Poucos dias depois de nossa posse ocorreu infelizmente a morte de Rubem Braga – o inventor da crônica moderna. A FBN não podia ficar alheia a isso. Abrimos as portas e o saguão da FBN para uma grande homenagem a ele, com leitura de seus textos, para centenas de pessoas, feita por Tônia Carreiro e Paulo Autran.

A partir daí a FBN começaria a receber sistematicamente escritores brasileiros e estrangeiros e passaria a ser lugar de visita obrigatória para personalidades da vida pública nacional, incluindo ministros e presidentes (como está registrado nos relatórios anuais). Por outro lado, ampliou-se tanto a frequência de pesquisadores e leitores, que se tornou comum a formação de filas para se entrar na biblioteca. Ao mesmo tempo, artistas de várias áreas, além de escritores, começaram a frequentar os sucessivos eventos, como o Teatro do Texto, que, ocorrendo toda semana, tornaram a BN um ponto cultural vivo.

Essas ações pontuais na sede da instituição se complementavam com projetos internacionais de exportação da cultura e da literatura brasileira. E uma política cultural mais ampla implicava desenvolver projetos nos países de língua portuguesa. Por isso, fiz questão de estar presente na primeira feira do livro em Moçambique, além de enviar várias caixas de livros; por isso, enviamos livros para as bibliotecas de Angola e tentamos (em vão) convencer os editores brasileiros de que era preciso estender a "Lei do Depósito Legal" para a Comunidade dos Países de Língua Portuguesa enviando um exemplar de cada livro brasileiro editado para as bibliotecas, por exemplo, de Moçambique, Angola, Cabo Verde, São Tomé e Príncipe e Guiné-Bissau. Era uma forma de defender e expandir as fronteiras da língua e da cultura portuguesa. Afinal, produzimos cerca de 30 mil títulos novos por ano. Se isso tivesse sido feito, há vinte anos, como sugeri, a contribuição cultural brasileira nesses países seria bem maior[11]. Como relatei em várias crônicas (algumas neste livro), as bibliotecas de Angola e Moçambique haviam sido destruídas durante os muitos anos de guerra civil e a responsabilidade nossa era imensa na reconstrução desses países.

Os intelectuais sempre são chamados a opinar sobre as relações entre cultura e poder. Em geral falam teoricamente, fazem elocubrações sobre coisas que nunca vivenciaram. A maioria nunca enfrentou a hidra de várias cabeças que é a administração pública. É mais fácil ficar teorizando na porta do castelo, do que enfrentar o dragão e entrar no recinto.

Ou então, como ocorre frequentemente, outros intelectuais se alojam como solitárias no intestino da instituição parasitando suas benesses, fingindo que não existem, não se envolvendo com os problemas reais.

Ora, o Projeto Biblioteca Ano 2000 era para mim a possibilidade de testar/reunir teoria e prática. Inclusive internacionalmente. No Seminário Global Libraries realizado na New York Public Library, em 1996, apresentei a comunicação *Libraries: the outlook from Brazil* em que propunha ações globais diante da questão da leitura e da cultura, abordando nossos

---

11   Em 2010, no Rio de Janeiro, fazendo uma conferência para embaixadores africanos no Itamaraty falei sobre esse projeto. Como decorrência, o embaixador Jerônimo Moscardo, que organizava aquele encontro, chegou a articular em Brasília um decreto nesse sentido. No mesmo ano, o Fórum de Ouro Preto, organizado por Guiomar de Grammont, reunindo escritores de África e Brasil, decidiu apoiar a ideia e encaminhar documento à Presidência da República. Mas até o momento, nada.

Ler o Mundo

investimentos no interior do Brasil e nossas ações junto à Comunidade dos Povos de Língua Portuguesa. Aquele encontro em Nova York tinha como objetivo pensar as bibliotecas no século XXI. Na minha fala, dirigi--me a Paul LeClerc, que ainda hoje dirige a Public Libray of New York, dizendo que ela acabara de criar uma outra ONU, a ONU das bibliotecas de todo o mundo, e eu colocava o Brasil no centro dessas preocupações pensando transnacionalmente e globalmente nossa realidade.

Disse várias vezes que as bibliotecas eram uma metáfora reduzida dos países. Fiz questão de conhecer as principais bibliotecas do mundo para nos situarmos melhor. Por exemplo, tanto a histórica Biblioteca do Escorial quanto a Biblioteca Nacional da Espanha com programas internacionais e um orçamento de 50 milhões de dólares, em oposição à nossa FBN com apenas 5 milhões. A bem fornida Biblioteca Nacional de Portugal, os novos prédios da Biblioteca Nacional do México e da Argentina, a bem equipada biblioteca do Chile, a preciosa Biblioteca da Irlanda (Dublin) e, na França, tanto a velha biblioteca dirigida por Emannuel Le Rou Ladurie quanto a Très Grande Bibliothèque. Com a nova biblioteca da China começamos programas de intercâmbio de restauração. Fui conhecer a precária Biblioteca Nacional do Egito e o projeto da nova Biblioteca de Alexandria, para a qual a FBN mandou boa quantidade de livros brasileiros. E nessa extensa lista que não quero alongar, pude, entre outras coisas, testemunhar, em Moscou, durante o fim do comunismo (1991) a crise que abalou as 150 mil bibliotecas públicas do país.

Pois foi estando em Moscou (1991) para mais um encontro internacional da IFLA (International Federation of Library Associations), após fazer um relato sobre o desempenho da Biblioteca Nacional brasileira, que ocorreu ao presidente da formidável Library of Congress dos Estados Unidos – o conhecido James Billington, perguntar-me publicamente: "Estou vendo os avanços que sua biblioteca tem feito, mas gostaria que nos falasse também de seus problemas". Respondi-lhe calmamente: "Eu não trabalho com problemas, trabalho com soluções". E a reunião continuou.[12]

A primeira tarefa dentro do Projeto Biblioteca Ano 2000 era redefinir o que é uma biblioteca como a nossa num país como o nosso. Será que

---

12   Sobre a experiência histórica de estar em Moscou nessa ocasião, ver o livro que publiquei com Marina Colasanti: *Agosto 1991: estávamos em Moscou* (São Paulo: Melhoramentos).

deveria continuar a ser uma enorme baleia ou prédio encalhado na *Belle Époque*? Ou deveria assumir seu papel de nau capitânia em relação à frota de dispersas bibliotecas boiando no país, e passar ativamente a constituir um sistema novo, reformulador do próprio conceito de biblioteca?[13]

Nesse item, evidentemente, seria fundamental redefinir também o papel da bibliotecária. Uma coisa é ser bibliotecário na Noruega, outra no interior de Minas Gerais. Nesse sentido, uma série de seminários e cursos foram desenvolvidos, como o realizado por Luiz Milanesi, nos primeiros meses de nossa gestão, para expor aos funcionários um novo conceito de biblioteca no contexto brasileiro. Para se ter uma ideia da necessidade de redefinir e dinamizar o papel das bibliotecas no país, registro que Milanesi havia enviado cartas para 253 bibliotecas perguntando se queriam o recém-criado programa "O escritor na cidade", pelo qual enviávamos, com tudo pago, escritores para conversar com o público. Pois só cinquenta responderam. Mesmo assim algumas disseram que não tinham espaço para isso. E Milanesi, em resposta, ironicamente, lhes indagava: "Mas não há clube? Qualquer salão? Mesmo uma funerária onde se possa reunir pessoas?".

Foi nesse sentido de construir uma nova consciência em torno das bibliotecas, que posteriormente realizaríamos especificamente um encontro nacional intitulado "Fazer – Refazer bibliotecas", reunindo notórios bibliotecários, arquitetos, técnicos, educadores e funcionários da área da cultura.[14] Ficava, assim, clara a ideia de que o fazer/refazer não se referia apenas ao aspecto material dos prédios segundo os avanços tecnológicos, mas o desafio era fazer/refazer cabeças partindo do fato de que uma sociedade da informação tem no bibliotecário um personagem fundamental. E isso estava preso a um dos itens do Projeto Biblioteca Ano 2000, que pregava a urgência de se ter uma biblioteca, pelo menos, em cada um dos seis mil e tantos municípios.[15]

---

13 Em edição da BN, publicamos em inglês, francês, espanhol e português o texto "Bibliotecas: desnível social e o desafio do século XXI".

14 No volume 2 do *Relatório*, último de nossa administração, estão a programação e os textos desse seminário que agregou arquitetos, bibliotecários e especialistas em comunicação, como Antônio Agenor Briquet de Lemos (UnB), Waldomiro Vergueiro (USP), José Galbinks (UnB), Nancy Nóbrega (FBN) e Frederico Fóscolo (UnB), entre outros.

15 Quatorze anos se passaram até que em 2010 o governo Lula, por meio de Juca Ferreira e Fabiano dos Santos, anunciou que todos os municípios brasileiros passaram, enfim, a ter bibliotecas públicas.

Ler o Mundo

Esse projeto integrativo do livro-leitura-biblioteca contou com outros braços de ação, às vezes fora da estrutura da FBN, que ampliaram e aprofundaram os resultados. Citemos, pelo menos, dois deles:

1. Programa "Leia Brasil" patrocinado pela Petrobras, funcionou através de uma empresa particular, a Argus. Cerca de dezesseis caminhões bibliotecas mobilizavam milhares de professores e alunos de Sergipe a Curitiba, emprestando livros em comunidades carentes e desenvolvendo programas de promoção de leitura em diversas escolas.

2. De igual maneira, o programa "O escritor na cidade", desenvolvido com o SESI e coordenado por Maria Celeste atingiu também diversos estados. Utilizávamos escritores de prestígio regional e nacional nessas visitas e, só em 1992, por exemplo, cobrimos 75 municípios e foram feitas 171 apresentações.

No que diz respeito a atividades internas na FBN, outras ações, projetos e eventos interagiam com o Projeto Biblioteca Ano 2000. Era necessário trazer os leitores e os escritores para as bibliotecas. Fazer que redescobrissem a FBN, mas que também o público os conhecesse. Tratava-se de mostrar a literatura viva e ao vivo.

1. O "Teatro do Texto" ocorria às segundas-feiras na FBN, onde conhecidos atores liam textos de escritores vivos. E o espetáculo irradiava-se, depois, por várias bibliotecas públicas do país. Dezenas de escritores nacionais e até mesmo alguns estrangeiros participaram dessa atividade.

2. Uma série de prêmios anuais (poesia, ficção, ensaio) para obras inéditas e publicadas começaram a fazer parte do programa de incentivo e apoio à literatura contemporânea.

3. A instituição de uma bolsa de criação para escritores que apresentassem projetos para a elaboração de obras específicas possibilitou a dezenas de autores realizarem suas obras.

4. A criação da bolsa de tradução para divulgar no exterior a literatura brasileira possibilitou a divulgação de dezenas de nossos autores.

5. Encontros anuais, no Brasil, com agentes literários estrangeiros fez que eles conhecessem melhor nossos autores e estimulassem a divulgação de nossa literatura.

6. Encontros de editores de suplementos literários dos principais jornais do Ocidente, para que conhecessem de perto nossa literatura e cultura.

7. Edição de publicações em diversas línguas, como *Brazilian Book Magazine*, para divulgar nossa cultura.

8. Confecção, já que não havia a internet de hoje, de um *clipping* de notícias de nossos suplementos literários, enviado sistematicamente para 275 brasilianistas no exterior.

9. A publicação da revista *Poesia sempre*, não só aglutinando os poetas nacionais, mas servindo como ponta de lança de divulgação deles no exterior. Tal revista, dedicando números específicos à poesia de outros países, era lançada sistematicamente no exterior, agregando os estrangeiros que dela participavam.

10. Oficinas literárias destinadas a um público externo davam atenção aos escritores jovens e principiantes.

11. Ao lado disso, o Proler lançou dezenas de textos a exemplo da Coleção Ler e Pensar, usada pelos comitês espalhados pelo país, e dezenas de outros livros foram editados e coeditados com editoras comerciais, além de ter sido lançada uma coleção de copias fac-similadas de obras clássicas de nossa literatura adotando novas tecnologia de impressão eletrônica.

12. Além do enriquecimento do acervo, de iniciar a digitalização das 40 mil fotos da Coleção Thereza Cristina, dos mapas e das partituras, a FBN realizou o 1º Seminário sobre Economia Política do Livro, reunindo especialistas de várias áreas. E hoje, quando se tornou comum falar em "política de leitura", é bom não esquecer que no dia 13 de maio de 1992 o então presidente Fernando Collor, na sede da FBN, assinou um decreto criando uma Política Nacional de Leitura.

No processo de dinamização da FBN, não podendo citar aqui a lista de bons funcionários, três destaques são necessários. Em primeiro lugar, a atuação de Miriam Lewin na Sociedade de Amigos da Biblioteca Nacional (Sabin) e depois como minha chefe de gabinete. Em segundo, o inovador programa de treinamento dos funcionários, para ajustá-los à nova realidade, realizado por Maria Cristina do Rego Monteiro Bonfim, desenvolvido ao longo de 24 cursos. Uma das provocações que eu fazia aos funcionários era esta: isto é uma empresa pública, mas tem de funcionar tão bem como uma empresa privada. Por isso, para desconforto do corporativismo, passávamos a fazer avaliações anuais do desempenho de funcionários. Avaliações que revelavam coisa insólitas. Um dia, por exemplo, uma chefe da Divisão de Informação Documental, constrangida, veio me dizer que não sabia como avaliar um certo funcionário e incerto poeta, "que já teve uma série de problemas em outros setores em que trabalhou nesta Instituição", pois o tipo faltava muito e vivia dormindo em sua mesa. Quando ela o procurou e lhe disse: "Fulano, você precisa acordar, seus colegas estão fazendo seu trabalho", ele respondeu de dentro de sua preguiça: "Estou defendendo meus direitos, eles que defendam os deles".[16]

A segunda mobilização que mexeu com as estruturas da instituição foi a intervenção da diretora Ana Virginia Pinheiro que, acumulando a direção do Departamento de Referência e Difusão e o Departamento de Processos Técnicos, criou uma Comissão para Qualidade Total de Serviços Bibliográficos. Entre outras coisas, desencadeou o Projeto Memória Bibliográfica e Documental Brasileira (registrado em vídeo) o qual, usando quinhentos técnicos divididos em 56 equipes, durante trinta dias, numa eficiente ação relâmpago, conseguiu tratar mais de 2 milhões de peças e obras e localizar, só na seção de Iconografia, cerca de 70 mil obras que não tinham qualquer registro.

6 SISTEMA NACIONAL DE BIBLIOTECAS E O PROLER

Se parece óbvio que há uma relação entre biblioteca, livro e leitura, por outro lado, o desafio era (e continua a ser) o de reativar esses conceitos e colocá-los em interação complementar. Daí que se iniciou a mobilização de funcionários e da comunidade para que a Biblioteca Nacional, agora convertida em Fundação, se despedisse de sua imobilidade. E mais, deixasse de ser passiva. Ela deveria sair de si mesma. Ela iria a todo o país. E, certamente, como se verificou, também projetaria sua imagem no exterior.

Essa estratégia dinamizadora só seria possível mediante uma série de ações sistêmicas e de mão dupla: do centro para a periferia, da periferia para o centro, até que centro e periferia interagissem tanto que já não se soubesse onde é o centro e onde a periferia.

Foi assim que, apesar de o orçamento da Fundação Biblioteca Nacional ser 10% do orçamento do Ministério da Cultura que, por sua vez, tinha

---

16 Há, com efeito, uma estranha e antiga cultura no país segundo a qual o escritor tem direito a ganhar uma espécie de "bolsa emprego" em vez de trabalhar. Jannice Montemor contou-me que quando foi diretora da BN teve de afastar também Paulo Mendes Campos de suas funções de chefia, pois o trabalho na instituição não era o forte do escritor.

Affonso Romano de Sant'Anna

um orçamento que era apenas 0,035% do total do Governo,[17] e apesar de se ter sistematicamente o precário orçamento contingenciado (retido) em cerca de 60%, conseguimos, procurando outras fontes, além de restaurar o prédio-sede, informatizar a instituição, incorporar novos espaços para a expansão das instalações, melhorar a situação dos funcionários, aprimorar o atendimento ao leitor, aumentar o acervo e, sobretudo, criar essas duas pontas de lança do Projeto Biblioteca Ano 2000:

1) Sistema Nacional de Bibliotecas e
2) Proler.

Com a institucionalização do Sistema Nacional de Bibliotecas (criado ironicamente por alguém que não era bibliotecário), passou-se a ter um cadastro efetivo de cerca de três mil dessas instituições e a noção urgente de que era necessário desencadear um projeto para que os outros três mil e tantos municípios do país passassem a ter, pelo menos, uma biblioteca. Nesse sentido, no discurso de posse na FBN havíamos lançado o projeto "Uma biblioteca em cada município", procurando já alianças entre as instâncias federal, estaduais e municipais.

Passamos, desde o primeiro ano, a fazer dezenas de reuniões sistemáticas: em plano nacional, regional e municipal, descentralizando ações e possibilitando que os diretores de bibliotecas se conhecessem e trocassem experiências. E mais, começamos a atrair outras bibliotecas para esse sistema polarizador. Em breve, graças a um contato direto com o Conselho de Reitores das Universidades Brasileiras (Crub), sob a coordenação do professor João Maia, que veio do Centro Federal de Educação Tecnológica (Cefet) do Rio para trabalhar na FBN, cerca de novecentas bibliotecas universitárias começaram a interagir conosco e a participar de encontros; e numa reunião com o Crub, em 1993, foram criados treze projetos a serem desenvolvidos conjuntamente. Por outro lado, já os arquivos públicos já dispersos pelo país também começavam a perceber que a Biblioteca Nacional poderia ser o fulcro aglutinador de ações e pesquisas sistemáticas e sistêmicas. E quando saímos, em 1996, estava

---

17   Em 2009 o *site* do MinC publicava que a situação era espantosamente melhor: o orçamento do Ministério era 0,6% do orçamento da União, o que significa 1,3 bilhão. E o ministro estava batalhando para elevar para 2% do orçamento o que daria mais de 5 bilhões de reais. As coisas realmente mudaram muito.

previsto o primeiro encontro internacional de arquivos e bibliotecas dos países de língua portuguesa (que não ocorreu).

Estabelecendo conexões transversais nesse sistema, atraímos os secretários de Cultura de todos os estados para participarem das reuniões do Sistema Nacional de Bibliotecas e do Proler. Nem sempre esses secretários e presidentes de fundação são do ramo da cultura, não conhecem a questão do livro, da leitura e da biblioteca. Era importante que eles tivessem contato com essas bases, que descobrissem que tinham uma poderosa rede de informação e formação de cidadania através da leitura.

O esforço era fazer não apenas o público em geral, mas as próprias autoridades do país tomarem conhecimento da formidável FBN que temos e, conjuntamente, despertar nessas autoridades a responsabilidade para com a questão do livro-leitura-biblioteca e a elaboração de projetos interministeriais. Um dos grandes problemas, no entanto, foi que nos seis anos em que passei na FBN, havia uma veloz e desnorteante troca de ministros. Em seis anos tive seis ministros da Cultura e três presidentes da República. A cada troca da guarda iniciava eu de novo a peregrinação para explicar tudo novamente a meus superiores. Em geral me olhavam como quem olha um marciano. Dou dois exemplos. Logo no início de minha administração, em 1991, estou cruzando a Esplanada dos Ministérios para buscar apoio e financiamentos, porque não dava para esperar muita coisa do MinC. Lá vou eu ao MEC. O chefe de gabinete do ministro me recebe fumando um desatento cachimbo. Falo, falo, falo, explico. Caía tudo no vazio. Com Goldenberg, no MEC, e Alceni Guerra, no Meio Ambiente, também no governo Collor, a recepção foi melhor. Com Paulo Renato (MEC), no governo Fernando Henrique, foi constrangedor. Ele me recebeu. Não disse uma palavra, talvez um "Boa tarde". Ouviu, ouviu, ouviu. Nem sabia, como muitos ministros, onde ficava a Biblioteca Nacional. Contei-lhe dos formidáveis projetos em curso. Olhou-me sem me ver. Ouviu sem escutar. E, no entanto, estava lhe dando de presente um projeto nacional de promoção da leitura, dentro e fora da escola.

Contrastivamente, ao conhecer as maiores bibliotecas do mundo e ser recebido pelos seus respectivos diretores, iria ver as clamorosas diferenças culturais. Não apenas assistia nesse período ao surgimento das novas bibliotecas na Austrália, em Londres, em Paris, no México, na Venezuela, na China e na Argentina, mas durante a realização do seminário sobre a perspectiva das bibliotecas no século XXI, patrocinado pela New York

Public Library vi seu diretor, Paul LeClerc, por exemplo, anunciar que havia acabado de receber, como doação, 10 milhões de dólares de uma grande empresa para a NYPL. Ali, isso era uma rotina, mesmo porque aquela biblioteca tinha um setor com trinta funcionários especializados em captar recursos de empresas privadas.

7 O PROLER: EXPERIÊNCIA INOVADORA

O novo perfil da Biblioteca Nacional receberia ainda um traço fundamental nesse projeto sistêmico (livro-leitura-biblioteca), que se expandia no espaço (abranger o país) e se lançava no tempo (preparar-se para o século XXI). A professora Eliana Yunes, que já vinha acumulando experiência nacional e internacional nas questões relativas à leitura, propôs, quando da minha ida para a FBN, a criação do Proler – um programa nacional de promoção da leitura.

Uma coisa é termos um sistema de bibliotecas e incentivarmos a construção de outras novas em diálogo com governadores e prefeitos. Mas num programa sistêmico de valorização também do livro e do escritor não se pode esquecer que a leitura é o ato que vai dar vida às bibliotecas e ao livro. Ter bibliotecas e editar livros são apenas dois lados de um triângulo que só se complementam com um programa que parta para a reinvenção do próprio conceito de leitura.

Deste modo, leitor/leitura deixavam de ser uma coisa passiva. O leitor é o agente ativo, dinâmico. É preciso entender sob novo ângulo o que seja "leitura". E essa a incrível dificuldade. Assim como tivemos de enfrentar a estranha reação do corporativismo de bibliotecários, ocorreu o que em outros textos já relatei: para meu espanto, tinha de dizer, tanto a ministros da Cultura quanto a dirigentes da Câmara Brasileira do Livro, que quando se falava de leitura não se estava falando de leitura, mas de "leitura". Não estava me referindo à alfabetização, mas a algo complementar e fundamental ao desenvolvimento, não apenas intelectual, mas econômico e social. Enfim, algo que todos os demais países desenvolvidos já haviam descoberto. Falar em "analfabetismo funcional" naquela época era uma estranha novidade.

Numa reunião de presidentes de fundações do Ministério da Cultura, depois que expus todos os projetos em curso e abordei as dezenas de ações do Proler, ouvi (ouviram todos) o ministro Antônio Houaiss quase que me repreender: "Leitura não é assunto prioritário do meu Ministério, e sim do MEC". Isso me colocou na situação desconfortável de ter de explicar a um ministro da estatura dele que alfabetização e programa de leitura não são sinônimos, mas atividades e políticas complementares.

Esse tipo de equívoco entre nossos intelectuais é mais comum do que se pensa. Edson Nery, que durante anos liderou os bibliotecários no país, conta que quando cobrou de Lúcio Costa o fato de não haver projeto para biblioteca pública na planta original de Brasília, ouviu do notável urbanista a afirmativa de que esse negócio de biblioteca pública nunca deu certo no Brasil.

Quando reescrevo este texto (2010), quase vinte anos depois que o Proler original mudou a face da questão da leitura em nossa terra, já se pensa diferentemente. Seguiram-se inúmeras iniciativas de muitas entidades governamentais, empresas e organizações não governamentais que encaram a leitura como questão central. Dizem os jornais e revistas que já existem agora, no princípio do século XXI, centenas de entidades no país batalhando pela leitura. E o Plano Nacional do Livro e da Leitura coordenado por José Castilho desde 2005, registrou em 2007 que há 306 projetos de leitura cadastrados movimentando cerca de 800 milhões de reais. E em 2010 o Projeto Viva Leitura mencionava uns 10 mil projetos em curso.

A "leitura" foi descoberta. A expressão "política da leitura" foi descoberta. Hoje qualquer técnico em educação ou até político pode falar de "analfabetismo funcional". Hoje professores e políticos estão mais atentos às estatísticas da Unesco sobre o analfabetismo funcional e assimilou-se até a noção de "analfabetismo tecnológico". Enfim, passou-se a entender que incrementar programas de leitura é ajudar a ler o mundo, a interpretar, a tornar as coisas menos enigmáticas. E, sobretudo, até economicamente, percebeu-se que a habilidade leitora é um instrumento de economia e poupança de gastos públicos. E que numa sociedade sofisticada tecnologicamente, a leitura, enfim, não é um luxo beletrista, mas uma tecnologia indispensável à sobrevivência pessoal e social.

O plano posto em ação pela equipe do Proler tinha ainda duas outras dimensões. Pensava-se a médio e longo prazos. Não se trabalha com "eventos" e sim com "projeto". Mas, mais do que isso, esforçamo-nos de maneira até ousada para fazer chegar aos diversos presidentes da República com quem tivemos contato que a questão da leitura tinha de ser algo ao nível da "segurança nacional". Ou seja, tinha de ser um projeto da Presidência e uma ação interministerial. Essa questão, portanto, transcendia o Ministério da Cultura e o Ministério da Educação.[18]

Devo relatar uma experiência ocorrida durante o governo Collor. Dos três governos a que servi, pasmem! foi o que mais se interessou pela questão da leitura. Quando Collor resolveu demonstrar uma nova conduta em relação à cultura, fez uma visita oficial à BN e anunciou liberação de verbas. Mas, além disso, o então presidente fez no Palácio do Planalto uma reunião de ministros para ouvir seus respectivos projetos. Sérgio Rouanet, que ocupava a Secretaria da Cultura, convidou-me a mim e a Eliana Yunes para participar da reunião ministerial, pois achou conveniente que expuséssemos os projetos em torno do livro-leitura-biblioteca. O presidente ouvia as exposições dos ministros de forma séria e quase fria. Porém, quando terminamos nossa exposição e Eliana Yunes fechou sua fala, o rosto do presidente se transformou e ele exclamou: "Bravo! Brilhante!" e deu ordens para que seus assessores apoiassem à iniciativa. Ele percebeu o alcance cultural e político do projeto e ordenou que provessem a iniciativa com 2 milhões de dólares. Nessa reunião o então presidente da Caixa Ecnômica Federal dispôs-se a ajudar. No entanto, com o desenrolar da crise política, que culminou com sua saída do poder, isso não viria a se realizar.

Da mesma maneira devo ressaltar que naquele complexo instante político o ministro Alceni Guerra, que acumulou certa vez vários Ministérios, havia entendido o alcance interministerial do projeto de leitura da FBN, e chamando-nos para várias reuniões havia acertado que os cinco mil Centros Integrados de Atendimento à Criança (Ciacs) que estavam já em construção, sobretudo nas periferias das cidades, teriam, graças à nossa insistência, suas bibliotecas ampliadas de 70 para 400 metros quadrados e que os programas de promoção de leitura sob a orientação do Proler/ FBN deveriam ter mesmo um alcance interministerial.

Infelizmente, a crise política e institucional levou por água abaixo o que seria não só acrescentar 5 mil novas bibliotecas às 3 mil já existen-

---

18 Sobre isto voltei a insistir, quase treze anos depois que saí da FBN, no Seminário Nacional de Mediadores de Leitura realizado em São Paulo em 12 e 13 de março de 2009. O documento final, que me coube redigir, insistia na urgência de o governo adotar em relação à leitura uma estratégia transministerial e, sobretudo, que a "política de leitura" fosse uma prioridade da Presidência da República.

tes, mas a implantação de um original e eficaz programa de leitura que atingiria escolas e comunidades carentes, e que certamente ajudaria a transformar o país através da cultura e da cidadania, evitando que hoje assistíssemos atônitos a essas crises terríveis exibidas nos jornais.

Devo revelar, por outro lado, que a criação do Proler encontrou resistências, sobretudo onde deveria encontrar aliados, ou seja, entre editores, entre bibliotecários, entre um ou outro escritor, no próprio Departamento Nacional do Livro. Isso tem a ver com algo que chamei num artigo de "discurso duplo", da prática divorciada da teoria. Nunca lhes havia passado pela cabeça que existe uma coisa chamada "formação do leitor". Para eles a função do estado era só alfabetizar e comprar livros. É como se estivessem dizendo que o leitor é uma consequência. Bastaria editar e pôr livros em livrarias e estantes e um milagre ocorreria. Não se apercebiam que o processo é complexo, exigindo a interação do livro, da biblioteca e do leitor, nem se apercebiam de que o leitor pode ser despertado e formado em qualquer idade e não apenas na idade infantil, como tolamente alguns apregoavam.

Instalamos a Casa da Leitura na rua Pereira da Silva, 82, no bairro das Laranjeiras. Conseguimos aquela bela mansão (que estava abandonada), graças à intervenção do diplomata Carlos Garcia, então ministro da Administração. Restauramos o prédio até com a ajuda gratuita de particulares, como a do construtor David Spielberg. Montou-se, sem orçamento previsto, uma equipe operosa coordenada por Francisco Gregório Filho. O raio de ação do Proler ia desde atividades no próprio bairro de Laranjeiras, na favela do Pereirão até os projetos que começaram a ser elaborados com a Rede Ferroviária Federal para a implantação do "Trem da Leitura" e programas conjuntos com o Ministério da Marinha para a criação de bibliobarcos no rio São Francisco e na Amazônia. Outros projetos com o Ministério da Justiça previam incentivo às bibliotecas nos presídios. Com o Ministério da Saúde, programas de leitura nos hospitais. Com o Ministério do Meio Ambiente, introdução de programas de leitura nos parques ecológicos. De igual maneira, programas de leitura para soldados e oficiais nas Três Armas. Em breve, progressivamente, todo o país e também o exterior iriam tomando conhecimento do Proler. Lembro-me, para citar apenas um exemplo, da mesa-redonda na Feira do Livro em Frankfurt (1994), na qual expus esses projetos, os quais despertaram de imediato o

Affonso Romano de Sant'Anna

interesse de financiamento de fundações alemãs, e o governo de Israel se interessou em conhecer melhor o projeto.

Não tenho dúvida nem vaidade alguma ao afirmar que a história da leitura no Brasil tem na criação do Proler o seu divisor de águas. Quase vinte anos depois de sua criação, cerca de quinze anos depois que deixei a FBN e que a equipe original do Proler de lá saiu, em qualquer recanto do país – de Passo Fundo a Rondônia, de Uberlândia a Maceió, de Cuiabá a Fortaleza, sempre se encontram pessoas que tiveram sua vida modificada pelo Proler e que continuaram a trabalhar apesar das distorções impingidas pela administração central. Verifica-se também que centenas de núcleos espalhados pelo território nacional prosseguiram por conta própria seu trabalho, tentando superar a descontinuidade administrativa. Até algumas teses já começaram a ser escritas reavaliando o que foi esse feito. E assim vai se fazendo, aos poucos, uma história mais ampla dessa iniciativa.

Nos relatórios deixados na seção de manuscritos da BN, por exemplo, estão os dados e os mapas ilustrativos das ações em todo o território nacional, quando já havíamos mobilizado mais de 30 mil pessoas em cerca de trezentos municípios.

Pouco mais de um ano de nossa saída da FBN, em 28/09/1997, no entanto, a coluna do Swann n'*O Globo* dava a seguinte nota:

Pobre país: cerca de 300 livros, até Victor Hugo, foram jogados no lixo, terça-feira, em Laranjeiras. A ação não foi obra de nenhum vândalo. Partiu da Casa da Leitura, órgão subordinado à Biblioteca Nacional, encarregado justamente de incentivar aquele hábito. Os títulos foram recolhidos por uma vizinha, Sara Ribeiro de Pinho.

Ocorreu o que alguns chamaram de "o massacre de Laranjeiras". Elizabeth Serra desmontou a equipe do Proler. Os principais especialistas em leitura que trabalhavam comigo foram proibidos pela direção central de ser convidados para os encontros nacionais e regionais do Proler, e meu nome de antigo presidente da FBN, censurado, começou a desaparecer de alguns textos e fatos. Conforme relatou Paulo Fernando Ferraz, presidente da Sociedade de Amigos da Biblioteca Nacional, a primeira edição do belo e premiado livro *Biblioteca Nacional: a história de uma coleção* foi recolhida e feita uma outra edição onde a minha introdução foi substituída.[19] Outro fato: tendo articulado, desde 1992, a realização do Salão do Livro de Paris dedicado ao Brasil, meu nome foi vetado pelo nosso governo quando de sua realização em 1998. Lá compareci a convite, no entanto, do governo da França.

Isso, paradoxal e sintomaticamente, correu quando o presidente da República era um intelectual de esquerda que batalhou contra a ditadura, quando o ministro da Cultura era um intelectual de esquerda e genro de Paulo Freire e o presidente da FBN um intelectual da Academia Brasileira de Letras.

8 CODA: ESTÓRIAS NA HISTÓRIA

Se em pouco tempo o Proler atingiu o Acre,[20] Roraima, Amapá e tinha agentes em todos os estados, isso era apenas a contra face de um projeto que começava, interna e domesticamente, com os encarregados de faxina no prédio-sede na av. Rio Branco ou com a favela mais próxima à Casa da Leitura, em Laranjeiras.

1. Já relatei em crônica publicada o episódio da insólita "visita" que alguns marginais da favela do Pereirão fizeram ao coordenador do Proler, Gregório Filho, comunicando-lhe que, como líderes do tráfico no morro, estavam "achando muito legal" o programa de leitura que nossos leitores-guias ali faziam. E advertiam: "Podem continuar. Se alguém for contra, fala com a gente, que a gente dá um jeito".[21]

2. Para nós seria incongruente pregar a leitura para comunidades longínquas esquecendo os próprios trabalhadores. Operários da BN tinham a hora da leitura dentro de seu parco tempo de almoço e numa dessas sessões uma trabalhadora, depois de ler um conto de Machado de Assis,

---

19   Infelizmente, esse episódio é semelhante ao que ocorreu em relação a Rubens Borba de Moraes, que assumiu a BN em 1945, fez ali uma revolução e caiu por causa de intrigas políticas. Na biografia escrita por Suelena Pinto Bandeira, ele anota: "Estranhamente sua administração da Biblioteca Nacional não ficou registrada nos documentos da instituição. Seus relatórios não constam dos *Anais da Biblioteca Nacional*. No período de 1934 a 1945, Rodolfo Garcia publicou os *Anais* relativos aos anos de 1934 e 1945, Josué Montello publicou os relativos aos anos posteriores a 1943, sem indicação precisa de cada ano. Todo o período da gestão de Rubens Borba não está documentado." (*O mestre dos livros: Rubens Borba de Moraes*. Brasília: Briquet de Lemos/Livros, 2007. p. 71).

20   Francisco Gregório Filho, depois de sua saída do Proler, reassumiu a Secretaria da Cultura do Acre e ali, com o apoio do governador Tião Viana, criou mais de cem Casas da Leitura.

21   Como dizer aos marginais que as sabotagens ao Proler começavam na FBN e estendiam-se ao próprio Ministério da Cultura ao tempo de Francisco Weffort?

exclamou: "Mas esta estória foi escrita pra mim!". Também desenvolvemos ações com os adolescentes estagiários que vinham de instituições como a Fundação Estadual de Educação ao Menor (FEEM) onde eles eram postos para se ressocializarem. Uma experiência ilustrativa ocorreu durante a Bienal no Rio, quando demos a chance a quarenta desses adolescentes que faziam pequenos serviços na biblioteca, para que fossem àquela grande feira do livro. Antes de embarcassem para o Rio Centro, foi feita uma palestra introdutória sobre o significado daquela feira. Receberam uma quantia para poderem comprar livros e circularam alegremente pela Bienal. Era uma experiência única na vida deles. Alguns compraram livros com o seu próprio e minguado dinheiro. Na volta, tão excitados com a experiência estavam, que vieram cantando um *rap* relatando suas experiências. Fizemos um concurso de redação para eles descrevessem como se sentiram e o que viram. Demos prêmios aos melhores numa cerimônia oficial.

Mas o prêmio melhor foi constatar que cinco, dez, quinze anos depois, volta e meia encontro com um desses adolescentes que me param na rua para lembrar com emoção aqueles tempos.

3. Na mesma linha, tendo a forte e sedutora imagem do prédio da BN como atração para a leitura, recebíamos até de outras empresas visitas de operários. Uma das mais tocantes foi a visita de cerca de quarenta operários da construtora Encol. Deslumbrados com o que viram percorrendo aquela catedral de livros, um deles chegou a chorar de emoção. E de volta às suas casas descreveram para seus familiares a experiência como se tivessem tido uma revelação de outro mundo.

Esse outro mundo é o que a leitura pode desvelar.

4. Em Vitória da Conquista, na Bahia, a professora Eleuza Câmara fez uma experiência para despertar o gosto pela leitura nos presos da cidade. Ela já havia trabalhado com professores, alunos e pessoas de seu meio social, mas achou que deveria tentar fazer algum trabalho junto à população carcerária de sua cidade.[22] Era uma experiência que estava dando certo em outros lugares, como na Penitenciária da Papuda, em Brasília, onde a bibliotecária Maria Conceição Salles realizava fascinante trabalho de reeducação de presidiários através do livro e da leitura.

---

22 Voltei a Vitória da Conquista em 2008 e o projeto continuava.

Num trabalho assim, evidentemente há que montar no presídio primeiro uma biblioteca, apresentar aos presos esse objeto ainda clandestino em nossa cultura – o livro. Em seguida, necessário era fazer que os presidiários, além de ler, tentassem escrever alguma coisa. Na verdade, o ato de ler e de escrever são atos geminados. Quem lê está lendo a escrita do outro, que fala por ele. Mas escrever é fazer falar o leitor-autor que há dentro de cada um.

Assim é que lá em Vitória da Conquista, alguns detentos começaram a escrever, e um deles logrou contar a história de sua vida de maneira tão espontânea e interessante que seu livro tornou-se curiosidade geral, não apenas de seus colegas, mas das próprias autoridades da prisão.

Em breve ocorreu o inusitado: o livro acabou sendo editado. Ali o criminoso de ontem repassava sua vida, falava de sua formação, o que o levou ao crime e a visão que, enfim, agora tinha da vida.

Publicado o livro, o presidiário-autor chegou a ser notícia do *Jornal Nacional*. Como consequência imediata, muitos outros detentos passaram a se interessar mais por ler e por escrever, esperando ter a mesma sorte do companheiro de cela, que agora considerava-se um homem de espírito livre, porque havia descoberto na leitura e na escrita sua ligação com a vida.

5. Mas um episódio igualmente ilustrativo foi-me narrado pelo dr. Ronaldo Tournel, antigo colega de ginásio. Disse-me ele que havia desenvolvido e montado por conta própria no hospital em que trabalha em Juiz de Fora uma biblioteca para os internados. Pegava os livros que tinha em casa, livros de vizinhos e amigos e levava para lá, porque lhe incomodava ver os enfermos no leito, ociosos, quando podiam perfeitamente viajar imaginariamente através da leitura.

Mas constatou, surpreso e feliz, que um dia ao dar alta a um paciente, este lhe pediu para adiar sua saída, porque precisava saber do fim de uma história que estava lendo ali no hospital.

O médico achou interessante o pedido, mas seu assistente chamou sua atenção comentando que aquilo não era bem assim, pois o referido doente era analfabeto. O dr. Ronaldo, então, vai ao paciente e pergunta-lhe se é analfabeto. Meio encabulado, mas firme, o doente então lhe diz uma frase capaz de matar de inveja Guimarães Rosa:

"É, doutor, não sei ler mesmo não. Mas o paciente do leito 12 está lendo para mim, e eu leio a leitura dele".

6. Francisco Gregório Filho, contador de histórias, que trabalhou nesse campo com seringueiros no Acre, pescadores no Nordeste e professores, certo dia, no Rio, estava fazendo um trabalho na favela de Manguinhos, ali atrás do sofisticado Instituto Oswaldo Cruz, zona norte da cidade. Havia se reunido com as mulheres da associação de moradores, comido bolinhos de arroz fritos e recheados com carne seca moída e temperada com folhinhas de manjericão e, ao sair da favela deparou com um barraco onde havia um estúdio de rádio FM. Era uma rádio comunitária que transmitia melodias através de 120 caixas nos postes. Entrou no barraco, foi apresentado ao locutor Mac Andréss e este colocou o microfone à sua disposição.

Gregório resolveu, então, narrar um conto popular, uma crônica e uma fábula. Poucos minutos depois, apareceu um garoto correndo e lhe pediu que contasse de novo as histórias porque a "vó" havia gostado muito.

O experimentado contador de histórias adicionou ingredientes novos à narrativa e prosseguiu com o conto de Eça de Queirós "O tesouro" e o poema de Drummond "A morte do leiteiro".

Os textos ecoando sobre e entre as casas pobres causava as reações inesperadas. Uma delas foi a do seu Manuel Antônio, um senhor de cerca de oitenta anos que lhe trouxe escrita, num papel meio amassado e com sua letra, uma história pedindo que ela também fosse lida ao microfone.

Em várias conferências e textos apresentados no Brasil e no exterior sustentei a ideia de que uma biblioteca é a metáfora do próprio país. A nossa não poderia ser diferente. Ao lado da riqueza patrimonial, com o fabuloso acervo aportado aqui com a Família Real que fugia de Napoleão em 1808, houve uma época, no tempo da escravidão, em que ela tinha escravos trabalhando em suas dependências.

O tempo passou, mas realidades dilacerantes ainda são ali dramatizadas. Lembro-me do dia em que funcionários vieram me trazer uns pedaços de papel escritos C.V., sigla do Comando Vermelho, que os adolescentes estagiários da FEEM costumavam colocar dentro dos livros quando esses desciam dos grandes armazéns para a mesa dos leitores.

Aquilo tinha um recado múltiplo. Era, sim, um aviso da presença ameaçadora da marginalidade naquele espaço não mais segregado do cruel cotidiano. Mas bem podia ser também um pedido de socorro. A periferia e a marginalidade se faziam notar. E possivelmente aguardavam uma resposta. Inteligente, se possível.

ANEXOS

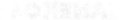

Há alguns fatos e documentos que pertencem à história e não apenas aos indivíduos. Por isso, anexo aqui alguns dos muitos textos que explicitam minha saída da FBN em 1996. Muito tempo já passou, quase vinte anos, vinte anos desde que assumi a direção daquela instituição e catorze que saí. No entanto, aqui e ali, no Brasil e no exterior, pessoas continuam se referindo àquele episódio e àquele período. Na ocasião, jornais como *O Globo, Jornal do Brasil, O Estado de S. Paulo, Tribuna da Imprensa, Jornal do Comércio, Correio Braziliense, Jornal da Tarde* e outros abordaram até nas primeiras páginas, entrevistas e nos editoriais a inesperada interrupção do nosso projeto. As seções de cartas de leitores daqueles periódicos registram a opinião do público. Houve abaixo--assinados, manifestações de parlamentares como Sérgio Arouca. José Saramago, mandou-me uma carta de solidariedade, que aqui segue publicada. Surgiram artigos de Roberto Drummond, Alexei Bueno, Ricardo Cravo Albin, Hélio Fernandes, Paulo Roberto Pires, reportagens de Jorge Moreno e outros. Manifestaram-se também o diretor da British Library, da State Library da África do Sul, da Biblioteca Nacional da Argentina, da Biblioteca Nacional do Peru e a Associação das Bibliotecas Nacionais Ibero-americanas, que reúne dezenas de instituições.

As reproduções desse noticiário e documentos estão no volume 1 do Relatório que deixei na FBN. Na Seção de Manuscritos também ficaram as correspondências, as centenas de fotos de eventos, muitas horas de filmes que registraram solenidades e entrevistas, volumes com recortes de jornais e revistas colhendo ao vivo a história que se fazia.

Como a direção de Eduardo Portella que me sucedeu cortou do meu último relatório as 23 páginas introdutórias e como nem todo mundo tem tempo e condições de acesso a certas fontes, publico aqui, pelo menos, os seguintes textos para localizar o leitor no referido contexto:

Biblioteca Nacional – Uma história por contar

Carta ao Presidente Fernando Henrique Cardoso

Que ministro é esse?

Carta de José Saramago

"Irracionalidade e prepotência" (editorial do *JB*)
Contrassenso (*Opinião* do *O Globo*)
Mentiras e verdades (editorial do *Correio Braziliense*)
O passado não pode voltar (*O Estado de S. Paulo*)
Carta de Virginia Betancourt Valverde, da Asociación de Bibliotecas Nacionales de Iberoamérica

Ler o Mundo

Rio de Janeiro, 15 de julho de 1996.

Caro Fernando Henrique, Presidente do Brasil:

Estou sendo demitido da Presidência da Fundação Biblioteca Nacional por seu ministro Francisco Weffort. Durante seis anos desenvolvi um trabalho que é público e notório. Imagino que ele tenha lhe dado alguma explicação para isto. Contudo, todas as razões até agora apresentadas por ele à imprensa e a mim são inconsistentes e contraditórias.

O fato, como a imprensa está assinalando, não é nada lisonjeiro para seu governo. O único defeito que não é aceitável num Ministro da Cultura num regime democrático, e sobretudo no seu governo, é a censura. E foi isto o que lamentavelmente Weffort trouxe de volta estarrecendo a todos.

Volto tranquilo para minhas atividades literárias esperando que sua administração tenha êxito.

Atenciosamente,

AFFONSO ROMANO DE SANT'ANNA

QUE MINISTRO É ESSE?

Correio Braziliense
AFFONSO ROMANO DE SANT'ANNA

Como se sabe, Francisco Weffort, enquanto ministro da Cultura, demitiu-me da presidência da Fundação Biblioteca Nacional alegando que minha assessora Eliana Yunes não havia se retratado da afirmativa de que havia falta de dinheiro na área da cultura. O fato causou espanto, indignação e desencanto com esse governo. Quero, a propósito, propor aos formadores de opinião, aos políticos, à comunidade acadêmica e aos intelectuais em geral um tema para discussão: pode um ministro de Estado, sobretudo um ministro [da] Cultura, que é um cientista político de esquerda, num governo democrático de um sociólogo de renome, constranger e censurar funcionários subalternos para que desmintam publicamente opiniões que emitiram sobre a situação da cultura brasileira? Não seria a área da cultura a mais indicada para ser o palco de discussões abertas e lucidez crítica?

Centremo-nos melhor na questão. Meditemos um pouco sobre o exercício do poder e a herança autoritária que estamos treinados para ver nos outros e não enxergamos em nós mesmos. Lembremo-nos de clássicos que qualquer estudante de sociologia e ciência política dos anos 1960 sabe, como aquele *A personalidade autoritária*. Consideremos o danoso efeito que isto provoca sobre a opinião pública, a descrença naqueles que se definem como democratas teoricamente, apenas porque ainda não tiveram acesso ao exercício do poder.

Há um ditado popular que diz: a ocasião faz o ladrão. Mas Machado de Assis já havia corrigido este adágio adicionando um preocupante ingrediente novo: a ocasião faz o furto, o ladrão já nasce feito.

Transfira-se isto para a área do poder. Só se conhece bem um democrata quando se lhe dá o poder. Conhecemos o autoritarismo das *concier-*

ges e de certos síndicos. Sabemos da preocupante transformação que ocorre no comportamento de um soldado quando ele vira cabo. E, assim por diante, do caporal até a síndrome de Napoleão. Isto pode ocorrer também com um professor universitário de ciências políticas. Ele está acostumado a dar suas aulas, mas um dia o chamam para um cargo público, tipo ministro. Aí lhe dão várias secretárias; dão-lhe uma chefe de gabinete; dão-lhe também um chofer e põem à sua disposição um aviãozinho a jato na porta do qual soldados e oficiais da aeronáutica lhe fazem continência. As pessoas começam a chamá-lo de "Vossa Excelência". Acontece, então, o descalabro: ele acredita. Acredita que é "Vossa Excelência" e acredita numa coisa desastrosa: acha que quem está no poder pode. Erro fatal. A primeira lição que um democrata aprende no poder é que não pode. Tudo deve ser negociado.

Num brilhante artigo, Eliana Yunes, pivô da história, desmontou peça por peça todas as afirmações do ministro, demonstrando que, como leitora, aprendeu mais as lições de Paulo Freire sobre leitura, que Weffort como genro daquele pedagogo libertário e idealista. Isto cria um constrangimento acadêmico e familiar.

Analisemos agora as palavras do ministro Weffort dentro do chocante incidente que deixou os formadores de opinião, o mundo acadêmico, intelectuais e a opinião pública estarrecidos. E, além disto, analisemos os fatos concretos.

O ministro, conforme os jornais, disse que "funcionários não podem falar sobre a política de sua área de atuação". Estranha declaração, que talvez nem Pinochet ou Fidel Castro ousariam avalizar. Stalin, talvez. Se não podem falar sobre sua área de atuação devem falar sobre quê? Criação de cavalos? Plantação de abóboras?

Em segundo lugar, os leitores mais atentos perceberam que na atual confusão sentimental e ideológica do ministro há um fato curioso: nenhuma das declarações feitas pela assessora ou pelos demais membros da área da cultura é falsa: os dados estão nos jornais e em todos os sistemas de controle do orçamento do governo. A única afirmação falsa é a do ministro, aliás, o único ministro que diz que há dinheiro, embora seja o ministério mais pobre e desimportante desse governo. E a exercitar a lógica de tapar o sol com a peneira e exercer o autoritarismo, o presidente deveria demitir todos os demais ministros, a começar com os do Planejamento e da Fazenda, que primeiro disseram isto, passando pelos da Saúde e da Educação, que estão mendigando publicamente os recursos. Dentro da mesma lógica autoritária desse ministro, ele teria que demitir o novo presidente da FBN, o acadêmico Eduardo Portella, que embora jurando humilhante fidelidade ao governo, no próprio ato de posse, declarou que há uma "penúria" nos recursos e se dispõe a buscá-los, aliás, exatamente como o disse a funcionária Eliana Yunes, que ao falar que havia penúria também disse que estava partindo para buscar patrocínios.

Um outro aspecto nesse lamentável incidente mostra que há uma nova falácia nas afirmações do ministro. Embora ele diga que é proibido falar sobre a política cultural do seu ministério, isto não é inteiramente verdade. Pode-se falar, sim, desde que seja para repetir o que ele afirma, como o fazem alguns de seus áulicos invertebrados e cacofônicos com uma subserviência amazônica.

A verdade nua é esta: o orçamento da Fundação Biblioteca Nacional, com os cortes é 21% menor que o legado por Itamar. Weffort diz que dobrou o orçamento do seu ministério. Dobrou, sim, mas este dinheiro ele o está usando para fazer clientelismo no interior.

Enfim, quero terminar com uma afirmação que tenho repetido nos últimos anos e que agora ganha mais relevância e que mereceria talvez atenção daqueles que querem discutir a questão ética e política manifesta neste episódio: os governos da ditadura davam dinheiro para a cultura, mas exerciam a censura; a democracia nos deu a liberdade de expressão, mas não dá dinheiro. O governo Fernando Henrique, através do ministro Weffort, introduziu um dado novo: nem dinheiro, nem liberdade de expressão.

Tentará o presidente corrigir isto depois desse deplorável episódio? Se assim for ele terá sido útil e será a última e dialética contribuição que terei dado a essa administração. Mas de qualquer maneira, a mancha lançada sobre o governo permanecerá, e Weffort poderá se vangloriar disto no seu currículo de esquerdista totalitário.

Affonso Romano de Sant'anna, escritor, ex-presidente da Fundação Biblioteca Nacional.

Ler o Mundo

Lanzarote, 21 de agosto de 1996

Affonso Romano de Sant'Anna
Rua Nascimento e Silva, 7/1504
22421-020 RIO DE JANEIRO

Caro Affonso,

Sabia que o Brasil era um país rico, mas que fosse tanto que se desse ao luxo de dispensar, ainda por cima com más razões, ou mesmo sem nenhumas, pessoas de um valor intelectual ímpar – isso não poderia eu imaginar. Ministro é ministro, e ministro é igual em toda a parte. O nosso erro, muitas vezes, está em pensar que, variando o que parece, também variou a essência. Mil vezes a experiência própria e alheia nos diz que não é assim, e apesar disso, por causa desta teimosa esperança que se recusa a morrer, dispomo-nos a acreditar uma vez mais, até à próxima desilusão.

Calculo que a FHC não importou muito o sucedido. Se os camponeses andam a ser assassinados aí sem que se mova uma palha para punir a funesta parceria polícia-latifúndio, a demissão de um Affonso Romano de Sant'Anna não passará de pormenor simplesmente aborrecido na "grandiosa" gestão do Estado. Nós é que somos parvos, que não aprendemos...

De Pilar e de mim, para Marina, vai um grande abraço. O mesmo para si, que todos serão poucos neste momento.

José Saramago
Los Tope, 3
35572 Las Tías de Fajardo
Lanzarote – Canárias
ESPANHA
Tel./Fax (34-28) 833 999

"IRRACIONALIDADE E PREPOTÊNCIA"

Jornal do Brasil, 13/7/1996

O ex-Presidente da Fundação Biblioteca Nacional (FBN), Affonso Romano de Sant'Anna, reuniu a imprensa em seu ex-gabinete na tarde de ontem e não mediu palavras para explicar as razões de suas divergências com o ministro da cultura Francisco Weffort: "Toda esta situação é desnecessária e mostra o nível de irracionalidade e prepotência do Ministro da Cultura". Sem mencionar em qualquer momento o nome de Weffort, Affonso Romano rechaçou a atitude do ministro que desejava cartas explicativas para os jornais, de todos os personagens envolvidos em matéria publicada na capa do *Caderno B* na última terça-feira. "Eu esperava até conseguir um patrocínio para a biblioteca com a reportagem do JORNAL DO BRASIL, que só apresentou a verdade dos fatos, pois o ministro diz que dobrou a verba da cultura, mas nós recebemos 21% a menos que no ano passado", criticou o presidente exonerado. "Mas ele lembrou as atitudes do Soviet Supremo devido à exigência destas cartas. Me senti na Inquisição, como se os que me cercam precisassem de um Auto da Fé para se desculparem".

Affonso Romano de Sant'Anna se referia à Eliana Yunes, Coordenadora do Proler (Programa Nacional de Incentivo à Leitura, vinculado à presidência da FBN), que na matéria do *Caderno B* declarava seu descontentamento com os "rombos de corrupção expostos nos jornais" que sustentariam o Proler por "uns cinco anos".

Inconformado com tais declarações, o ministro Weffort passou a cobrar uma atitude do então presidente da FBN, assim que este chegou ao Brasil. "Na terça, eu estava em Dublin, na Irlanda, em um encontro internacional de poesia, e não sabia que enfrentaria outra guerra aqui", comparou Affonso. Segundo o ex-presidente da Biblioteca Nacional, o ministro ficou "possesso" e, de um fax do Caesar Park Hotel, em São

Ler o Mundo

Paulo, além de telefonemas para sua casa e a de Eliana, exigia a retratação pública.

Na quinta-feira, o poeta revelou que devido a um problema no fax, apenas na segunda tentativa foi possível transmitir ao *JB* uma carta de Eliana Yunes. Ela se explicava, mas não se retratava (veja a íntegra na seção das cartas). "Tenho que estar perplexa com tudo isso. Não posso imaginar que um ministro, um intelectual, considere que uma profissional com a história que tenho tivesse que se desculpar", afirmou Eliana, em entrevista por telefone de Curitiba, onde está montando a rede de cursos de Especialização em Leitura, da Pontifícia Universidade Católica (PUC). Mostrando indignação, ela alegou não ser uma funcionária qualquer. "Sou uma pesquisadora que ergueu um programa com respeitabilidade internacional, que quer resguardar a dignidade. Se ele não aceitou o que falei, não deve aceitar nada mais. Mas a saída do Affonso deve ter outro contexto e qualquer coisa que eu escrevesse não surtiria efeito", afirmou.

Ontem pela manhã, Affonso foi a Brasília para uma reunião com o ministro. "Eu disse que não ia obrigar ninguém a escrever nada. Ele rebateu: 'Eu não aceito essa carta da Eliana. Se não reescrever eu a demito'. Eu afirmei: 'Não é cargo de confiança...'. O ministro arrematou: 'Eu a expulso do meu ministério! Você é chefe da Fundação, e colide comigo.' Saí da sala inconformado", relatou. No avião de volta ao Rio, Affonso contou que sentou-se ao lado do senador Artur da Távola, que afirmou: "Eu sinto vergonha de pertencer a um governo que trata desta forma um programa como o Proler".

Affonso disse que sua perplexidade era enfrentar tal situação com um ministro de esquerda. "A ditadura não deixava fazer, mas dava dinheiro. A democracia nos dá liberdade, mas não nos dá condições. Isso é triste em um governo pelo qual batalhamos tanto. O presidente não vai gostar de saber destas coisas", encerrou, enigmático.

CONTRASSENSO

Opinião – O Globo/Agência O Globo, 14/7/1996

Por causa de um episódio sem maior significância, o ministro da Cultura, Francisco Weffort, resolveu dispensar um dos principais articuladores de sua pasta, o poeta Affonso Romano de Sant'Anna, que vinha fazendo um trabalho magnífico à frente da Biblioteca Nacional.

Há seis anos, a Biblioteca Nacional era uma instituição em plena decadência, com o patrimônio ameaçado por goteiras e infiltrações, além de desconhecimento sobre a valiosa documentação lá arquivada. Affonso Romano de Sant'Anna soube buscar parcerias não só para a recuperação do histórico prédio-sede na Cinelândia – que voltou a ser uma das referências urbanísticas do Rio – como ampliou consideravelmente o raio de ação da Biblioteca: o acervo da Biblioteca está acessível para todo o Brasil através do uso de microcomputadores, por exemplo.

O setor público tem atualmente sua eficiência comprometida por falta de pessoas capacitadas e bons colaboradores. Abrir mão de alguém como Affonso Romano de Sant'Anna, sem que haja motivo relevante para isso, é um tremendo contrassenso.

MENTIRAS E VERDADES

Correio Braziliense, 16/7/1996
RUBEM AZEVEDO LIMA

Questões ligadas à cultura brasileira foram resolvidas, nos últimos meses, quase como casos de polícia. Em duas oportunidades, quando surgiram divergências na burocracia cultural, o governo seguiu à risca o método Hanns Johst: sacou logo a pistola. E fez mais: disparou primeiro, para explicar-se depois.

Sob o governo do presidente Fernando Henrique Cardoso, com a aplicação de tal método, já houve duas baixas nos quadros da cultura: o poeta Ferreira Gullar, em 1995, e, agora, o escritor Affonso Romano de Sant'Anna.

O primeiro, segundo o ministro Francisco Weffort, da Cultura, não se adaptou ao estilo de trabalho ministerial. Romano, presidente da Fundação Biblioteca Nacional, foi abatido por não punir uma subordinada, Eliana Yunes, coordenadora do Programa Nacional de Leitura, que havia revelado à imprensa o corte de recursos orçamentários destinados à difusão do hábito de leitura no país.

De acordo com a versão jornalística do episódio, Weffort teria pedido à servidora que desdissesse o que dissera, mas ela se negou a fazê-lo. A punição do ministro a Romano, por via oblíqua, repercutiu mal e não ajudou a melhorar a imagem política do governo FHC. Pelo contrário: contribuiu, aparentemente, para piorá-la, pois Weffort, como outros ministros, em casos de menor repercussão, agiu com extremos de autoritarismo.

Ficou por esclarecer ainda se a servidora dissera a verdade, conforme se acredita, nas declarações aos jornalistas. Se ela mentiu, sua punição – mais até do que a imposta à pretensa omissão de Romano, punido sem direito de defesa – seria aceitável. Se não mentiu, mas o ministro quis que ela o fizesse, para contestar o publicado na imprensa, o natural seria punir quem puniu Romano. A exigência do ministro, se a servidora falou a verdade, violou compromisso de FHC, de governar com transparência, sem o biombo de mentiras.

Há, porém, no último tiroteio cultural, aspecto mais grave. Nos 20 anos de governos militares, as oposições – hoje no poder – diziam que o autoritarismo então praticado era a correia de transmissão da prepotência aos escalões inferiores do regime e, assim, responsável por violações de direitos humanos em todo o país.

Vários governistas reclamam, hoje, de decisões autoritárias, tomadas com frequência, pelo governo FHC, que desmoralizam e humilham sua base de apoio político. Para piorar a situação, FHC refere-se aos correligionários com ironia corrosiva. Há dias, ele contou conversa particular com o presidente Clinton dos Estados Unidos. "O senhor – teria falado – tem contra seu governo a maioria congressual organizada. Eu tenho a meu favor, o que é pior, a maioria desorganizada". Enfim, mostrou que, com os amigos que tem, não precisa de inimigos, e que seus aliados, portanto, são piores do que os adversários de Clinton. Diz-se que é o que FHC pensa e fala dos políticos e seus protegidos, nas tertúlias com os ministros.

Ler o Mundo

O PASSADO NÃO PODE VOLTAR

O Estado de S. Paulo, 15/7/1996

Dois fatos desagradáveis marcaram os últimos dias. Desagradáveis porque demonstram estilos administrativos que supúnhamos ultrapassados, se não pelas pessoas neles envolvidas, pelo menos pelos fatos. Um é meramente administrativo; outro, de fato sério porque permite supor que há, em setores da administração, a possibilidade de se infiltrarem comportamentos do passado. O leitor terá percebido que nos referimos às demissões do diretor da Biblioteca Nacional e do diretor-administrativo da Centrais Elétricas do Sul (Eletrosul).

O primeiro caso é menor, embora tisne a imagem do prof. Francisco Corrêa Weffort: a demissão do diretor da Biblioteca Nacional pelo fato de não ter querido obter de funcionária subordinada uma carta se retratando de entrevista concedida ao *Jornal do Brasil*. Embora não tenha formação pessedista (do velho PSD de 1945), o professor Weffort conhece o velho dito mineiro: "Manda quem controla o *Diário Oficial*". Decorre desse conhecimento que S. Exa. sabe que tinha e tem o poder de demitir qualquer subordinado. O motivo, porém, não é "mineiro", muito menos "pessedista" – porque, afinal, foi demitido não o funcionário autor das declarações consideradas fora da justa linha do Ministério da Cultura, mas seu superior, pela única falta de haver-se recusado a extrair dessa subordinada a retração. O ministro encontraria, na legislação que abunda sobre casos desse tipo, maneiras de agir disciplinarmente contra quem, a seu ver, dissentiu da linha de conduta política do ministro. Ao não punir a funcionária, preferindo demitir o superior que teve escrúpulos de consciência em exigir dela um documento desabonador, o ministro teve comportamento questionável. Tanto mais que resvalou pelas considerações "objetivas" que abundavam no passado de lá e no de cá: ao não exigir a retratação da funcionária, o diretor partilhou de suas opiniões. Não pesam considerações morais, subjetivas; apenas "objetivas". Foi assim que, nos anos 50, o governador Jânio Quadros puniu os professores Schemberg e Cruz Costa, da Faculdade de Filosofia, por crítica à política do governo de São Paulo com relação à Universidade.

Esse é assunto menor, no entanto, embora indicativo de um estado de espírito que pode estar-se generalizando na administração: a dissensão dos subordinados não é permitida! Sem dúvida, embora assunto menor, a crítica parecerá maior para o ministro. São os ossos do seu e do nosso ofício.

Caracas, 29 de julio de 1996
11.000.96.

Excelentísimo Señor
FERNANDO HENRIQUEZ CARDOZO
Presidente de la República Federativa del Brasil
Su Despacho.

Estimado Amigo:

He leído con sorpresa, las informaciones de la prensa de Rio de Janeiro sobre la destitución del Presidente de la Fundación Biblioteca Nacional de Brasil, Profesor Affonso Romano de Sant'Anna por parte del Ministro de Cultura Sr. Francisco Weffort, por haberse solidarizado con el alerta público, expresado por la Profesora Eliana Yunes, Directora del Programa de Promoción de la Lectura, PROLER, sobre las consecuencias de la reducción del presupuesto de dicho programa en la formación del niño en Brasil.

Puedo dar fe de la visión latinoamericanista de Affonso Romano de Sant'Anna, con quien he trabajado estrechamente en la Asociación de Bibliotecas Nacionales de Iberoamérica (ABINIA), cuya Secretaría Ejecutiva ejerció hasta este momento. Creo que ha sido el mejor embajador cultural contemporáneo de la poesía y el libro brasilero en este Continente y Europa.

También puedo dar fe del alto nivel académico y el gran compromiso social de la Profesora Eliana Yunes, excelente gerente con quien hemos compartido la experiencia venezolana en FUNDALECTURA.

Me es especialmente cercana la solidaridad expresada por el Profesor Romano de Sant'Anna, porque la Fundación Nacional de Lectura de Venezuela adscrita a la Biblioteca Nacional está luchando por su supervivencia dentro del proyecto nacional de reducción de la Administración Pública, y ha encontrado en mi todo el apoyo para defender la continui-

Affonso Romano de Sant'Anna

dad de sus programas, los cuales considero de vital importancia, para el desarrollo sustentado de cualquier país.

Cordialmente,
Virginia Betancourt Valverde
Directora de la Biblioteca Nacional de Venezuela
Miembro del Consejo de Directores de ABINIA

Copia: Carlos J. Reyes, Presidente de ABINIA
Director BN de Colombia

ÍNDICE ONOMÁSTICO

Abdel Malik Muyahid, 51n
Abravanel (família), 170
Achile Gorky, 115
Ad Reinhardt, 115
Ademir Pacelli Ferreira, 90n
Adolf Hitler, 113
Adonai Sant'Anna, 181
Adonias Filho, 199n
Aécio Neves, 191
Affonso Romano de Sant'Anna, 87n, 157, 194, 195, 197, 201, 225, 226, 228, 229, 230, 231, 232, 233, 234, 238
Aíla de Oliveira Gomes, 119
Albert Einstein, 19, 150
Alberto Manguel, 126, 169
Alberto da Costa e Silva, 84n
Alceni Guerra, 21, 23, 211, 214
Aldous Huxley, 136
Alessandro Marcello, 45
Alexei Bueno, 223
Alphonse de Lamartine, 190
Aluísio, 35, 36
Alvin Tofler, 53n
Amboise, 121
Amós Oz, 44
Ana Carolina, 39
Ana Maria Costa Lopes, 103
Ana Regina, 97
Ana Szerman, 176
Ana Virginia Pinheiro, 209
Anatole France, 28
Andiara, 94
André Varagnac 53n, 55n, 56

Antônio Agenor Briquet de Lemos, 206n
    Waldomiro Vergueiro, 206n
Antonio Candido, 178
Antonio Carlos Villaça, 151
Antonio Grilo, 178
Antônio Houaiss, 212
Antônio Machado, 189
Arcangelo Corelli, 150
Aristóteles, 149
Arnold Toynbee, 161
Arthur Rimbaud, 71
Artur Azevedo, 120, 121
Artur da Távola, 120, 231
Artur Pereira, 150
A.S. Neill, 14
Assurbanipal, 27, 85
Atom Egoyan, 113
Augusto dos Anjos, 36, 141
Augusto Pinochet, 227
Baltasar Gracián, 161
Baltazar, 83
Bartolomeu Campos de Queirós, 191
Basílio da Gama, 136
Belaval, 61
Benita Prieto, 103
Betinho (Herbert de Souza), 81n
Bia Bedran, 105
Bigas Luna, 110
Bill Clinton, 234
Bob Dylan, 128
Bohrs, 19
Bonnie Sullivan, 60
Bronislaw Malinowsky, 130

Bryan Land, 61
Buda, 161
Byron, 15
Caco Barcellos, 95, 95n
Caetano Veloso, 82
Camões, 77, 78, 79, 136, 190, 201
Capitão Sousa, 22
Carlos Andrés Perez, 66, 67, 67n
Carlos Drummond de Andrade, 16n, 27,
   120, 141, 191, 220
Carlos Garcia, 215n
Carlos Gardel, 74, 75, 76
Carlos Imperial, 159
Carlos J. Reyes, 238
Carlos Lacerda, 121, 151
Carlos Leal, 155
Carlos Reis, 78
Carlos Vives, 81-82
Carmen Lacambra, 66
Cartola, 10
Casimiro de Abreu, 190
Cassiana Lacerda, 174
Cavaco Silva, 79
Caxias (duque de), 66
Cecília Meireles, 149
Célia Zaher, 200
Celso Amorim, 160
Celso Furtado, 194
Celso Sisto, 105
Chacal, 199
Charles (príncipe), 79
Charles Aznavour, 113
Charles Darwin, 16, 18, 19
Charles Dickens, 46
Charles van Doren, 16, 86n
Chico Buarque de Holanda, 159
Chico de Assis, 175
Chitãozinho, 82
Cícero, 14
Clara Rosa, 176
Clarice Lispector, 16n, 42, 46, 109, 168
Claude Lévi-Strauss, 12, 53, 54, 54n, 55,
   55n, 56, 57n, 93

Claudia Borges, 174
Cláudia Costin, 187n
Claudia Leitão, 166
Claudia, 97
Cláudio de Moura e Castro, 86n
Cláudio Graminho, 174, 179, 180
Clotilde Brasil, 177
Clotilde, 178
Clotilde, 22
Coelho Neto, 120
Conceição Salles, 176, 197
Confúcio, 161
Copérnico, 137
Cora Coralina, 159
Cristóvão Colombo, 133, 134
Carlos Saura, 110
Cruz Costa, 236
Dai Sijie, 160
Dante, 16, 28, 150
David Spielberg, 215
Derek Walcott, 137
Dino del Pino, 187, 188
Domingo Faustino Sarmiento, 76
Dori Caymmi, 159
Dorothy Cullman, 59
Eberth Alvarenga, 177
Eça de Queirós, 220
Edgar Allan Poe, 42
Edgar Morin, 185
Edson Nery da Fonseca, 192, 201, 213
Eduardo Lourenço, 78
Eduardo Portella, 202n, 223, 228
Eleuza Câmara, 218
Eliana Yunes, 86, 100, 212, 214, 226, 227,
   228, 230, 231, 233, 238
Eliane Caffé, 114
Elizabeth (rainha), 79
Elizabeth Arden, 91
Elizabeth Serra, 216
Émile Zola, 177
Emannuel Le Rou Ladurie, 205
Emanuelle Marcon, 153
Ênio Silveira, 163, 199

Ler o Mundo

Enrique Guevara de Leoni, 74
Euro de Magalhães, 22
Ezequiel Theodoro, 86, 201
Fabiano dos Santos, 166, 166n, 206n
Farias Brito, 149
Favier, 61
Federico Fellini, 150
Federico García Lorca, 189
Felipe II, 139
Ferdinand de Saussure, 33, 49n
Fernanda Montenegro, 40, 150, 194
Fernando Collor de Mello, 62n, 67n, 193, 194, 195, 196, 197, 198, 200, 208, 209, 214
Fernando Gabeira, 189
Fernando Henrique Cardoso, 77, 79, 79n, 106, 107, 145, 187, 198, 211, 223, 225, 228, 229, 233, 234
Fernando Lebeis, 41
Fernando Pessoa, 149
Fernando Sabino, 189
Ferreira Gullar, 199
Fidel Castro, 227
Fiodor Dostoiévski, 28, 46, 104, 177
Flávio Rangel, 199
Floriano (marechal), 174
Francesco Carrazzi, 61
Francis Bacon, 17
Francisco de Goya, 61, 175
Francisco Gregório Filho, 215, 217, 217n, 220
Francisco Gregório, 173
Francisco Lopes, 178
Francisco Mercúrio, 51
Francisco Mignone, 199
Francisco Rezek, 144
Francisco Weffort, 145n, 217n, 225, 226, 227, 228, 230, 232, 233, 235, 238
François Cheng, 161
François Rabelais, 149
Franz Kafka, 28, 46, 47, 109, 177
Frederico Fóscolo, 206n
Gabriel García Márquez, 109

Galileu Galilei, 19, 51
Gao Xingjian, 161
Geir Campos, 199, 199n
Geneviève Calami-griaule, 43
Georg Friedrich Händel, 39
Georges Jean, 18n
Geraldo Moutinho, 37n
Gérard Depardieu, 95
Germano Almeida, 75
Getúlio Vargas, 118, 151, 199
Giscard D'Estaing, 53n
Giusepp Verdi, 104
Glenn Gould, 45
Glícia Gripp, 87n
Gonçalves Dias, 103
Graciliano Ramos, 149, 199
Gregório Filho, 105, 176
Gregory Bateson, 58
Guerra Junqueira, 168
Guilherme Arantes, 176
Guilhermino César, 188
Guimarães Rosa, 16, 93, 103, 109, 141, 149, 165, 183, 199, 219
Guiomar de Grammont, 204n
Gustavo Correia Pinto, 150
Hamilton Santos, 195n
Hanns Johst, 233
Harold Bloom, 90, 90n, 137, 169
Haroldo Maranhão, 199
Heisemberg, 19
Helena Rezende, 124
Hélio Fernandes, 223
Hélio Leite, 105
Hélio Luz, 94, 95
Herbert Marcuse, 14, 14n, 58n
Hernan Cortez, 138
Herodes, 22
Hillary Clinton, 161
Hipolito Escolar, 53n
Homero, 28, 137
Honoré de Balzac, 28
Hugo Pontes, 178
Ignácio de Loyola Brandão, 199

241

Affonso Romano de Sant'Anna

Immanuel Kant, 149
Ipojuca Pontes, 194
Isaac Newton, 150
Itamar Franco, 189, 228
Ivan Lins, 98
Ivo Pitanguy, 189
Ivo Torres Heredia, 189
J. J. Veiga, 199
J. W. Solha, 199
Jackson Pollock, 115
Jacques Derrida, 144
Jacques Lacan, 42, 49n, 55n
Jader Barbalho, 170
James Billington, 140, 205
James Boswell, 45
James Dean, 188
James Joyce, 16, 27, 165
Jânio Quadros, 236
Jannice Montemor, 200, 201, 209n
Jason do Prado, 64n, 95n
Jean-François Champollion, 19
Jean-Jacques Rousseau, 150
Jean-Marie Cavada, 80
Jean-Paul Sartre, 86, 86n
Jean Racine, 169
Jerome David Salinger, 44, 45
Jerônimo Moscardo, 204n
Jiddu Saldanha, 105
Jô Soares, 199n
João Antônio, 199
João Baptista Figueiredo, 121, 123
João Batista Melo, 178
João Cabral de Melo Neto, 78
João de Barros, 135-6, 144
João Ferreira de Almeida, 116
João Gilberto Noll, 199
João Maia, 210
João Santana, 175
Joaquim Branco, 159
Joaquim Falcão, 194
Johann Gutenberg, 18, 53n, 84, 85, 133, 134, 138, 144, 163
Johann Sebastian Bach, 150

John Major, 79
John Wesley, 174
Jorge Amado, 77, 78, 79
Jorge Firmino Sant'Anna, 40
Jorge Luis Borges, 28, 46, 48, 74, 123
Jorge Moreno, 223
José Bonifácio, 120
José Castilho Marques Neto, 213
José Craveirinha, 78
José de Alencar, 15, 166
José Galbinks, 206n
José Goldenberg, 211
José Mateus Kathupha, 32
José Mauro Brant, 105
José Mauro de Vasconcellos, 120
José Murilo de Carvalho, 87n
José Olympio, 163
José Reinaldo, 178
José Saramago, 223, 229
José Sarney, 194
Joshua Lederberg, 60
Josué de Castro, 81n
Josué Montello, 217n
Juan Bosch, 48
Juan Domingo Perón, 75
Juca Ferreira, 159, 206n
Juliano, 95
Julien Gracg, 156
Júlio César, 144
Julio Cortázar, 27
Jung Chang, 162
Jurema, 97
Juscelino Kubitschek, 121
Karl Marx, 11, 49n
Ken Follett, 161
Klauss-Dieter Lehmann, 61
Lao-Tsé, 161
Larry Page, 136n
Laura Bohannan 30
Lelia Coelho Frota, 195
Leny, 97
Leo Magarinos, 155
Leonardo da Vinci, 121, 133, 134

Letícia Wierschowski, 155
Lévy-Bruhl, 57
Lewis Cullman, 59
Lia Luft, 199
Lia Malcher, 200
Ligia Cunha, 66, 200
Lina Espitaleta, 63
Louis Althusser, 49n
Lourenço Cazarré, 176
Lourenço do Rosário, 103
Lourenço Fernandes, 199
Lucas Cranach, 61
Lucia Riff, 155
Lúcio Alcântara, 166
Lúcio Costa, 192, 213
Ludwig Börne, 42
Luis Amorim, 175, 176, 181
Luis Buñuel, 48, 110
Luis Camilo de Oliveira Neto, 156
Luis Guimarães Jr., 168
Luís Milanesi, 21, 21n
Luis Roberto Nascimento Silva, 201
Luis Turiba, 176
Luiz Antonio Assis Brasil, 194n
Luiz Antonio Marcuschi, 194n
Luiz Inacio Lula da Silva, 129, 160
Luiz Milanesi, 206
Luiz Sérgio Sampaio, 90n
Luo Guan-Zhong, 161
M.P.C.C., 94
Mac Andréss, 220
Machado de Assis, 101, 120, 226
Malevich, 12, 139
Manuel Antônio, 220
Manuel Bandeira, 118, 121, 149, 156
Manuel Graña Etcheverry, 28
Manuel Guimarães, 177
Mao Tsé-Tung 160, 162
Maomé, 17, 50, 54
Marc Fumaroli, 185
Marc Levy, 155
Marcel Duchamp, 134n
Marcel Proust, 28, 47, 109

Marcinho VP, 95
Marco Lucchesi, 150
Marco Polo, 162,
Marco Túlio Costa, 178
Marcos Azambuja, 75, 76
Marcos Coimbra, 202
Marcos Pereira, 164
Marcos Túlio Damasceno, 181
Marcus Acioly, 199
Margaret Atwood, 45
Margarida Patriota, 176
Maria Alice Barroso, 200, 201
Maria Avelina, 24, 25
Maria Celeste, 207
Maria Conceição Salles, 218
Maria Cristina do Rego Monteiro
    Bonfim, 208
Maria Elvira Villegas, 172
Maria Pompeu, 105, 176
Marina Colasanti, 132, 151, 205n, 209
Mário Brochmann, 195
Mário de Andrade, 9, 108, 149
Mario Morel Agostinelli, 120
Mario Schemberg, 236
Mário Soares, 77, 79
Mark Rothko, 115
Marshall McLuhan, 55n, 57, 92
Martín Fierro, 76
Mary Higgins, 161
Maud Mannoni, 55n
Maurício Leite, 104, 176
Max Justo Guedes, 103
Mercedes Pequeno, 200
Mian Mian, 161
Michel Foucault, 49n, 50
Miguel de Cervantes, 16, 77
Miguel Torga, 78
Mikhail Gorbachev, 132
Milton Nascimento, 98
Mireille Calmel, 155
Miriam Lewin, 208
Mo Yan, 161
Moacyr Felix, 199

Moacyr, 23
Moisés, 50, 84
Monica Hanson, 124
Monteiro Lobato, 9, 157
Mortimer J. Adler, 16, 86n
Murilo Mendes, 141
Nancy Nóbrega 206n
Napoleão Bonaparte, 76, 220
Nathália Timberg, 150
Nelson Ned, 82
Nelson Rodrigues, 46, 104, 120, 121
Nelson Werneck Sodré, 199
Noam Chomsky, 33
Noel Rosa, 150,
Norah Almeida, 87n
Norman O. Brown, 58
Nostradamus, 131
Olavo Bilac, 120, 190
Osório Duque Estrada, 120, 121
Oswaldo Cruz, 192, 201
Oswaldo Guevara, 176
Otman, 54
Pablo Neruda, 124, 189
Padre Vieira, 18
Paul Claudel, 201
Paul LeClerc, 59, 60, 205, 212
Paul Valéry, 28
Paul Virilio, 134
Paulinho da Viola, 11
Paulinho Lima, 190
Paulo Autran, 150, 203
Paulo Fernando Ferraz, 216
Paulo Freire, 9, 227
Paulo Gondine, 95n
Paulo Gurgel, 168
Paulo Maluf, 170
Paulo Mendes Campos, 209
Paulo Renato, 74, 143, 211
Paulo Roberto Pires, 223
Paulo Rocco, 155
Pedro Almodóvar, 110
Pedro Calmon, 146
Pedro Nava, 120

Pedro Paulo Popovic, 194n
Pero Mascarenhas, 201
Peter Paul Rubens, 61
Philippe Caillé, 41, 42
Philippe Grimbert, 155
Pierre Bayard, 27, 28, 29
Piet Mondrian, 139
Pieter Brueghel, 48, 60
Pilar del Río, 229
Platão, 85, 149
Plínio Doyle, 195, 200
Priscilla Camargo, 105
Quintiliano, 14
Rachel de Queiroz, 78
Raimundo Carrero, 199
Raimundo Correia, 190
Rainer Maria Rilke, 149
Raul Pompeia, 135
Rembrandt van Rijn, 61
Renato Janine Ribeiro, 87n
René Descartes, 127, 128
Ricardo Averini, 15
Ricardo Cravo Albin, 213
Ricardo Gribel, 202n
Richard Burton, 15
Rio Branco (barão do), 66
Robert Massin, 145
Robert Motherwell, 115
Robert Musil, 28
Robert Pinsky, 168
Roberto Carlos, 82, 104
Roberto Cotroneo, 44, 45
Roberto DaMatta, 87n,
Roberto Drummond, 213
Roberto Marinho, 82n
Roberto Muylaert, 80
Rodolfo Garcia, 217n
Roland Barthes, 13, 13n, 14, 15, 16, 17,
    48, 49n, 54n, 101
Ronaldo Correia de Brito, 167
Ronaldo Cunha Lima, 36, 37n
Ronaldo Monegaz, 200
Ronaldo Tournel, 40, 219

Ronaldo Werneck, 159
Ronaldo, 36
Rosane Collor, 23
Rubem Azevedo Lima, 233
Rubem Braga, 155, 203
Rubens Borba de Moraes, 9, 217n
Rubens Correa, 150
Rudi Zimmer, 116
Saad Eskander, 125
Salvator Rosa, 61
Samuel Beckett, 130
Samuel Mallamud, 199
Santo Agostinho, 14, 169
Santo Ambrósio, 169
Sara Ribeiro de Pinho, 216
Saul Steinberg, 61
Sergey Brin, 136n
Sérgio Amaral, 79
Sérgio Arouca, 223
Sérgio Machado, 164
Sérgio Rouanet, 214
Shi Nai-an, 161
Siddartha, 149
Sigmund Freud, 10, 42, 58
Silene, 97
Silvia Castrillon, 63
Simon Bolivar, 65, 81, 82
Sócrates, 85, 144, 149
Stockhausen, 25, 26
Stuart Mill, 16
Suelena Pinto Bandeira, 217n
Suzy, 22
T.S. Elliot, 44
Tahiná Tavares, 153
Tania Rösing, 171
Tarsila do Amaral, 120, 150
Terezinha dos Santos, 178
Thereza Cristina, 208
Thomas Morus, 133, 136

Tião Viana, 217n
Tibério, 144
Tilly Smith, 128
Tim Lopes, 123
Tim Maia, 98
Tom Jobim, 150
Tomás Antônio Gonzaga, 135
Tônia Carreiro, 203
Umberto Eco, 12, 16, 28, 85
Vera (dona), 94
Vera Sousa Lima, 103
Vera, 97
Vergílio Ferreira, 78
Vicente Celestino, 113
Victor Giudici, 199
Victor Hugo, 15, 216
Vieira Souto, 120
Vinicius de Moraes, 141
Virginia Betancourt Valverde, 64, 67, 224, 238
Vitor Martins, 98
Vladimir Zaitsev, 59
Wagner Tiso, 98
Walt Whitman, 190
Walter Benjamin, 136
Walter Carvalho, 175
Waltinho (Walter Salles), 38
Wei Hui, 161
Willem de Kooning, 115
William Shakespeare, 28, 119, 130, 137
Wilson Martins, 145
Wolfgang Amadeus Mozart, 45, 150
Johann Wolfgang von Goethe, 16
Xiao Kaiyn, 162
Xororó, 82
Yveline Rey, 41, 42
Zaratustra, 149
Zigmunt Balman, 19
Zózimo, 197

LEIA TAMBÉM

A casa imaginária – Leitura e literatura na primeira infância – Yolanda Reyes

A literatura infantil na escola – Regina Zilberman

Andar entre livros – Teresa Colomer

Construindo o leitor competente – atividades de leitura interativa para a sala de aula – Regina Maria Braga e Maria de Fátima Barros Silvestre

Criticidade e leitura – Ensaios – Ezequiel Theodoro da Silva

Custo aluno-qualidade inicial – rumo à educação pública de qualidade no Brasil – Denise Carreira e José Marcelino Rezende Pinto

Escola e leitura – Velha crise, novas alternativas – Regina Zilberman

Ética, estética e afeto na linguagem para crianças e jovens – Elizabeth D'Angelo Serra (org.)

Espaços públicos e tempos juvenis – Marília Pontes Sposito

Formação do leitor literário: A narrativa infantil e juvenil atual – Teresa Colomer

Interação e mediação de leitura literária para a infância – Flávia Brocchetto Ramos e Neiva Senaide Petry Panozzo

Leitura, cultura, infância: Lobato – Norma Sandra de Almeida Ferreira (org.)

Leitura na escola – Ezequiel Theodoro da Silva

Leituras aventureiras – Por um pouco de prazer (de leitura) aos professores – Ezequiel Theodoro da Silva

Leitura e desenvolvimento da linguagem – Regina Zilberman

Ler é preciso – Elizabeth D'Angelo Serra (org.)

Letramento no Brasil – Vera Mazagão Ribeiro (org.)

Letramento no Brasil – Habilidades matemáticas – Maria da Conceição F.R. Fonseca

Literatura e pedagogia – Ponto e contraponto – Regina Zilberman

Mediação de leitura – Discussões e alternativas para a formação dos leitores – Fabiano dos Santos. José Castilho Marques Neto e Tania M. K.Rösing

O jornal na vida do professor e no trabalho docente – Ezequiel Theodoro da Silva

Programa Bebelendo – Uma intervenção precoce de Leitura – Rita de Cassia Tussi e Tania M. K.Rösing

Um Brasil para crianças – Para conhecer a literatura infantil brasileira: histórias, autores e textos – Regina Zilberman

GRÁFICA PAYM
Tel. (011) 4392-3344
paym@terra.com.br